U0147210

比斯開灣
法國
Saint-Jean-
Pied-de-Port
Frómista
Tosantos
Logroño
Pamplona
Santo Domingo de
la Calzada
Burgos
西 班 牙

大西洋
Santiago de Compostela
Porromarín
El Acebo
Trabadelo
León
Saha
Castañeda
O Cebreiro
Ponferrada
Astorga
葡萄牙
Carrión de
los Conde

Camino de Santiago

La parroquia de:
Obispado de:
Abadía de:
Cofradía de:
Asociación de:

Presenta a:

(Nombre y apellidos)

D.N.I.

Dirección: Alemania

De la Cofradía (o Asociación) de:

que ha salido el día: 09 de Julio de 20 01

de: St Jean Pied de Port

En peregrinación, hacia Santiago de Compostela.

a pie ☒ en bicicleta ☐ a caballo ☐

Y ha recibido, en el día de hoy, la presente Credencial de Peregrino, en la que se ruega se estampe el sello de la localidad que corresponda, para acreditar su paso. Que el Apóstol Santiago, proteja a los peregrinos en su Camino.

Cumplió la Peregrinación.

Santiago, a ___ de ___ de 20 ___

20 JUL. 2001

Certificación de Paso

FIRMAS Y SELLOS

FIRMAS Y SELLOS

Fecha:

CASERON

Taberna Mª Luz LIGONDE Buen camino

VILLAJARDIN

Teléfono y Fax 982 54 52

PARROQUIA DE STO. TIRSO DE PALAS DE REI

DIOCESIS DE LUGO

PARROQUIA DE S. TIRSO DE PALAS DE REI (LUGO)

CASA DE LOS SOMOZA TURISMO RURAL Tfno.: 981 50 73 72 Coto - Leboreiro 15800 MELIDE (A Coruña)

MINISTERIO PARROQUIAL DE SANTIAGO EL OBISPO

PARROQUIA DE SANTIAGO DE ARZÚA Y UNIDO LEMA

En el Camino de Santiago O' Pino HOTEL-RESTAURANTE Telf. 981 511 035

我的朝聖護照，後半段路程的印章

Ich bin dann mal weg.
Meine Reise auf dem Jakobsweg

哈沛·科可林 張維娟 譯

名人名家感動推薦

一直深信「當上帝關起了你的一扇門，祂必爲你開啓另一扇窗。」

這本書的作者，歷經聽力障礙與切除膽囊，以「出去一下」的心情去領會人生逆旅時，隨爾發現路途上滿是驚喜，重新思考人生的方向。我們的生命不見得永久，但走對了路，可以留下永恆的深思。

人生的快樂還不只一念之間，也在我們的行動力上。

全球一動股份有限公司董事長暨執行長　何薇玲

看哈沛．科可林這本書，說實話，開悟更多。科可林呈現的這條完全不神聖的神聖之路，證實了我們所置身的世界，是由我們的心象所創造的。……我們的人世即是我們自己的光之路。

作家　袁瓊瓊

這本書是寫給每天都在想「我要出去一下」的人讀的。沒錯，沒有任何「出去」是只要「一下」就夠的；朝聖，是一條你只要開始、它就會一直進行下去的道路。難保之後你還會說：「哦，讓我『再』出去一下！」……你可以按圖索驥，也可以另闢蹊徑，無論如何，請你一定要試試「出去一下」哦。

文字工作者　彭蕙仙

雖「人在江湖身不由己」，然而心隨哈沛「出去一下」……回來時我們將重新得力、充滿創意！

音樂創作人　黃國倫

生活中，當人們心智艱困的時候，最古老的藥方就是：「散步去吧！」，所以許多世界古城都擁有「哲學之道」稱號的歷史步巷；而當人們萌生「不知自己爲何而活」的存在焦慮之時，「散步地旅行去吧！」也是祖先和我們都會不約而同的行動本能，因而，德國喜劇演員哈沛．科可林這趟翻越庇里牛斯山的「法蘭西之路」，未必會比你某一刻動心起念的旅程，來得長或來得更難……

《數位時代雙週》總編輯　詹偉雄

「我出去一下」，會是一個很好的再造機會。我們都應該去走一趟「朝聖之旅」，朝聖之路不拘，只是一種「離開」和發現自己……把重擔卸下、將自己釋放，重新看清生命中眞正重要的幾個要項，重新調整步伐，爲人生換一次血。如果能遇見心目中的上帝，豈不更好？

作家　廖輝英

這本書，好看與動人之處，在於我們各自的生命即便平凡，卻依舊有著自我救贖、自我安慰、自我調適的可能性。……不管在哪個年紀，不管在哪個地位，你一旦不安於室了，就給自己來一趟朝聖之旅吧。走，我們至少要有一次機會，對自己、對旁人說：對不起，我應該出去一下了！

作家、資深媒體人　蔡詩萍

他的遭遇像是照著一部電影的劇本演下去，不管是巧合還是人生路口的岔道，都有著濃厚的電影味，但這一切都眞實的發生了。看完這本書，我有一種深切的感覺：這部人生的電影眞是精采，如果說編劇是命運，那麼導演就是上帝了。

作家　藤井樹

國外媒體佳評如潮

教人著迷的一本書，誠實懇切、溫暖人心。這趟旅程同時也是一趟內心的自我探索之旅，非常引人入勝、扣人心弦，隨著每一頁，你深深走進作者的世界，與他同步踏上聖雅各之路。讀完此書，也許你不能宣稱，自己比以前更懂人生，但可以肯定，它激發你更多的勇氣、更大的願望去探究人生。

法蘭克福匯報

或許科可林無意於此，但他眞的寫了一本「美好人生」的最佳指南。

週日法蘭克福匯報

在眾多值得一讀的書中，這是一本異軍突起的優秀作品。

明鏡週刊

作者實現了對人生意義的追尋，書中展現鮮明的個人姿態，完全沒有心機，如此獨樹一格、脫穎而出。坦率直言，幾乎到了口無遮攔的地步，但全出自善意與誠意，讓閱讀此書成爲一大享樂。

每日鏡報

每一段都以「本日感悟」畫下句點，時而充滿靈性，時而幽默風趣，感動人心。科隆評論報

作者擁有驚人的觀察力。幽默諷刺中引人深思。

德國國家廣播電臺

目次

〈專文推薦〉與慾望與恐懼相遇　袁瓊瓊　007
〈專文推薦〉一場星火燎原的朝聖煙火秀　彭蕙仙　012
〈專文推薦〉尋找上帝？還是發現自我？有時候，真該「出去一下」　廖輝英　016
〈專文推薦〉人生，總該為自己「出去一下」吧　蔡詩萍　020

我是誰？——二〇〇一年六月九日，聖祥庇德波特　025
迷霧之行——二〇〇一年六月十日，龍塞斯瓦耶斯　038
步行中不可承受之痛——二〇〇一年六月十一日，祖比里　047
瓦解與重生——二〇〇一年六月十二日，潘普洛納　054
電影、發笑與徒步旅行都是良藥——二〇〇一年六月十三日，潘普洛納　075
朝聖之旅也有豔遇？——二〇〇一年六月十四日，比亞納與洛格羅尼奧　079
廣告也有眞的時候——二〇〇一年六月十五日，拿瓦雷特與納赫拉　085
冤家路窄——二〇〇一年六月十七日，聖多明哥德拉卡薩達　091
流放在兩個世界之間——二〇〇一年六月十八日，聖多明哥德拉卡薩達　102

不見蝴蝶翩翩飛舞的三岔路——二〇〇一年六月二十一日，卡斯提爾德加多 109
陽光男孩與未來的丈人——二〇〇一年六月二十二日，貝羅拉多、托山托斯與維亞弗蘭卡 116
宇宙的放大與縮小——二〇〇一年六月二十四日，布戈斯與塔達荷斯 125
瑞典雙姝 vs. 巴西熱情女郎——二〇〇一年六月二十五日，歐尼優斯德卡蜜諾與翁塔納斯 132
荒漠中的巴洛克女人——二〇〇一年六月二十六日，卡斯托洛赫里茲與佛羅米斯塔 143
凝望骷髏的冥想——二〇〇一年六月二十七日，卡里翁德洛斯罕德斯 154
我與我的陰影邂逅——二〇〇一年六月二十八日，卡札迪亞德拉古耶札 166
德奧「三重奏」——二〇〇一年六月二十九日，薩阿古恩 179
輪迴的歷險，歷險的輪迴——二〇〇一年六月三十日，萊昂 209
柏拉圖式的一夜情——二〇〇一年七月一日，萊昂 229
怪人、瘋子、薩滿師——二〇〇一年七月二日，離開萊昂後的某地 243
不可言說的「我和你」——二〇〇一年七月三日，阿斯托加 256
愛的速成班——二〇〇一年七月四日，阿斯托加 261
安妮，妳聽好喔……——二〇〇一年七月五日，拉巴那 268
說曹操，曹操就到——二〇〇一年七月六日，拉巴那 274
不怕惡犬，只恐虐犬——二〇〇一年七月七日，馮瑟巴東與艾拉瑟博 283

嗨！肚子裡的寶寶好嗎？——二〇〇一年七月八日，艾拉瑟博 293

皮皮奇遇記——二〇〇一年七月九日，蓬費拉達 299

孩子們！千萬別讓媽咪失望——二〇〇一年七月十日，維拉法蘭卡德比耶索 310

朝聖難，難於上青天——二〇〇一年七月十一日，特拉巴德洛與維加德瓦卡瑟 314

眞相大白的時刻——二〇〇一年七月十二日，拉費巴與歐瑟布雷若 321

馬、騎士與跑道的人生——二〇〇一年七月十三日，特利阿卡斯特拉 329

三個臭皮匠，勝過一個諸葛亮——二〇〇一年七月十四日，特利阿卡斯特拉 333

快樂有什麼道理？——二〇〇一年七月十五日，莎里阿與倫特 335

巫婆之谷的靈異故事——二〇〇一年七月十六日，波多馬印 337

終點前的衝刺——二〇〇一年七月十七日，帕拉斯德雷 345

Oh! Happy ending——二〇〇一年七月十八日，卡斯塔聶達 347

開始發酵的離愁——二〇〇一年七月十九日，魯阿 351

一切其來有自——二〇〇一年七月二十日，聖地牙哥德孔波斯特拉 354

後記 365

〈專文推薦〉

與慾望與恐懼相遇

袁瓊瓊

書裡提到的這條「聖雅各古道」，全長約八百公里。由法國起始，越過庇里牛斯山，由東至西，橫跨西班牙北部；被稱爲「聖地牙哥・德・孔波斯特拉之路」（Santiago de Compostela）。傳說這條路線對應著天上的銀河，在所謂的「光之線」（leyline）上。

「光之線」是由上而下，垂直切過地表的一條能量線，由於能直接反映天空中星系的能量，因此具有強大的生命能力：「一條光之線的橫切面看起來像沙漏，細窄的中間部分貫穿地表，光之能量在地上和地下都相等存在，以非常高的頻率散發，而當人類的意識經驗到它時，便會引致思緒，經驗，記憶的清明，使人得到啓示。」

換言之，在光之線上行走，人們往往會得到非比尋常的靈性體悟，或者某些不可解釋的通靈經驗。

一九九四年。莎莉麥克琳花了一個月走完「聖雅各古道」，之後寫了一本書，那是二〇〇一年六月在台灣出版的《聖地牙哥性靈之旅》。

在莎莉麥克琳的書裡，她得到的完全是靈性的開悟和認知，書裡描寫了她在這條古道上的夢境，冥想。雖然現實層面，她也遭遇到好奇影迷和狗仔隊的追逐，但是整體來說，莎莉麥克琳的這一趟旅程，基本上是安靜和孤獨的。有許多神祕的遭遇，這些書寫內容，難以驗證是眞是假。只能說，那是莎莉期望在這條古道上得到的解答，而古道給予了她。

看過了莎莉這本書，現在看「我出去一下」，反差之大，讓人要倒吸一口冷氣。在德國喜劇演員哈沛・科可林（Hape Kerkeling）這本書裡，這條著名的朝聖之途，非常的雜亂，喧鬧，人潮洶湧，觀光客絡繹於途，內中還不乏來此尋芳獵豔的人物。哈沛・科可林展開這段旅程時是二〇〇一年。與莎莉麥克琳徒步時的一九九四年不過相差七年，然而，這條光之路，這條智慧與開悟之路，已經從探索頻道的冷靜深思，搖身一變，成了好萊塢絢爛繽紛的商業大片。

在哈沛・科可林的這條「聖地牙哥・德・孔波斯特拉」大道上，眞實世界裡存有的七情六欲，一分都不缺。他遇到各色各樣的人物，有懷疑他可能性騷擾而一路白眼相加的女修行者，也有一路跟隨他想一親芳澤的同性戀男子；有一路吵架的夫妻，藉朝聖之名行偷歡之實的情侶。有炫耀自己的財富經歷學問的人，也有精神異常的修女；有把朝聖古道當旅遊景點的遊客，也有期望光之道的能量有治癒效果的絕症患者；有年年前來「進香」的慣性朝聖者，也有一路胡言亂語講述靈異經驗的通靈人。哈沛・科可林在路上遇到了瘋子，狂人，乞丐，甚至還有爲了取樂準備射殺朝聖者的一群叛逆青少年……

我看完全書，不勝驚駭，完全不能理解他幹嘛要跑到聖雅各古道去？哈沛・科可林的說法是他多年一直是個工作狂，直到身體發出抗議，他聽覺失聰，並且割除了膽囊，於是醒悟自己的人生大有可能走上了偏路，爲了改變生活方式，他決定出外旅遊。

他的改變方式也是異常喜劇演員式的。他跑到書店，挑了一本旅遊書，於是便照著書上的指示，來到聖雅各古道，與其說他是爲了性靈覺醒來走這趟朝聖之旅，不如說他只是在找一個難度較高的自助旅行方式。他走這條古道的經歷，我深信在漢堡，紐約，阿姆斯特丹，東京，北京，台北……任何一個已然全球化的都市裡，如果忠實記錄每一天，想必也會遇到他在聖雅各古道上遇見的相同的人，相同的事，如果待的時間夠長的話。

我在二〇〇一年看完莎莉麥克琳的書之後，和好友相約要去「德孔波斯特拉大道」走一趟。那時候，我自己的人生陷在泥沼裡，而好友剛離婚，從紐約搬去了西雅圖。她和我在同樣的飄搖中，人過中年，但生命依舊沒有方向，面前與身後的道路都是迷霧一片，不知自己何從來，不知未來要往何處去。

我們相約去聖地牙哥，因爲，那時候，我們相信在那條路上，在我們步行在光之道的時候，我們會得到某些明顯的啓示和指引。

爲什麼有些人可以對生命毫無疑惑便耿直的生活下去，而另一些人無法？這是我永遠無法理解的神祕。我和我的朋友都是那種人，似乎僅僅活著，對於我們是不夠的。在面對生活時，除了接受，我們還想知道這承擔和接受背後的理由。而當時，似乎「聖雅各古道」是可以帶給我們答案的地方。

我深信所有去走聖雅各古道的人，都多少，在內在有這一類的陰晦不明之地。年紀越大，奇異的便是這陰晦之處會越來越明顯，越來越無法忽視。或者，這便是佛家裡所說的「塵埃」吧。而為什麼年輕的時候可以視而不見，年紀大了就不行呢？是不是這「塵埃」是像貝類用自己的薄肉所含住的沙礫，其作用是為了在最後化為眞珠呢？我們無法忽略自己的沙礫依然是沙礫，或者便是我們對生命的終極焦慮。

這件事講了很久。我朋友甚至去學西班牙文，而分派我學法語。但是許多年過去，我朋友信奉了佛教，人開始安定。她在她自己的人生裡找到了光之路，開始了培育「眞珠」的過程。我亦然，生命裡的陷落與崩潰，現在證明是個禮物，是我自己的光之路。我也正在包裹我自己的塵埃，以那些粗礪與傷害為核心，創造我自己的眞珠。

因此，對照莎莉麥克琳和哈沛・科可林兩個人對於這條古道的書寫，我忽然理解這條光之路的神奇在哪裡。這條光之路，事實上只是每個人內在的返照。它只示現你想看到的。關於這個德國的喜劇演員，節目主持人，和因為這本書在德國大賣，又多了個暢銷作家銜頭的哈沛・科可林，光之路的混亂，喧鬧，繽紛，充滿七情六欲，與俗世的紛爭，誤解，輕蔑，傲慢或諂媚景象，其實是返照了哈沛・科可林本人。不滿四十的哈沛・科可林，其實就置身在這樣的世界裡。

相對莎莉麥克琳的高靈性層次，看哈沛・科可林這本書，說實話，開悟更多。哈沛・科可林呈現的這條完全不神聖的神聖之路，證實了我們所置身的世界，是由我們的心象所創造的。在「聖地牙哥・德・孔波斯特拉」古道上，它具體的將我們的心象化爲人物與事件。我們與自己的慾望和恐懼相遇。年輕的哈沛・科可林寫了本有趣的書，但是，我不以爲他眞的明白他遇到了什麼。

但是，他反倒使我明白了：我們的人世即是我們自己的光之路。在人世裡行走，較比瑣碎，較比紛亂，但是，同樣的，我們不斷的與自己的慾望和恐懼相遇。

哈沛・科可林在結束時說：「造物者將我們拋向空中，最後才又以令人訝異的方式再度接住我們，就像父母和小孩鬧著玩一樣。而祂所要傳達的訊息是：要信任把你丟向空中的人，因爲他愛你，也是會接住你的人。」

哈沛・科可林的認知是要學會信任神。而我會覺得要信任的是自己，因爲，事實上，那個把我們拋上去的人，多半也只是我們自己。我們爲自己製造了慾望和恐懼，無非是爲了學習面對，就像摔倒的意義，是爲了證明我們有能力站起。如果相信自己，愛自己，其實就什麼也不用證明了。

（本文作者爲作家）

〈專文推薦〉

一場星火燎原的朝聖煙火秀

彭蕙仙

每天，都有人因為不同的理由出發，每天，也都有人在不同的心境下抵達。

出去前，你可能懷抱著無數的想像，對旅行中會看到的風景人物，有著各式各樣的預期；甚至對旅行中會遇見的自己，好奇驚疑。

在這個地球村的時代，「旅行」已經成了最方便的「離開」，離開熟悉、離開平庸、離開重複，以至於，離開一種「無解的生活」——不知道對目前的狀況該如何是好，所以，哦，我出去一下；看看會怎樣吧。

當然，旅行也分「等級」，我說的，不只是你要坐頭等艙還是坐經濟艙的那種分類，更是「你預備用什麼方式來自我折磨？」城市鄉巴佬、沙發上的馬鈴薯，不在旅途中給人家上沖下洗左搓右揉一下，就會覺得「出去」得不夠決然；既然要出去，最好是原形畢露，至少是被打回原形；在旅行時，徹徹底底地把自己打敗吧。

那就必須形單影隻，就必須簞食瓢飲，就必須苦其心志，就必須勞其筋骨；最好是，沒錯，一個人的朝聖之旅；而且，你得用走路的方式進行；走到磨頂放踵、走到心志狂亂、走到恨天地悠悠、走到孤獨的最深處、走到，澎湃人情的最高潮，那一刻，天啓便忽然來到。

作者所走的「聖雅各古道」是有名的三大朝聖之路，全程八百公里；這條千年古道是聯合國教科文組織所訂定的世界文化遺產，途經法國、西班牙各式各樣的荒野森林，名山好水大教堂、多樣的人文與自然景觀，不在話下；不過，古道的慷慨尚不止於此。

這條道路雖然是基督教的朝聖之道，行走其上的人，包括作者在內，卻並非個個有純然的基督信仰；這一路上，因爲偶然結識的各個不同背景的走路伴侶，作者在不同的宗教信仰間穿梭蹦跳；一位曾跟著仁波切修行的英國朝聖者，帶領與引導作者對佛教信仰的嚮往與探索，書中有諸多段落論及自我覺察、轉世等；作者不諱言地認同這些論點的魅力。

一位中南美洲的神祕宗教薩滿師，帶給作者揮之不去的厭煩，但最後這厭煩竟在一連串的奇遇中，升等爲驚嘆連連，讓來自理性、邏輯分明世界的作者，不能不臣服在薩滿師那無可理解的瘋癲與紊亂中；作爲一個德國人，作者根本不願相信這個連名字的眞實性都十分可疑的人，但是，據說在朝聖之路上，每個人都會有不可言喻的奇遇，薩滿師總在作者最需要的時候出現，而且總能一語擊中他的身心狀態；在薩滿師骯髒可笑的外表、不按牌理出牌的神經兮兮之下，卻有一種不經意的智慧，敲打著作者某種對秩序與形式的傲慢堅持。

漫長的朝聖之路，若沒能與這樣的對手交手一下子，恐怕會讓人悵然若失；所幸，根據作者的描述，雅各古道上，八方異人絡繹交會，像這樣的薩滿師根本就是職業級的朝聖者，護照被扒了，或者扒了人家的護照，因之流連不去，朝聖者總有機會受其點化。

一位充滿「新時代」精神的朝聖者用預言為作者的朝聖之旅做了後設的結論，那種洞見，讓作者對路上一些不愉快的遭遇逐漸釋懷，「原來一切皆為瘋狂，何必執著？」既然如此，憤怒也好、疲憊也罷，一旦走上了朝聖之路，你就得做好心理準備，要跟這世界好好打上一架——雖然，古道上甚少是團體行動者，通常是朝聖者單獨步行，或兩三人結伴而走，但到頭來，朝聖卻成了最浩浩蕩蕩的人間修行，因為：

第一、「朝聖」已實際發展成為一種結合宗教與觀光的產業，連西班牙政府都介入；走到終點站、聖地牙哥德孔波斯特拉的大教堂時，當局還會發給一張有著朝聖者名字的「朝聖證書」，當場讓朝聖這種「天知、我知」的屬靈行動有了一種「眾人皆知」的入世風情。

第二、朝聖的路上，每天都有幾十、幾百人，瞻之在前、忽焉在後，有緣結伴相陪一段，每個人都有訴說不盡的人生經典。朝聖旅途如同一〇一之夜，故事接力再接力，你不但聽見別人，更聽見自己；作者就是在偶遇的一對德國夫妻的言談行止間，認識到自己生命的陰影；這對夫妻令作者討厭到不斷拿來作為跟別的朝聖者言詞譏諷的主題，怎知，這討人厭的人，就是自己不為人知、不為己知的那另一面啊。

本來計畫獨自一人行走的作者，卻在旅途的後半段開始害怕孤獨起來，也正好，一位來自紐西蘭、一位來自英國的朝聖者適時加入，他們成了三人朝聖小組，互相照顧，也因不同的語言、信仰、人生背景，撞擊出了一場星火燎原的朝聖煙火秀。這是作者始料未及的；因爲日復一日的生活，加上缺乏運動、肥胖、心肌梗塞、膽囊切除、聽覺出現障礙……一大堆亂七八糟的問題紛至沓來，讓人生厭，作者有天忽發奇想，跟家人朋友說了聲「我出去一下哦」，就這樣，在朝聖之路上，他走了六個禮拜。

出發時，他一直想問的問題是：上帝到底在哪裡、這一趟路走下來，我可以遇見上帝嗎？佛教的轉世、輪迴爲他解開了一些謎底，卻未能讓他明白：一切自何而來？新時代精神讓他學習「相信自己」，未能說服他的是，在物我之外，洪荒以來，明明可知有個造物者；那個設立遊戲規則的人「將我們拋向空中，最後再以令人訝異的方式接住了我們。」朝聖之後，作者得到的體悟是：「要信任把你丟向空中的人。」

這本書是寫給每天都在想「我要出去一下」的人讀的。沒錯，沒有任何「出去」是只要「一下」就夠的；朝聖，是一條你只要開始、它就會一直進行下去的道路。難保之後你還會說：「哦，讓我『再』出去一下！」……但是，你值得冒這個險，如果你眞的想遇見上帝。

「出去」有很多種，而這本書說的，是其中的一種。你可以按圖索驥，也可以另闢蹊徑，無論如何，請你一定要試試「出去一下」哦。

最終，上帝會用朝聖者想要的方式讓他遇見；作者如此深信著。

（本文作者爲文字工作者）

〈專文推薦〉

尋找上帝？還是發現自我？有時候，眞該「出去一下」

廖輝英

二〇〇一年六月九日，時年三十六歲、剛剛經歷過聽力障礙、又甫做完膽囊切除手術的德國著名喜劇演員漢斯．彼得．威廉．科可林，在幾次冥頑不靈的抗拒之後，終於聽到內心那股：「該休息了！」的吶喊，於是決定夏季不再接任何工作，要「出去一下」，讓自己能好好喘口氣。

在挑選出外旅遊的地點時，無意中瞟到（第一本不偏不倚掉落在腳邊的書）一本很自傲的書——「喜悅的聖雅各之路」！漢斯對於一條路，居然被稱為可以帶給人們喜悅，覺得實在厚顏無恥，因此就把它買回家，而且當晚立刻囫圇呑棗讀完它。

這是介紹基督宗教三大朝聖古道之一的「旅遊導覽」簡介，一般而言，對於前往西班牙聖地牙哥教堂朝聖的人，天主教教會將會大方寬恕他們所有的罪愆。

但是，朝聖之路是一趟艱辛困難的徒步之旅，不僅考驗朝聖者的體力、意志力及運氣（朝聖者完成全程的人不多，常因各式各樣的受傷或無法忍受孤獨艱苦的行旅半途而廢；有些人甚至都是在最後一程裡放棄），而且還有不少朝聖者因這趟旅途付出寶貴的生命——死於朝聖途中（有墳墓爲證），死因也各有不同，意外死亡、力竭而亡、引發心臟病死亡等等。足見背著十一公斤左右的背包，拿著粗大笨重的登山杖，頂著烈日或傾盆大雨，獨自徒步在大部分幾無人煙的森林、田野、峻嶺、小道，每日趕二十到三十公里的行程，不是一般「沙發上的馬鈴薯」的都市人皆可勝任。尤其晚上大都住在大統舖的朝聖旅館裡，無隱私、異常嘈雜（每個人作息起床時間都不同，清晨三、四點鬧鐘亂響），而且一位難求。人們通常腫脹著雙腳入睡，次日再腫脹著同一雙腳繼續苦行，足足三十五天，絕非一般人可以忍受。

我們的主角漢斯，並非一位虔誠的信徒，他對上帝的存在與否有各種假設，而非深信不疑；而且也不認爲吃苦就像吃補般、不可以稍微通融一下，所以他在整個朝聖過程裡，坐過火車，也搭過便車；除了第一晚之外，他都自己花錢去住最好的旅館；他很重視早餐，沒吃到滿意不上路；他愛喝拿鐵咖啡，一天可以灌上幾杯；他注重衛生與美食，對於不滿意的食物有很多抱怨……所以他這趟突發奇想的朝聖之旅，與其說是堅定的宗教信徒去尋求寬恕，不如說更像一位碰到自身問題而有些許困惑的現代人，藉著這一趟艱苦到近乎自虐的旅行去尋找自我還來得恰當。

漢斯的朝聖日記記錄到七月二十日止，有奇遇、有痛苦、有驚險，但也有歡樂，特別是最後與英國女性安妮及紐西蘭媽媽席拉結伴同行的那一段，充滿了知遇的喜悅。

旅途的最後，漢斯由懷疑論者轉變成為相信上帝的信徒，從他的敘述看來，我認為他之所謂「看見」上帝，應是一種感應或感知，而非眞正看見。他曾說過：遇到上帝是很個別化的經驗，每個人都不一樣。我仔細回想這許多年來，我的很多朋友「看到上帝」的經驗（上帝在這裡是一種泛稱，眞正的意思是不同宗教信徒心目中的神；而所謂看到，有時候應該解釋為感應倒比較恰當）：我有一個朋友是虔誠的基督徒，有一次在做禮拜時，牧師宣告說：「在座如果有人祈禱時合掌的手打不開，那是上帝有話對你說。」我那朋友大吃一驚，他就是牧師口中祈禱後手掌分不開的人！關於那一段因緣，他說得很含糊，但自那時起，他信得更加虔誠了。另一位朋友虔信觀世音菩薩，九二一大地震時，她住的八樓天搖地動，長桌上所有物品紛紛摔落，唯有供在上面的長身菩薩文風不動；也有人心諸紛亂、不知如何，當晚夢中見菩薩向她現身，無言許她平安（這無言就是感應）。醒來以後，不再迷茫，充滿法喜。

這些事聽起來有些不可思議，但我認為，要和上帝相遇，也得有殊勝因緣，大部分人其實都是在半信半疑、又信又疑、欲信還疑中徘徊。

漢斯到旅途最後才幡然醒悟：原來一路上他每天都遇見上帝，上帝所要傳達的訊息是：要信任把你丟向空中的祂，因為祂愛你，也將會是接住你的「人」！不管人生有什麼艱險，祂都會讓你信靠！朝聖之旅，大約就是開悟之旅、開啓並堅固信徒信任上帝的信心。

但漢斯的朝聖之旅，最重要的其實不在這裡；而是朝聖旅途中，身體被勞乏到極致，以致思想也完全放空，整個人像被完完全全抽掉挖走掏盡，最後又徹底地重新塑造，把自你身上奪走的力量，以三倍的數目還你！換一句話說，一趟朝聖之旅，回來的是一個嶄新的、飽滿的、充滿希望與喜悅的新我。

朝聖之路，其實只對來者提出一個問題：「你是誰？」在眾人皆被日常俗務、慾望及種種這樣那樣的問題，壓到快崩潰時，上帝同時也感到這種壓迫。於是，藉著朝聖之旅，祂讓朝聖者釋放，放空一切、也洗滌一切，重新思考人生中對自己眞正重要的項目（眞的沒幾樣），重新認識自己——再回到塵世，對人生自有不同的詮釋，整個人煥然一新，抖去沉重，步履輕盈；撥開雲霧，看見陽光。

或許，人生走到一個關卡，「我出去一下」，會是一個很好的再造機會。我們都應該去走一趟「朝聖之旅」，朝聖之路不拘，只是一種「離開」和發現自己，也許三五天，也許十天半月，也許更久，把它當成上天給的長假。在那裡，把重擔卸下、將自己釋放，重新看清生命中眞正重要的幾個要項，重新調整步伐，爲人生換一次血。

如果能遇見心目中的上帝，豈不更好？

（本文作者爲知名作家）

〈專文推薦〉

人生，總該為自己「出去一下」吧

蔡詩萍

人，為什麼「想朝聖」呢？這或許，跟我們「想出去一下」的情緒與意圖，有關吧。

我會思考這問題，是因為認識的一位朋友，開餐廳的，小本經營，夫妻兩人胼手胝足，創業十多年，知足常樂、安分守己，即便不算大賺錢，但養家活口有餘，還買了房子。

較特別的是，他們一家信仰伊斯蘭教，店裡除了台灣饕客，最多的，是來自中東國家的穆斯林朋友。每回去他店裡，總感覺像走進一家中東的小聯合國，左邊兩位土耳其人，前一桌來自埃及，後面則可能是伊朗大鬍子，而右邊是一位說英語的老外與嬌小的台灣女子在閒聊。國家不同，他們的精神面貌，基本上卻一致，這家是滇緬泰口味的小店，外加一些印度菜單，但由於老闆信仰伊斯蘭，所以這裡吃不到豬肉，牆上掛的，全是中東風情畫，其中一幅最醒目的大照片，是百萬人在麥加朝聖的動人畫面。

我跟出身雲南回族的老闆，常談的話題之一，是他的信仰。他常跟我說，這輩子一定要去一趟麥加，去朝聖。會花很多錢，花很多時間吧？我問了個滿外行的問題。

老闆眼神投向那張麥加朝聖照片，堅定的說，「時間滿長的，錢還好啦，伊斯蘭世界到處是朋友。」我笑說，滿像老中講的「出外靠朋友」啊。我記得老闆也是笑著回應我。

有一天，我沒預定，跑去店裡，一看門關著，上面貼了一張布告，上面寫著：「去麥加朝聖了，休店兩個月，阿拉祝福你們。」

我雖為空腹感到失望，不過還挺高興老闆終於去完成他的心願了，我彷彿聽見他倚在店門口，對我重複那句話，「這輩子總要去一趟麥加，朝聖啊！」

我認識的這位伊斯蘭信仰的老闆，應該跟各宗教虔誠的信徒一樣吧，把自己的朝聖之旅，當成一生的信仰旅程上，極具座標意義的一次歷練，換句話講，不經這一次的朝聖之旅，自己的「信仰版圖」就不能說是完整的。這種朝聖之旅，基於一個再清楚不過的宗教信仰（不管是伊斯蘭、天主教、基督教或佛教等等），還有一個明確的地理座標（例如麥加、梵諦岡等），還有一個絕對意志（例如非去不可），再加一段用身體與心理撐起的朝聖過程（例如緩步前行、五步一跪、七步一叩等等）。

但除了這種極其宗教式的朝聖之旅外，沒有堅定信仰的人，難道就不會有「類似朝聖」

的渴望嗎？

我想未必吧。隨著年歲漸長，我越發認爲每個人的心靈深處，一定有一個接近宗教式的朝聖目標，只是多數人，由於欠缺宗教的直接導引，因而少了明確地標、積極鼓舞、實踐勇氣，往往落得時不我與後，才感嘆痛失良機，或畢生遺憾。因而一般人的朝聖之旅，往往是在意外的情況下，被刺激、被誘導、被逼迫出來的。我想到的例子，是華裔諾貝爾文學獎得主高行健，他的小說《靈山》，說的正是這樣一個「意外的朝聖之旅」的故事。

一個人，被診斷得了癌症。一瞬間，他想到許多該做而沒做的事，其中之一，便是來趟深入神話之地的千里旅程，去尋訪一座能澄靜心靈的浩渺靈山。被宣告癌症時，他懊惱此生的靈山之旅，八成絕望了。然而，之後的複診，醫生卻告訴他，原先X光底片上的腫瘤陰影不見了，連醫生也百般不思其解，只好說或許是誤診，或許是奇蹟吧。

彷彿經歷一場生死格鬥後，僥倖存活的神鬼戰士一樣，走出醫院後，遲遲無法回神的那男子，突然感覺若癌症宣告是鐵的事實，那又怎麼辦？他不就一切都太遲了嗎？他於是想完成那趟追尋靈山的旅程，不一定非追求什麼，只是，不趁老天爺開過這次玩笑後給他的時間，下次，說不定就不是玩笑了！

高行健的《靈山》，講的是，生命有限，何時結束沒人預先得知，但人的安於現狀，卻常常延遲了他對內心深處「召喚自我」的回應，而人生無常的結果，通常就是遺憾。

人，如何在單調、乏味的人生旅程裡，藉由一趟「意外的朝聖之旅」，重新面對生命、重建自我呢？這是沒有虔誠宗教信仰的人，也可以經由「朝聖的隱喻」，給自己一次重生的機會。

我們多數人，是欠缺宗教召喚的；或者有信仰，亦往往是如禮行儀，不甚了了；多數人，也不至於像《靈山》男主角一樣，有被老天爺狠很戲弄一番的僥倖奇遇。我們平凡，我們日復一日在日常軌道上行走，我們總感覺好像是被造物主輕忽的一個人。然而，我們一旦不安於現狀，能察覺來自生命底層不斷冒出的疑惑、好奇與焦慮氣泡，而後勇於去闖蕩，去質疑，去實踐一趟「追尋自我之旅」，那我們完成自己平凡生命的「心靈朝聖」，依然是大有機會的。

這本《我出去一下》，一個三十六歲的中年人，高不成、低不就，有宗教信仰但顯然沒那麼虔誠與堅定，但他的生命尚未遇上類似《靈山》男主角的戲劇性情節，他只是不安於現狀的，想在進入中年之際，思索一個不該在他這年紀好奇的問題，「上帝，到底存不存在？」

他若夠虔誠，根本不該懷疑。他若狠狠被上帝開過玩笑，他會直接感激上帝，相信自己還活著是上帝之旨意。但他兩者都不是。

於是，他採取了基督宗教裡，準苦行式的探索，他要走一趟全長八百公里的，前往聖地牙哥德孔波斯特拉大教堂的「聖雅各古道」，這是一條基督宗教裡極富傳奇性的古道，相傳那裡是耶穌門徒雅各的埋葬地。全程穿山越嶺，完全步行，道道地地台灣諺語講的「一步一腳印」。

這是一趟兼具世俗與神聖的旅程。

神聖性，在其宗教意義，以及歷代相傳的朝聖過程中各種神啓、神蹟的現象。世俗性，在於每個人走在古道上，必得面對自己體力負荷極限的挑戰，以及過程中種種的誘惑與需求（別忘了，他畢竟還是一個不夠虔誠的世俗中人啊）。

一句稀鬆而平常的話，「我出去一下」，也可能是我們生命爲之改觀的一句「禪語」。一個三十六歲的前中年人，可能料不到他這次「出去一下」，竟是他生命自此改變的一次參悟與體驗。這本書，好看與動人之處，在於我們各自的生命即便平凡，卻依舊有著自我救贖，自我安慰，自我調適的可能性。不過關鍵在於，我們是否有「我出去一下」，脫離現狀，擺脫包袱的決斷勇氣罷了。

我們是需要一趟「心靈的朝聖之旅」，不管在哪個年紀，不管在哪個地位，你一旦不安於室了，就給自己來一趟朝聖之旅吧。走，我們至少要有一次機會，對自己、對旁人說：對不起，我應該出去一下了！

（本文作者爲作家、資深媒體人）

我是誰？

二〇〇一年六月九日，聖祥庇德波特

出發前夕，我僅跟朋友淡淡道了句：「我出去一下！」其餘未多說，打算就這樣橫越西班牙。對此，好友伊麗莎白倒有十分精闢的評論：「啊，你是得了失心瘋！」

老天爺，究竟是什麼讓我踏上這趟朝聖之旅？

看來我的祖母貝塔早有先見之明，她以前常說：「如果沒有好好盯著，有朝一日，這小子肯定會浪跡天涯的！」

或許正因爲如此，祖母老愛把我餵得飽飽的。

原本我應該窩在家中，靠在心愛的紅色沙發上，喝杯熱呼呼的可可亞，配上一塊鬆軟綿密的乳酪蛋糕，愜意地享受生活，然而此刻的我卻抵著冷颼颼的溫度，蹲在法國庇里牛斯山腳下的中古世紀小城，聖祥庇德波特（Saint-Jean-Pied-de-Port）一間不知名的小咖啡館裡。屋外景色如詩如畫，一派明信片般的田園風光，但是天氣陰霾，不見陽光。

我仍眷戀世俗紅塵，不忍就此遠離，所以緊緊挨著大街的位置坐下。很快地我便發現，在這個自己先前未曾聽聞的小城中，行經的車輛熙熙攘攘，出奇地頻繁。

在搖擺不平的小桌上，攤開一本空白的日記，顯然它跟我一樣充滿渴望。其實在此之前，我從未興起記錄生命的念頭，今晨突如其來的衝動，讓我想將這趟即將展開的冒險旅程，巨細靡遺地寫進橘色的小本子中。

此時此刻，我的朝聖之旅揭開序幕。

這趟徒步旅行沿著歐洲文明之路，即「法蘭西之路」（Camino Francés），翻越庇里牛斯山，貫穿巴斯克地區、拿瓦拉（Navarra）、拉里奧哈（La Rioja）、卡斯提亞萊昂（Castilla-León）、加利西亞（Galicia）等地區，全程八百公里，直達聖地牙哥德孔波斯特拉（Santiago de Compostela，又譯為「繁星原野聖地牙哥」）的大教堂，相傳那裡是耶穌門徒雅各，伊比利民族偉大傳教士的埋葬地。

一想到要長途跋涉，我巴不得先休息個兩星期再說！

然而，箭已在弦上，不得不發了，我要徒步走完全程！徒步！我對自己複誦一次，彷彿唯有如此才敢相信。此外，我也不是獨自一人旅行，還有個重達十一公斤的鮮紅色登山背包為伴。萬一途中不幸發生意外，從空中鳥瞰，仍有被尋獲的一線生機。

連爬樓梯到二樓都不肯的我，從明天起，每天要步行二十至三十公里，並在三十五天之內，抵達目的地。我自詡為「沙發上的馬鈴薯」，從明天起，就要健行去了！幸好，親朋好友都搞不清楚我在玩什麼把戲，萬一明天下午，整個計畫就因突發的生理因素而告吹，我也不至於太難堪。

今天上午，我已慎重其事地眺望過官方朝聖之旅的起始點，就在聖祥庇德波特的小塔樓與城牆另一邊的城門上，是通往西班牙庇里牛斯山的關口。登上石磚路右邊的大斜坡之後，第一階段沿著「法蘭西之路」的朝聖之旅，就此展開。

當時，那裡有位年約七十歲的老先生，儘管肢體上的障礙，導致嚴重的行動不便，他仍以堅定的步伐踏上「朝聖馬拉松」，我不可置信地盯著他的背影有五分鐘之久，直到他慢慢消失在晨霧中。我深信，他絕對能完成這項壯舉。

庇里牛斯山的高海拔，教我想起德國阿爾卑斯山的阿爾郭伊地區（Allgäu）。

▲朝聖之旅的起點——聖祥庇德波特

庇里牛斯山的峰巒覆蓋著皚皚白雪，我帶著一本薄如蟬翼的旅遊指南，它將助我一臂之力，翻越高山峻嶺。指南上寫著，數百年來，當人們無路可走時——不論從字面或引申意義而言，人們便踏上這條路，前往朝拜聖徒雅各。

不久前我才經歷聽覺障礙，並且剛動完膽囊切除手術。根據我個人的看法，這兩種病都非常適合喜劇演員，也讓我終於有機會重新思考。

數個月以來，內心有個聲音不斷以高分貝吶喊著：「該休息了！」但我卻充耳不聞，依舊紀律如常地持續工作。於是，身體以喪失聽力的方式復仇，這眞是個恐怖的經驗！我對自己的不理性感到十分沮喪與憤怒，進而大動肝火，又因疑似心肌梗塞，而被送到急診室。一再出狀況，實在令人憤恨難平！這一次，我終於平靜下來，傾聽內心的聲音。你們瞧！我已下定決心，夏季不再接任何工作，讓自己能好好喘息。

沒多久，在杜塞爾多夫一家分類詳細的書店裡，我佇立於旅遊書櫃前，在一堆符合主旨「我要出發旅行」的書籍中，尋找合適的旅遊地點。

而第一本不偏不倚掉落在腳邊的書，它的標題是「喜悅的聖雅各之路」。「怎麼有人如此稱呼一條路，眞是有夠厚顏無恥的。」我感到十分不服氣，心想：在某些情況下，巧克力令人歡愉，威士忌教人忘憂，但一條路怎能帶給人喜悅？於是，我立刻把這本「自傲」的書打包買回家。夜裡，囫圇吞棗讀完它。

除了從坎特伯里（Canterbury）到羅馬的「法蘭西珍那古道」（Via Francigena）、耶路撒冷古道之外，前往聖地牙哥德孔波斯特拉大教堂的雅各古道，也是基督宗教三大朝聖古道之一。

相傳此條古道，遠在紀元之前即是克爾特人（Celtic）的「成年禮之路」。它是大地的動脈和所謂「光之線」（Leylinie）的能量軌道，據說整條路線與銀河平行，一直延展至「繁星原野聖地牙哥」，甚至抵達西班牙大西洋海岸的菲尼斯特雷（Finisterre），在當時的世界觀中，即「世界盡頭」、「天涯海角」的意思。在此之前，我以爲地球這整個行星都是與銀河平行的。的確，不管年紀多大還是有學習能力！

前往聖地牙哥教堂朝聖的人，天主教教會將會大方寬恕他們所有的罪愆。對我來說，這比較不是鼓勵，而是預言，透過朝聖尋找到自我，値得一試！

接下來幾天，我看著自己被催眠似地探聽旅途路線，然後準備背包、睡袋、睡墊，以及朝聖護照，最後整個人才在飛往波爾多（Bordeaux）的途中清醒過來，聽見自己大聲地說：「我究竟在發什麼瘋？」

終於來到法國波爾多。二十年前我十六歲，曾旅行經過這裡，波爾多的現況與當時的印象相去不遠，仍然是灰撲撲的。我打算下榻火車站對面的大西洋飯店，那是座氣勢雄偉的古典主義建築。由於未來的六個星期，只能睡在朝聖旅館簡陋的大通鋪上，伴著世界各地朝聖好好款待自己。

者的鼾聲度過漫漫長夜，日常生活中也沒有像樣的衛浴設備，因此，在此之前，我決定要好好款待自己。

然而，我的一番好意並不如預期，甚至還沒有大通鋪來得舒適宜人。面對櫃檯人員，儘管我露出親切友善的微笑，卻得到一間四壁寂然、沒有窗戶的斗室，房內的照明是刺眼的藍色霓虹燈，價格高得嚇人。要不是我的膽囊早已不存在，它鐵定立刻狂暴囂張了起來。

然而，倘若在波爾多的經歷美好一些，也許我就不會繼續這趟旅程了。

這一次與上一次來這裡，兩趟旅行相隔了二十年。難道這二十年來，我的心情一直都很糟？我決定歸咎於波爾多，這樣比較省事。

房間內空無一物，前任房客狡猾地把迷你吧檯的東西喝個精光，我只好起身，前往火車站。

我站在車站內壯觀的售票大廳中，以學校學來的正統法語，開口說道：「女士，麻煩您，波爾多到聖祥庇德波特，二等艙，單程車票一張！」此時，坐在櫃檯玻璃另一邊的非裔法籍女性站務員，以燦爛的笑容對我展開魅力攻勢。

「先生，幾點？」她用法語問我出發時間？這位女士很聰明！

「明天早晨七點！」當下我隨性決定，一如往常作風。

對站務員來說，最基本的訊息需求再度顯現，她一絲不苟地問：「地名麻煩請再說一次！」

好極了！事實上，所有我研究過的地圖，都沒有標示通往聖祥庇德波特的鐵路線，應該不會不存在吧！我只好悻悻然地再說一遍，這位女站務員有些困惑地來回翻閱那本厚重的時刻表，最後竟然詫異地發現：「先生，法國根本沒有這個地方！」

我驚訝的程度，彷彿她宣布了「上帝已死」。

「等……等一下，」我說：「確實有這個地方，火車可能沒經過那裡，但一定有長程巴士之類的！」雖然她仍維持基本禮貌，但有些固執，決不隨便讓自己被混淆視聽：「不，不，請相信我，這個地方根本不存在！」我當然不相信她，繼續堅持下去，一定有這個地方。爭論到最後，已經成了原則問題！

互相折磨了幾

▲誰會眞的懷疑聖祥庇德波特城的存在呢？

好分鐘之後，終於得到證實，眞的有這個地方！更教人高興的是，只要轉一次車便能抵達。我不禁要懷疑，這個地方之所以存在，純粹是因爲我一心認定它的存在。或許我很幸運，但願我與上帝的關係也是如此！

手中握著車票離開車站時，我反覆自問，我究竟在這裡做什麼？一切是否合情合理？到底有沒有經過思考？然後我看到眼前有張電信局爭取客戶的大型廣告，上頭的標語是：「你眞的知道你是誰嗎？」我的直覺毫不猶豫地回答：「不，一點也不知道！」

我決定先回到大西洋飯店，之後有的是時間可以苦思冥想這個問題。飯店房間內掛著一本介紹波爾多的小冊子，我興味索然地翻閱瀏覽著，看看自己前幾週錯過了什麼精采節目。無意間，我的目光停留在一句標語上，彷彿先前廣告的延續，這次則是：「歡迎回到現實。」正中紅心！

我的房間依然沒有窗戶。手機充電器與法國插座的規格不合，其實當下我就想打道回府，或者先離開這個地方再說？我不知道，最後選擇離開，上床睡覺去了。

今早抵達聖祥庇德波特時，來自世界各地、各種年齡層的朝聖者已蜂擁而至。這座小城仰賴朝聖爲生，商店販售樸質的登山杖與貝殼吊飾——這些都是朝聖者的辨識標誌，此外還有鮮豔俗麗的神像、肉類搭配薯條的朝聖餐、以現代流行用語撰寫的健行指南等。在這裡，我給自己買了根簡單的登山杖，不過現在它對我來說又重又長，非常不順手。

在前往當地朝聖旅館的途中，我反覆思索，法語的圖章怎麼說。在朝聖護照上，也就是「朝聖狀」（credencial），找得到圖章的西班牙語es sello。就在走到大門之前，我終於想到一個字，Timbre! 當然是「戳記」囉！接著我在腦海中完成了法語造句：「J'ai besoin d'un timbre.」（我要蓋個章。）這時，耳邊卻傳來一口流利的牛津腔英語。有一位年紀較長的先生坐在書桌旁，正爲來自愛達荷州四人樂團的青少年蓋章，分發他們一至四號的床位。原來那位先生是英國人，他利用年假來此，爲朝聖者在朝聖護照上蓋戳記，並負責分發床位。顯然他樂在其中。當我確定今晚必須在濕冷的二十人通舖過夜，隨便掐指一算，我的落腳處應該就是第五號床，正好緊鄰活力充沛的愛達荷鄉村四重奏，頓時情緒低落。這四人還眞的一路背著重得要命的樂器，其中包含了三把吉他和一根笛子。

輪到我時，和善的先生用英語問我：「先生，您的職業是？」我該怎麼說呢，我想了一下便回答：「藝術家！」他向我投以懷疑的眼光，先前招呼那幾位音樂家時，他可沒有這種疑問！

廣告上的那句標語寫著：「你眞的知道你是誰嗎？」很顯然，我並不知道。戴著白色漁夫帽的我，看起來比較像是卡通裡，不停追捕兔寶寶的艾默小獵人吧！

在分配到五號床之前，我的朝聖之旅尚未踏出一公尺，便得到了第一個戳印。

這樣天主教教會才知道，我確實是從這裡出發的，在終點聖地牙哥大教堂的朝聖辦公室，可獲頒如繁星閃爍、鑲著金邊的拉丁文證書。屆時，我滿身的罪孽都將得到赦免，根據天主教教會的觀點，那些罪還眞不少！自覺彷彿置身於一齣教會喜劇中。

沿途只有官方的朝聖旅館、教堂、修道院會爲朝聖者蓋章，而那些習慣開車或搭乘火車的人，則無法取得朝聖證書，因爲蓋章的重要據點只能以步行或騎腳踏車的方式到達。只有在抵達聖地牙哥大教堂前，至少徒步走上一百公里，或者最後兩百公里騎乘「鐵馬」、馬匹，才有資格宣稱自己是眞正的朝聖者。不過大多數人都想嘗試走完整段「法蘭西之路」，畢竟這是一條有傳統的朝聖路線。

爲了要得到朝聖之旅至關重要的「朝聖護照」，當然不一定非得信奉天主教不可，以我爲例，在內心我向來視自己爲某種佛教徒，並以基督宗教作爲外在結構。這在理論上聽來有些複雜，但實務上卻是簡單可行的！

爲能在心靈層次上有所追尋，這樣的信仰基礎已綽綽有餘，我一直奉行不悖。

爲了補償昨夜在波爾多的輾轉反側，今晚我決定落腳在「庇里牛斯旅館」，它的住址就在市內。有時候我發現自己還眞是典型的都市人！

對我來說，第一晚就在地區性的朝聖招待所過夜是有點——嗯，該怎麼說呢，太熱鬧了吧！

當我在旅館餐廳裡啜飲法式歐蕾咖啡時，我不斷自問，對於朝聖之旅究竟有什麼期待？就這樣動身出發，滿腦子想著一個問題：上帝是否存在？或者是耶和華、濕婆、迦尼薩、梵天、宙斯、羅摩、毘濕奴、沃坦、馬尼圖、佛陀、阿拉、黑天？……

從小，我便喜歡思索偉大、不知名的事物。八歲時，我開始上聖餐儀式課程，至今仍清楚記得上課內容，後來的告解、宗教及堅信儀式課程也對我有相同的意義。上這些課，我完全不需要任何的威逼利誘，而是自動自發。順帶一提，也沒有人會強迫我，因爲我並不是來自嚴格的天主教家庭。直到高中畢業會考之前，與宗教相關的議題都能引起我高度的興趣。

彌撒時，其他小孩咬緊牙根，拖著沉重的步伐，期待一切盡快結束，而我卻必須暗藏強烈的喜悅，以免看起來一點也不酷。毫無疑問，我們教區神父的佈道十分乏味，但不能扼殺我初萌發的興致。對我來說，沒有任何心靈宗教的方向是絕對的，所有的世界觀都令我著迷。很長一段時間，我曾認眞思考，是否要改變宗教信仰，以便成爲牧師或是宗教學學者。小時候，對於上帝的存在未曾有一絲的懷疑，但今天身爲所謂經過啓蒙的成年人，卻必須嚴肅面對這個問題：「眞的有上帝嗎？」

如果在這趟旅程結束時，答案是：「沒有，很抱歉，上帝並不存在，那裡什麼都沒有。請相信我，先生！」

如果是這樣，那麼我該怎樣辦？沒有上帝，什麼都沒有？在這個眾生芸芸的星球上，生命變得毫無意義？我揣測，當然每個人都想找到上帝……或者至少想知道上帝現在是否在那裡……或者說，過去曾在……或者……？

也許，另一個問題會好一些：「上帝是誰？」

或者問說：「在哪裡？什麼樣子？」

科學的研究方法也會做類似的提問。

所以，我先提出假設：「眞的有上帝！」

應該沒有人願意虛擲寶貴又有限的生命光陰，去探究最終根本不存在的事物吧。

所以我說，祂是存在的！只是我不知道祂在哪裡。假使眞有造物者，祂一定很欣喜，因爲我從未懷疑過他（或她或它）的存在。

最糟糕的情況是，答案爲：「有上帝，但同時也沒有上帝。儘管你無法理解這道理，但很抱歉，這就是事實，先生！」

果眞如此，我也能接受，因爲這是一種妥協！有些印度教教徒似乎就抱持這種看似荒謬的立場。

不過，還有一個問題，到底是誰在這裡尋找上帝？

是我！漢斯・彼得・威廉・科可林，三十六歲，射手座，上昇金牛座，歐洲人，德國萊茵地區人，藝術家，吸菸者，生肖屬龍，泳者，汽車駕駛人，按時繳交廣播電視費，觀眾，喜劇演員，腳踏車騎士，作者，消費者，選民，讀者，聽眾，男性。

似乎我並不怎麼清楚自己是誰，又該如何探究上帝是誰呢？

「我是誰？」這個問題聽起來相當謙遜低調，平凡無奇。

這並不是我原本想要探討的問題，但迫於隨處可見的廣告刺激，我別無選擇。好吧！先尋找自我，再視情況而定了。也許，我很幸運，上帝就住在離我不遠處。該不會，原來祂就住在我家隔壁，而我卻大老遠跑來這裡找祂？

全怪昨夜那間氧氣不足的「囚室」，我只睡了三個小時，思緒才會這般混亂，還是因爲壓力，讓我願意屈服？今天要早點上床，明晨六點準時出發。哎呀，還眞累人！

如果上帝存在的話，至少祂有一籮筐的幽默。想想看，我坐在馬鈴薯形狀的行星上，喝著拿鐵咖啡，而行星正以超高速奔馳宇宙之間，雖然我一點也感覺不到，但事實就是如此。

現在，我人在聖祥庇德波特，而基督使徒約翰（法語爲Saint-Jean）不正是雅各的兄弟嗎？

如此恰好證明了，這是一條兄弟情誼之路，也許該城就是根據施洗者約翰命名的？約翰的複數也有好幾種說法……太累了，今天無法再繼續探究下去。

本日感悟：首度發現自己是誰。

迷霧之行

二〇〇一年六月十日，龍塞斯瓦耶斯

哎，全身像是挨揍般的酸痛，幾乎無法握筆。

今晨七點前，未享用早餐，我便離開了旅館，前往目的地西班牙龍塞斯瓦耶斯（Roncesvalles），八點之後，才以一條雜糧棒裹腹。我從德國攜帶三條雜糧棒，以備急難之用。一公升裝的塑膠水瓶，只灌了一半滿，因為任何一公克都讓我的背包更加沉重不堪。

在踏上官方朝聖之路的石磚後，天空開始下起傾盆大雨。又濕又冷的狀況讓我立刻認清，身上那件超級昂貴的雨衣不僅無法禦寒，還不防水。半路上，不見其他朝聖客，至少濃霧中看起來是如此。顯然大夥都喜歡洗溫水澡，相較之下，我就勇猛許多，這一點幾乎可以確定。

今天，我原本計畫要慢慢暖身，好適應肩上的重量，熟悉手中的登山杖，並運用自如。然而，根本就行不通！沒有人會在這種鬼天氣下健行，飛速抵達任何一個目的地，才算聰明。而那根礙手礙腳的專用手杖，又經常神不知鬼不覺地堵在兩腳之間，於是踉蹌一下，整個背包隨即因地心引力而向前倒，我這個未經鍛鍊的小胖子只好費力地調回重心。尤其困擾的是，我一直找不到理想的行進速度，結果不是氣喘吁吁，就是緩如牛步。

我無法判斷這個地區是否風景優美，磅礡大雨中，霧又濃得化不開，根本看不到任何景色。不過，根據我全彩旅遊指南的照片，此地在夕陽餘暉的照映下，山脊上的白雪散發童話般光芒，堪稱歐洲最神祕的地區，旅客絕對不可錯過。還有，遠方是嶙峋的岩石，近處有茂密的柳葉搖曳，羊兒群聚在樹下。無論誰走在路上，羊群擁有絕對的先行權。而現在我只能說，有可能羊群正走在我前面吧！

望著這些風景照，十分遺憾，日後不能大聲向他人炫耀，我曾經來過這裡！

我步履蹣跚，沿著陡峭的山路一直往上攀登，儘管背包不停扯我後腿，明顯透露急欲返家的意圖。三個小時後，我從容不迫地穿越了巨大的霧牆，來到海拔一千三百公尺高的龍塞斯瓦耶斯隘口。

某一刻，我擔心自己就要不行了。突然想到，如果現在跌落山谷，鮮紅色的「求救背包」也派不上用場，山區含煙籠霧，即使從空中也搜尋不著。這樣的結局未免太悲慘了，我神經兮兮地傻笑了起來，緊繃的情緒頓時紓解。不過，這樣子發笑也是很吃力的事。最後理智還是勝出，我決定就此停步，也不要再拿著筆記本，就任憑命運安排。我不行了！

傾盆大雨中，在路邊石頭上稍做休息，欣賞著看不見的庇里牛斯山全景。向右望去，是可能無法登上的陡峭路段，因爲如果以目前的龜速計算，山峰在數小時腳程的遠處；向左看去，是不怎麼平緩的下坡，三個小時恐怕也走不完。進退維谷，眞是意想不到，只好先靠一條雜糧棒補充體力，再抽根濕漉漉的香菸，濕冷的菸草別有一番風味。

雨水已不再惱人，反正所有東西都濕透了，保證防水背包內的東西無一倖免！我坐在石頭上吞雲吐霧，不時傻笑，不曉得過了多久，大概有十五分鐘吧！一路上，行走了好幾個鐘頭都沒碰到半個人。這時毫無預警地，從左前方的濃霧中，突然冒出一輛藍色卡車，我立即興奮地跳起來，揮舞著登山杖企圖攔住它，由於道路狹窄，我和登山背包整個擋住去路，卡車也無法通過。這輛舊型的三輪卡車停了下來，副駕駛座的車門打開，一位滿臉通紅的農夫直視著我。

「嗯，這種爛天氣，你要去哪裡？」他以一口法語方言對我說。

「往上！」一時間想不起法語的山峰怎麼說，乾脆就這麼回答。他咕噥幾句，做出手勢邀我上車。我沒卸下背包，直接坐在農夫旁，他身穿藍色工作服，抽著「高盧牌」香菸。我的鼻子幾乎貼在擋風玻璃上，儘管如此，還是能清楚嗅到後頭飄來一陣惡臭，我扭頭一瞧，載貨平臺上，一頭大公羊衝著我咩咩叫，另一頭則是氣定神閒地把牠的臀部送了過來。車子朝著山頂全速前進。

「還有多遠……才到那上頭？」我打開話題，問起農夫。

「不遠，大概再兩公里半。」他回道，並遞出一根乾燥的香菸，我接下點燃。

「那麼我幾乎在上頭了。」我脫口而出。

「你是朝聖者？」

「是的！」簡潔有力的答案，心想：「現在我終於可以宣稱，我是朝聖者！」

「你不覺得，你有點太過勉強自己了？」他以批判的眼神看著我，亟欲知道答案。

是的，我太高估自己的能力，但誰又願意在兩隻散發羊騷味的牲畜面前承認這點呢？

車子盤旋而上，公羊不停咩咩叫，彷彿聽到命令似地劇烈反胃，並伴隨綠色的唾液；簡而言之，壯碩的公羊在載貨平臺上嘔吐了。這似乎是項了不起的成就，農夫對我咧嘴而笑，我卻想不出任何具有原創性的慰問，只是再平常不過地問了句：「牠的身體不舒服嗎？」

農夫安撫我說：「牠不喜歡搭車，經常會這樣。不過夏天到了，這些羊必須回到高山牧場上，搭車才能到那裡。」

在抵達一定高度後，他讓我在迷茫煙霧與磅礡大雨中下車，我站在柔腸寸斷的森林小路上，主觀明顯感受到氣溫低於零度。農夫嘴裡叼著菸尾，露出一抹微笑，彎身對我說：「最糟糕的路段已過，山峰就在不遠處！」我打從心底感謝他，也不忘祝福他的羊兒早日康復。卡車揚長而去，我在霧中順利找到路標，趁著空檔喘息，再度感到信心滿滿，一定能應付接下來到西班牙的路段，正打算拿起水壺喝口水解渴，赫然發現水壺可能滑出背包，掉在卡車上了。好極了！天空下著滂沱大雨，而我卻感覺快要渴死了。

我一小段又一小段地往上爬，上頭的空氣也愈來愈稀薄，接著來到鄰近西班牙的開放邊境，「羅蘭之泉」，這裡是羅蘭騎士英勇對抗巴斯克人（或者摩爾人？），功敗垂成之地。查里曼曾飲用過此地的泉水，然而，眼下的我無心進行歷史鑽研，我只是感到口很渴。若不拘泥於德國作家布萊希特（Bertolt Brecht）的名言，我會說，首要之務是暢飲解渴，然後才談知識學養。我起步快跑，蹦蹦跳跳來到泉水池邊，背包也跟著快樂地上下跳躍，大力扯著我那可憐的肩膀，大腦想像著清涼解渴的暢快感受，於是我興奮地打開羅蘭之泉的金色水龍頭，竟然毫無動靜，沒有湧出半滴清泉！

我不放棄，又試了幾次，泉水顯然已經乾涸。

大雨形成的急流，摻雜著渾濁的紅色泥濘，從我的左右兩側流過，但是泉源卻沒有水。

我的旅遊指南指出，這裡的泉水是此路段中唯一的飲用水水源，羅蘭，查里曼的武士，在這裡遭到薩拉森人（Saracen，中世紀基督教用語，指信奉伊斯蘭教民族）的殘酷殺害。唉，薩拉森人。天候如此惡劣，我至少得再走上四個半鐘頭的路。眞是妙極了，今天肯定不是好日子！一股怒氣竄了上來，該死的，難道不能派個水管工人來嗎？

突然間，引擎聲響逐漸接近，泉水上方的山坡路上有輛消防車自霧中駛來，這可不是幻覺吧！

兩名帶著好心情的消防隊員走下車，撥開雲霧緩步走向我，「先生，一切還好嗎？」他們十分友善地探詢我的情況，儘管我口乾舌燥，立即以流利的法語回應：「再好不過，但具有歷史意義的羅蘭之泉的水龍頭故障了，你們一定不相信，打開水龍頭後，竟然沒有水。」消防隊員就是這樣神通廣大，雖然他們也無法讓水龍頭嘩啦嘩啦地流出水，但在大夥同心協力之下，終於順利從源泉後方的土地上，接出一條水管，讓我這個朝聖客可以狂飲，喝它個夠。

我至少灌了兩公升的水，之後，兩名年輕人修復了一切，讓水池恢復運作，再度汩汩湧出清泉，就像以往曾有的那般！

我肯定是今天唯一在此飲水解渴的徒步者，一個流於形式的問題從我口中冒了出來：「老天爺！天氣這麼糟，你們跑上來做什麼？」

身材較爲魁梧的消防隊員笑著解釋：「沒做什麼。昨晚我們參加消防隊在聖祥庇德波特舉辦的舞會，我的同事喝太多了，所以每十分鐘就要停車，讓他下來吐一下。」消防車猶如海市蜃樓般驀然出現，瞬間又在一片氤氳中消失得無影無蹤。

在這段路途上，人與動物似乎經常會不舒服，而我卻透過神祕的方式，漁翁得利。這是今天我二度充滿感激之情。

消防隊員是法國人，這意味著我仍未抵達西班牙，眼前還有一段漫漫長路。我加快腳程，穿越了林深不知處的山野，翻過山嶺——我只能揣測它的存在。眼見即將雲開霧散，卻又遲遲不見藍天。

痛苦步行三個小時之後，我快癱了，然而，雨勢愈來愈大，體力也所剩無幾，眼前的路程恐怕還要兩個小時。我的速度慢了下來，短短三十分鐘內，數十個朝聖者超越了我，眞不知這些人是從哪裡冒出來的？過去幾個小時，沒看到半個人影，現在又一個個渾身濕透，打從我身邊走過，沒有一句問候語。

幸運地終於可以往下走了，我的心情爲之一振。下坡路穿越了山毛櫸森林，是條最多二十公分寬、滿是泥漿與碎石的小路，坡度之陡，讓我沒走多久，左膝蓋就大爲震撼，疼痛不已，如此快速攀升的劇烈疼痛，是我前所未有的。爲了強忍疼痛，我必須大聲呻吟，完全不在乎，在這個遭上帝遺棄的荒涼之地，是否有人會聽見我的哀嚎。然而，即使這麼做，卻絲毫不減疼痛，我不禁要自怨自憐了！

眞要感謝當時購物欲發作，買下登山杖。這根粗棍棒雖然妨礙我爬山，如今走在下坡路上，卻猶如魔棒般發揮神奇的功效；如果沒有它，不僅是寸步難行，連想在溜滑梯般的山徑上站住腳，都不可能。每走十分鐘，我就累得要休息一下，以便繼續向前推進，完全沒工夫自怨自艾。

先是步履蹣跚地往上爬，然後舉步艱難地再往下走，無論如何，我必須在日落前抵達龍塞斯瓦龍塞斯瓦耶斯斯，不然眞的是黯淡無光了。截至目前爲止，尚未見到界石的蹤影，也就是說，我還在法國境內。西班牙啊，請你靠近我一點！

膝蓋疼得受不了，眼淚就要奪眶而出。根據我這本頗有遠見的旅遊指南所言，每位朝聖者在朝聖路途中，至少都會痛哭流涕一次。

但是，拜託！請不要讓我在第一天就流下男兒淚！

但是，再走十分鐘，我就要昏倒了！我眞的要嚎啕大哭，噢，就在此時此刻，奇蹟出現了！我擺脫沉鬱的森林，來到一片曠野，一眼望見龍塞斯瓦耶斯修道院的圍牆，心情之激動，宛若中世紀的痲瘋病患者，得到善心人士施捨的一塊麵包。我辦到了！我辦到了！獨力步行二十六公里，翻越庇里牛斯山——如果暫且不將「牧羊人」提供協助的那一小段算在內的話！

雄偉的龍塞斯瓦耶斯修道院是官方的朝聖旅館，其外觀猶如睡美人的城堡，但相對於儉樸的村鎮，其規模彷彿大了三倍，顯然此處無時無刻不受到修道院的影響。我在修道院繞了一小圈，只參觀了一樓，因爲朝聖客很多，我連走廊都快擠不進去。不過我卻發現，大通鋪、廁所及淋浴間的狀況，遠不如外觀維持得良好，不僅冷冰冰，而且還頗髒亂。大廳容納了五十位朝聖者，他們將濕透的衣物攤開，放在潮濕的石頭地板上晾乾。旅人個個滿身臭汗且疲憊不堪，在修道院的角落裡，心滿意足地或蹲或躺。我自己也是這副模樣。

在這裡，我得到第一枚眞正的朝聖戳章，坐在桌子後方的巴斯克裔退休老人問我：「爲什麼你只要蓋一個戳章，難道不需要一張床嗎？」

相較於法語，我的西班牙語是眞的很溜，因爲西班牙語是我中學時期的重點科目，而我始終熱愛這個語言。於是，我從容回答：「不，我不需要床，我會在旅館過夜。」老先生怒氣沖沖地站了起來，握起拳頭搥桌子：「你怎麼能這樣呢？身爲朝聖者就要在投宿站過夜，與大家共同分享經驗，絕對不會離群索居，去住什麼旅館！」

我手足無措地注視著床位管理員，並說：「我很樂意和大家分享經驗，但可不想分享足癬。」說完，轉身就走。我突然氣憤地想到，與其發牢騷，修道院還不如將淋浴間清理乾淨。要在這樣的環境中過夜，恕我很難辦到。我已經強迫自己行軍了，但不能再逼我睡在這間投宿站。換個想法，它充其量是個提供「庇護」的所在，不多也不少，所以彼此也不該有太多的期待。

然後，我一瘸一拐地走在村裡唯一一條道路的另一側。

我選擇過夜的小旅館就對著修道院，住宿費便宜，內部整齊乾淨，有暖氣，甚至還有浴缸。走進舒適的小房間內，我先把濕透的雜物攤在地板上或暖氣上，淋了一天雨，連錢和旅遊書都濕答答的。如今，每走一步，我的膝蓋便劇烈疼痛，希望我的朝聖之旅不會在第一階段就夭折，絕對不能因此中斷！基本上，膝蓋在休息狀態中毫無問題，往上爬還可以，往下走幾乎是不可能，恐怖的是，唯一的空房位於二樓。花了許久時間才來到這上面，不過我還算有先見之明，在樓下先用了餐點，是墨汁花枝，省得待會又上上下下。那令人大惑不解的旅遊指南提到，該地有間雜貨店，事實卻非如此。眞是傷腦筋，不知道明天要去哪裡補充糧食，不過就算有商店，明早我恐怕也無法下樓了。

可以確認，今天我以自己的方式爬上山峰，而我的下肢也把話說得很明白，疼痛已到了發麻的程度！我的追尋是否猶如霧中山峰？雖然看不見蹤影，但它確實存在！難道這是嚴重缺氧的緣故？無論如何，我很高興順利抵達西班牙，明天將繼續旅程。感覺自己彷彿從霧茫茫的產道中誕生，雖然有些難產，但畢竟斷了臍帶，母子均安！一些需要調養的狀況，純屬小問題了。

本日感悟：雖然不能親眼目睹山峰，但它確實在那裡！

步行中不可承受之痛

二〇〇一年六月十一日，祖比里

今早幾乎完全感覺不到膝蓋的疼痛，雙腿活動自如！在旅館餐廳享用一頓豐盛早餐之後，將近十點，我才動身出發，朝著祖比里（Zubiri）前進。根據旅遊指南計算今日行程，大約是六個小時。步行的路線仍是豐富多變，又要翻山越嶺。

我的登山鞋仍然濕答答的，只好趿著浴室拖鞋行走，這雙拖鞋原是參考典型德式旅遊讀物的建議買下的，避免雙腳直接接觸不潔的淋浴間地板。至於沉重的加拿大製登山鞋，暫且掛在背包上晾乾。

剛開始的路況平坦易行，此外，今天明顯感受到仲夏來臨，昨日的陰霾濕冷已一掃而

▲倘若沒有加拿大製登山鞋，眞不知會變成什麼樣？

▲巴斯克地區的建築物帶有德國摩澤爾河和波羅的海沿岸建築物的味道。

空，沿途經過美麗而寧靜的森林，只有蝴蝶翩飛、蜥蜴棲息——朝聖客不算在內。

終於可以縱覽群山，享受宛如阿爾卑斯山脈的壯闊景觀。不過一路上的指標比較凌亂，且充滿想像力，必須特別警醒，時時留意四面八方，尋找在路旁、樹上、柵欄或石頭邊，隨意手繪的黃色箭頭，否則很容易偏離路線。拋開這些小細節，我把自己的心態調整爲，不是穿著拖鞋步向聖地牙哥，而是腳踏著「七里靴」，讓聖地牙哥一日千里迎面而來！

途中經過的巴斯克村落如夢似幻，整個巴斯克地區就像一座童話森林，建築風格十分迷人，教人想起德國摩澤爾（Mosel）河旁的小城，或是波羅的海沿岸的風光，我不禁萬分疑惑，「艾塔」團體（ETA，主張巴斯克地區獨立的武裝分離主義組織）如何能在童話森林中丟炸彈呢？

隨著景致秀麗的步道來到高處，有十二隻大型鷹科鳥類在頭頂群聚盤旋，我反覆數了好幾次，一直不敢相信有十二隻，眞是蔚爲奇觀！當然，我不忘拿起拋棄型相機捕捉這個畫面，永久留念。若問起庇里牛斯山區是否有老鷹，我毫無概念，無所不知的旅遊指南也未曾提到這點。眼前的鳥類從外觀看來就像老鷹，希望不是兀鷹，並把我視爲肥美的獵物。雖然在鳥類學方面一無所知，但是親眼目睹十二隻老鷹的英姿，算是一大收穫！

登高遠眺教人心曠神怡，但是天哪，膝蓋的毛病又發作了，痛得要命，頓時又墮入地獄！

我這個「沙發上的馬鈴薯」不禁要懷疑，踩著浴室拖鞋橫越庇里牛斯山的行徑是否明智。一天步行三十公里可不是件輕而易舉的事！膝蓋時好時壞，飽受刺痛的折磨，我只好放慢步行速度，更何況沒穿一雙像樣的鞋子，而是趿著塑膠拖鞋「趴趴走」。一些巴斯克農夫看到我的模樣也被逗笑了，誰不知道，大海遠在兩百公里外的地方呢！

終於來到一座小鎭，鎭上的中心是間小酒館，我在那裡享用了餐點及飲料，然後補給了一些糧食，如香蕉、麵包、水。

再度恢復體力後，邁開大步向前行。半小時後，連我都十分訝異自己的行動敏捷、步履輕盈，肯定是少了什麼東西。一種聲音！我那根用來敲打柏油路面、探路前進的朝聖手杖不知去向，這下可好！我把它忘在酒館裡了。於是，立刻回頭直奔小鎭，找回那根手杖，若是沒有它，下坡路段將無法想像，可見我是多麼仰賴它啊！

在炙熱的烈日下，沒多久又力氣耗盡，巴不得扔掉失而復得的朝聖枴杖。我在這裡做什麼？頭腦還清楚嗎？但願我的家庭醫師知道，我是怎樣硬撐過來的！拖鞋都已經穿在腳上了，爲什麼不乾脆到海邊去？

但是我強迫自己換個角度想，努力說服自己：「胖子，繼續前進！你一定可以的。」

行走一段時間之後，抵達一座古老的小村莊，樹蔭下有大型木製的牲畜飲水槽，正發出淙淙水聲，清涼的泉水不斷流入槽內。我將腦袋瓜栽入水中，馬上覺得年輕了十幾歲，確認四下無人之後，三兩下退去衣服，整個人跳入槽內泡澡，連腳上的拖鞋都還來不及脫！浸在冰涼的泉水中，腫脹的足踝及膝蓋又縮回正常大小。

當然啦，偏偏這時候不知從哪裡冒出了朝聖客，是兩位有點年紀的德國女士，我猜可能是退休教師，幸好她們的水壺依舊滿盈，所以並不需要我的泡澡水。她們有些生氣地在我旁邊坐下來，卻又不禁莞爾一笑。我假裝自己是法國人，以法語「您好嗎？」問候她們。於是，兩位女士繼續她們的行程，我則享受了一根香菸，還吃了點香蕉配麵包，然後汲取部分洗澡水灌滿水壺。經過上回的慘痛教訓，現在我特別留意水壺，它可是跟登山杖一樣重要。

值得安慰的是，我眞的忘了重達十一公斤登山背包的存在！十一公斤耶！不過，此時登山背包裡已沒有多少東西，除了一條長褲正穿在我身上外，只剩下兩件襯衫、兩件T恤、濕透的雨衣、一件毛衣外加兩條內褲和兩雙襪子、旅行必備品、管裝清潔劑（因爲每天都要洗衣服）、ＯＫ絆、傷口噴劑、防曬乳液、手機、錢、睡墊、睡袋、一條毛巾、一本有點厚度的書、被雨打濕的旅遊指南，以及急難用雜糧棒，全部家當再加上飲用水共十一公斤。

這段時間，掛在背包上的登山鞋已經晾乾，我也準備好攻向海拔八百公尺高的艾羅隘口（Erro）。有兩個半小時的路程，幾乎全是上坡，這對我的身體而言一點也不好笑，但是在可以忍受的範圍內。途中我持續休息，持續來根香菸慰勞自己。

旅遊指南警告朝聖客，前往祖比里有一段陡峭的下坡路，非常陡峭，不適合登山菜鳥。想到前面還有兩位德國阿嬤，我安慰自己，如果連她們都做得到，我一定也行！然而，我實在是太天真了。

當我在抵達隘口前趕上兩位老太太

▲牲畜水槽裡坐著一位「法國人」，彬彬有禮地對女士說聲：「您好嗎？」

時，她們正痛苦地撫摸膝蓋，哀嚎呻吟。在這一天內我所遇到的人之中，還有一個中年荷蘭男子和鍛鍊得不錯的法國女子，同樣也發生膝蓋疼痛的情形。

是的，沒錯！這種下坡路連續走上幾個小時，簡直就是煉獄！天氣時好時壞，往下穿過森林，樹叢中的小徑教人無法捉摸。一路上，總共拐了六次腳，第六次嚴重到讓我認爲，似乎韌帶不斷，是無法離開這裡的。如果沒有登山杖，根本無法前進，除非直接滾落下去。這眞是獨一無二的折磨，我的膝蓋已不能再彎了！眼前幾乎看不到路，根本就是峽谷嘛，我懷疑這會是官方的朝聖路徑，說它是乾涸的瀑布，還比較貼切。我別無他途，只能把連滾帶爬的動作當成冥想，專注凝神於腳下的每一步，只要不去想下一步在哪裡，其實還不太難。

來到平緩的路段，也千萬別去擔心接下來的下坡路，否則即使在平地也會扭傷了腳。行進時，如果要在布滿圓滑石礫的小路上轉身，立即有摔得粉身碎骨的危險。所以只可以向前看，絕對不能轉頭。不然也一定要先立定、站穩腳跟，才能有其他動作。

在這裡，我徹底認識了自己的身體，而且老實說，在許多方面它還眞的是貢獻良多。只要我不以暴力脅迫，而是好言相勸，就像對待病馬一般溫柔體貼，有點耐心，它會配合的。就這樣出乎意料地，我又向祖比里前進了一小段，在抵達目的地之前，先經過一座橫跨阿爾加河（Río Arga）的中古世紀朝聖之橋，俗稱「狂犬病之橋」（puente de la rabia）。

到達朝聖旅館時，來自愛達荷州的四人樂團正蹲在晾滿衣物的兒童遊樂場上，演奏著音樂迎接我。我不禁納悶，朝聖旅館幹嘛蓋一座遊樂場，我完全無法想像，如何帶小孩徒步走完這段路程。關於這棟朝聖旅館的描寫，就此省略，只有這三言兩語了。我又在溫馨的小旅館度過一夜，由於老闆娘正巧是藥劑師的表姊，我就順便補充了運動軟膏及彈性護膝。眞走運，我的房間在三樓，而且沒有電梯，反正有人非讓我屈服不可，只希望明天還能夠繼續前往潘普洛納（Pamplona）。

晚餐又是墨汁花枝，雖然看起來不甚可口，也教人食指大動。這道菜似乎是西班牙的國民風味菜，儘管大海遠在幾百公里之外，但既然我都腳踩拖鞋健行了，當然也能夠大啖海鮮囉。

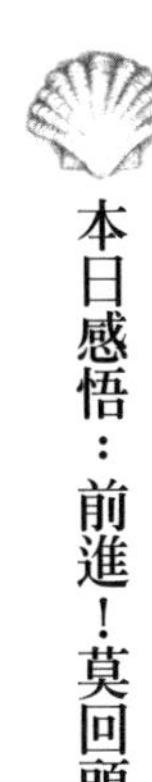

本日感悟：前進！莫回頭！

瓦解與重生

二〇〇一年六月十二日，潘普洛納

昨夜就可預見，今天一定不行了，至少雙腿會罷工。昨晚入睡之際，全身已酸痛到無法動彈，今早九點試著起床時，從腳底到大腿僵硬如石，幾乎麻痺；腳跟、足踝、膝蓋、脛骨，還有肌肉，全身上下無一處不痛。

雖說如此，早餐的吸引力還是讓我咬緊牙根，攀著扶手慢慢下樓。在走廊上，我觀察鏡子中的自己，明顯甩掉了一點肥肉，儘管一生中從未像現在吃得這麼多。

早餐後，收拾行囊，我立刻動身，勇敢迎向朝聖之路，它正以極端陡峭的上坡等待我的到來！但是才走了大約一公里，便毫無樂趣可言。

我的身體亟需休息，最好立刻就飛到三十公里外的潘普洛納休兵一天。然而，沒有巴士或火車通往那裡，所以就讓我從朝聖者變身爲搭便車的人吧。

首先，我在往潘普洛納方向的公路上走個幾公里，慶幸的是，道路是平的。然而，若沒有連環車禍，汽車絕對不可能停下來，我沮喪地放下大拇指。要知道，公路不是爲迷路又跛腳的朝聖者所設計，光是站在這裡就有生命危險！好不容易來到一條寬闊碎石子路與公路的交會處，我擺好姿勢舉起拇指時，人已虛弱得幾乎站不住腳。原本交通流量大的道路上，突然間沒有車子經過，我做好心理準備，恐怕會枯等幾個小時。

偶爾，有幾輛車疾馳呼嘯而過，大部分的駕駛都以搖頭回應我，甚至還有人比中指拒絕，搭便車似乎行不通。

只好往嘴裡塞根菸，但卻連香菸也點不著。這時我瞥見遠處有輛白色雪鐵龍朝我駛來，於是趕緊伸出大拇指，摘下太陽眼鏡，大力微笑！記得上一次這麼做是十八歲在希臘旅行時，當時也沒能成功。

白色雪鐵龍愈來愈近，我看見三個人及一堆行李，只好放下拇指，很明顯車上已無空間容納我的紅色登山背包。沒想到車速漸漸變慢，它居然停了下來。根據車牌判斷，車上年長的男士與兩位女士，應該是法國人。

「先生，你要上哪？」他們以法語問我。

「潘普洛納！」我說，並在心中祈禱：親愛的上帝，請讓他們也前往潘普洛納吧！

「上車吧！你大概走不下去了！」老紳士的話令我大感意外，於是問他：「你怎麼知道？」

後座的女士笑了出來：「你戴著護膝嘛！如果朝聖者無法以自己的力量繼續前進，人們就應該幫助他，你不這麼認爲嗎？這可是善行。」

我個人認爲，這甚至是值得大加頌揚的善行！於是，我立刻跳上車，擠到後座的女士身旁，車上僅剩的空間恰恰好容納了我和背包。氣宇非凡的老紳士繼續開車，並轉向後座對我說：「你很幸運，遇到我們法國人。」我訝異地盯著他，忍不住立刻詢問理由，衷心希望自己不會成爲種族偏見的見證人，我還眞對這幾位老人家有好感。車子繼續前行，他說：「你知道，西班牙人比較嚴厲，根本不會讓朝聖客搭便車，因爲他們認爲，如果不能憑著一己之力，就不算完成朝聖之行。」

聽到這話，心中升起一股罪惡感，但是我的腳眞的、眞的很痛，而且天曉得，這趟朝聖究竟是爲了什麼。

三位善心人士來自法國土魯斯（Toulouse），我們彼此交談熱絡。我的法語尙可，搭車的同伴也證明了這一點。感覺上前座的女士神情有點沮喪，我問她：「你們要去哪裡？」「到洛格羅尼奧（Logroño，西班牙中北部），也是在朝聖之路上。」她的回答簡短扼要。坐在我身旁的女士，年紀大約五十五歲，爽朗明快，她透露：「我們這位好朋友的先生，跟你一樣在聖雅各古道上朝聖。他從土魯斯出發，一直走到洛格羅尼奧。在抵達洛格羅尼奧之前，因爲喝了泉水嚴重中毒，差點喪命，我們正要前往醫院探望他，希望他一週後就能康復出院。」

在聽聞的剎那，我目瞪口呆。眞是悲慘！他已經徒步行走了五百公里，竟然碰上這種事！天啊，朝聖之路上危機四伏，還眞是大挑戰！從現在起，我只敢喝瓶裝的礦泉水了。

沒多久就抵達潘普洛納。善心人士直接載我到市中心，我們互道珍重，彼此祝福。我頻頻道謝，由衷感激他們載我這一程。

我住進「聖尼可拉斯」小旅社，房間在三樓，窗戶直接面向昏暗的天井，因而具有大教堂般的音響效果。此刻，不知從哪個房間傳來嬰兒聲嘶力竭的哭啼聲，聆聽此種「音樂會」一晚只要十八馬克，所以實在沒得抱怨。更何況旅社相當乾淨，位於市中心，還是官方的朝聖旅館。

稍後，我步履蹣跚大膽走上街，準備欣賞這座拿瓦拉地區的首善之都，但每踏一步，都疼痛難耐，於是決定坐在卡斯提洛廣場（Plaza del Castillo）旁，也有幾名朝聖客一拐一拐行經這古羅馬帝國的殖民地。看來這條朝聖之路讓大夥吃足了苦頭，令人驚訝的是，朝聖客中竟然有許多年輕人，尤其是德國人。算算距離此地負盛名的奔牛節還有幾個星期，他們應該不會是亡命狂奔之徒。

偷得浮生半日閒，一時不知如何打發，我乾脆就坐在那裡，觀察廣場上熙來攘往的人群。一般來說，有件事情絕對不會錯，那就是「吃東西」！我點了一份鮪魚佐甜椒與礦泉水。餐點送來前，從遠處便傳來一股餿水油味，等到侍者將食物端上桌，眼前這道菜的外觀甚至比氣味更噁心，可謂是差勁廚藝之經典傑作。整條魚灰濛濛，根本找不到甜椒，而且油絕對是壞掉發臭了，光用鼻子就聞得出來，根本不必張口試吃。我一口飲盡礦泉水，隨即起身，一跛一跛從容離去，沒付一毛錢！以前我從未白吃白喝過，如今卻從朝聖客變成「吃霸王餐」的惡徒。那一杯水就當作是店家的善心義舉吧！在這條路上，我最不需要的就是急性腸胃炎了。

今天我的行爲異常，實可歸咎於膝蓋疼痛，還有孤單的感覺在作祟。當然，我可以打電話回家一解寂聊，但這趟旅程有可能就此中斷。

不過，我並沒有什麼興趣加入其他朝聖者。大部分的人看起來是虔誠的天主教教徒，對於自己所從事的旅程，深信不疑，而我卻一直在自問朝聖的眞正目的。如果朝聖者一步一腳印，走到了聖地牙哥大教堂，結束旅程之後，他們還是先前剛啓程上路的那個人嗎？

我打算擺脫一切先入爲主、定型化的想像，輕鬆期待著隔天的新鮮經驗。這條路上一定有些什麼，能在我心中產生變化！

打從出發開始，我便時常遇到約翰這

▲讓我變成「惡霸」的潘普洛納。

位荷蘭籍中年男子，還有一位對運動流露熱情、四十五歲左右的法國女子，兩人始終友善地向我打招呼，顯示有興趣與我交談，我也會自然地與他們交換片言隻語，就某方面來說，對我已是綽綽有餘。反正順其自然，該發生的就會發生，但不知爲何，時機總是不恰當。

自從我踏上旅途開始，便感覺到，僵硬、老舊的我逐漸瓦解，我變得有穿透性，一如登山背包，我也終於找到機會與時間，整理、提升自己的思緒。

一路上，我不斷回想起職業生涯的開端，如何在十五至二十歲之間，幸運地實現夢想。早在孩提時代，我便有莫名的衝動，有朝一日要站在鎂光燈下。具體的行動始於一九八一年，當時，我告訴自己：「如果你想成爲喜劇演員，就要有題材！」於是我著手做筆記。一些朋友偶爾聽我講些混雜各式荒謬點子的笑話，他們會瞪大雙眼，一臉疑惑地看著我：「你認爲這很有趣？」儘管如此，我仍勤做筆記，樂此不疲，並且覺得很有趣，甚至是非常有趣！

對於我的企圖與作法，家人頗感驚訝，但沒有插手干涉。

某日下午，我在教母家中喝下午茶時，她丟給我一本電視週刊，並說：「你想進軍演藝界，他們正在尋找人才。」徵人廣告中有一句強而有力的話：「你是人才嗎？是的話，請與我們聯絡！」

好極了，如果我的朋友不懂我的幽默，何不讓專業人士來判斷呢？比賽的寄件截止日期已過了一個星期，但教母安娜的一句話掃除我的疑慮：「那又怎樣？申請信函就寫那一天啊，誰會眞的去看郵戳日期？」她說得對。

於是，我把一大篇的滑稽短劇錄製成錄音帶，反覆聆聽幾遍後發現，如果能有一番解說，效果會更好。於是我又在另一卷錄音帶中，針對每一則短劇，做了五分鐘長的說明。

四週之後，我收到一封來自柏林的邀請函，而且我還可以攜伴上電視。

「恭喜！您與另外五位競爭者，從六百封來函中脫穎而出，歡迎前來柏林一展長才！」太棒了！也許，我額外錄製的詼諧錄音帶就是成功的關鍵。當時我才十六歲，與父親兩人立刻出發，飛往柏林。

然而不巧的是，出發那一天正是暑假結束後的開學日，我應該坐在教室中上地理課，不是出現在杜塞爾多夫的機場。

父親倒是認爲，因特殊理由在開學頭兩天缺課，情有可原。

當我們坐在候機室裡，學校校長神情愉悅地迎面而來，他也是我的歷史老師。沒有比這更尷尬的場面了。他一眼就認出我，立刻衝過來說：「開學第一天，你要飛去柏林？」這是事實，不容我否認。

我的父親立即掌控全局，還編了一則令人爲之動容的故事，他謊稱我一位住在柏林的姨母去世，我從小就與她很親，所以這對我是很大的打擊。歷史博士一臉憂戚地看著我們，不便繼續打擾，讓我們靜靜地哀悼。

在飛機上，我責怪父親，也許說出眞相會比較好。因爲抵達柏林之後，我必須配戴一朵十公分大的紙雛菊，方便雜誌編輯辨識，上面還有一句話：「我愛看電視週刊！」如果沒有這朵花，工作人員要如何從機場的茫茫人海中找到我呢？

這下可好！出關前，我依照約定，將這個「龐然大物」別在衣領上。當校長與我們道別時，他滿臉疑惑，猛盯著我身上的那朵紙雛菊。

比賽在柏林展覽會場的一棟大廳內舉行，評審都是赫赫有名的專業人士，還有許多觀眾。登場後，我表演了平時在家族團聚與學校慶祝會上的絕活，並且發現到，我的幽默在現場觀眾中引起了共鳴。

比賽成績公布，我是所有項目的優勝者。

之後，我把錄音帶寄給各家廣播電臺，其中有一家地方電臺眞的回覆我。在電臺主播的指導下，我們對所有短劇的內容進行一番修正與改編，錄製成二十五個短篇，我還得到不錯的報酬。這是一次難得的經驗，帶給我很多樂趣。多虧這位主播獨具慧眼，大膽啓用新人，我才有機會接觸到廣播。

我在地方電臺錄製的節目，引起西德廣播電臺（ＷＤＲ）的注意，娛樂部門的主播邀請我參與小型節目的製作。在當時，這兩位主播的作風堪稱是標新立異，竟然延攬不知天高地厚的十七歲少年進錄音間。不管過去、現在還是未來，對他們兩位我永遠心懷感激。

隨著錄音經驗的增加，我也漸漸察覺自己並不適合廣播，電視才是我的夢想。

十八歲生日前夕，我貿然寄出幾封信，附上試聽帶，給巴伐利亞廣播電視臺與幾家我尚未接觸過的電視臺。

結果只得到冷淡的回絕，倒是巴伐利亞廣播電視臺的女主播，客氣地回了我一封親切委婉且內容頗長的拒絕信。這也是一連串拒絕信的最後一封，於是我怒氣沖沖回敬了一封大言不慚的信。之後，這位通情達理的媒體人，有一天親自打電話到我家：「你知道嗎？如果你眞的如信中所言具有非凡天分，就該參加第一屆帕紹（Passau）的脫口秀比賽，這場選秀大賽就是新人出頭的大好機會。優勝者將獲頒『劊子手之斧獎』（Scharfrichterbeil），由電視臺、劇院與《慕尼黑晚報》共同頒發。不過，在此之前你得先懂得禮貌，給你一個眞誠的建議，從今以後不要再寫這樣粗魯的信了。」

聽完這番話，我頗感慚愧。但另一方面，我似乎已見到自己在比賽中取得優勝，手中握著亮麗耀眼、造型優美的獎盃站在舞臺上。刻不容緩，我立即將相關資料寄往帕紹劇院「劊子手之屋」（Scharfrichterhaus），雖然我不是諷刺政治的脫口秀表演者，但我的腳本非常辛辣！

沒多久，便收到帕紹的婉拒信，對方在信中客氣地解釋，這次的比賽主要是挑選南德、奧地利、瑞士地區的新秀。此外，我錄音帶的內容不足以說服人，因爲不具政治意味。

這下可好，希望落空！幸好，同一時間，我和死黨阿悉姆報名了另一項比賽。我們編了一齣音樂滑稽短劇，將在科隆劇院參加競賽。西德廣告電視公司（Westdeutsche Werbe-Fernsehen）打算爲自家的劇院招募人才，新秀也有電視演出的機會。

於是，我們在房間內完成影片的錄製，其品質並沒有差到阻礙了登臺之路，這一次我們雀屏中選。當天來到小劇院時，全場已是座無虛席，一百二十位電視娛樂界的明日之星，踢踏舞者、歌手、喜劇演員、腹語術表演者、魔術師與特技演員，緊張地坐在臺下，目眩於舞臺上專業的燈光設備。

劇院總監嚴恩女士（Ingrid Jehn）站在眾人面前，以一口親切的地區方言，描述著演藝事業之路的艱辛，並且宣布百人中只選出三人，剩餘名額已保留給其他人選，包括未來「劊子手之斧獎」的優勝者。

她結束了生動的演說，目光朝向我：「你！你有張藏不住情緒的臉，就從你開始吧。」阿悉姆和我勇敢站上舞臺，他坐在鋼琴前，我則對著麥克風架；他準備好放手一搏，我也要秀出自己最好的一面。

憑著初生之犢的勇氣，我們一點也不緊張！對於我們的表演，臺下的競爭者完全無動於衷，彷彿在毛茸茸的座椅中黏住了，從他們冷淡僵硬的臉上，看不到半點反應。

沒有一首歌曲令他們感動，沒有一則笑話讓他們捧腹，阿悉姆和我仍力圖鎮定，但眞的從未如此不受歡迎。我想在舞臺上移動，而不是一直原地踏步，於是打算把麥克風從架上取下來，幾番嘗試未果，倒是首度引發一陣小小的笑聲。

我不曾看過這麼專業的麥克風架，完全不知道要如何將麥克風拆下來。我用蠻力猛拉，它卻突然彈回來打到我的牙齒，並且應聲斷裂，可惜斷的不是麥克風，而是我的右門牙，還畫出一道漂亮的拋物線，飛到叫好的觀眾群中。

全場立刻爆出笑聲、掌聲、歡呼聲，那正是舞臺表演者所夢寐以求的。牙齒斷裂飛出這一招，鐵定也能在拉斯維加斯贏得滿堂喝采！

不過呢，那一刻我受到莫大驚嚇，像無頭蒼蠅般在舞臺上狂奔，高呼著：「我的牙『瓷』、我的牙『瓷』呢，有誰看到我的牙『瓷』？」這一幕立刻又掀起一陣哄堂大笑，歡聲如雷。當下心想，難道我天生就是吃諧星這行飯的？現場唯一幫我找牙齒的人，是彈鋼琴的伙伴阿悉姆。門牙就這樣不翼而飛，沒有再出現！

這段匪夷所思的表演結束後，嚴恩女士遞給我們她流汗的手，且暗示我們滑稽的表現並未感染到她。她語調平淡地說了一句：「我們會再通知你們！」現在，嘴巴裡的假牙，每每讓我回憶起那次難忘的登臺經驗。

就在帕紹大賽的前三天，我接到一通出人意表的電話，「劊子手之屋」總監親自來電表示，有一名參賽者突然生病，不克出席，因此空出一個名額。經多方考慮後確定，仍應有十三位競賽者，畢竟這對（具政治諷刺意味的）脫口秀來說，是個吉祥數字。他問我是否還有興趣參賽，不過，主辦單位只負擔旅館的住宿開銷。

我允諾，機會終於來了！我向祖母討一百馬克，她二話不說就掏錢給我，還自動追加了一百馬克的旅費。

十三位參賽者來到積雪已深的帕紹，摩拳擦掌，準備起跑。我就是第十三號！這間酒館型劇院人潮爆滿，空氣中瀰漫著菸草和啤酒的香氣，耳中盡是道地的巴伐利亞方言。這將是我第一次站在眞正的舞臺上。

評審團中有劇院總監、《慕尼黑晚報》的劇評家、認爲我沒啥天分的巴伐利亞廣播電臺的女主播、名演員菲舍爾（Ottfried Fischer），還有幾位重量級人士。

首先登臺的是兩位穿著黑色高領毛衣與燈蕊絨長褲的奧地利人，他們已多次獲獎，其中包括名聞遐邇的「薩爾斯堡金牛獎」（Salzburger Stier）。於是，舞臺上立刻演起精采絕倫的脣槍舌戰！

這個雙人組非常搶眼，卓越的技巧與豐富的內涵，眞教人著迷！毫無疑問，我正在欣賞冠軍的表演；相較之下，我毫無機會，因爲這裡是沒有第二名的！

每個笑點都有如辣椒般嗆辣、犀利，臺下的觀眾和我被逗得開懷大笑。兩人的表演如此生動，甚至讓我萌生取消登臺的念頭。祖母給的那筆錢就算被我白浪費掉了！又該如何向她解釋，我根本沒有登臺呢？於是，我告訴自己，上臺就是一種勝利！

觀眾簡直不肯放這兩位薩爾斯堡人下臺，似乎也提前慶祝了他們的勝利。接下來的十一齣表演就介於中等、盡力、尚可與災難之間了，漫長的夜晚開始讓人坐立難安。

第十二號參賽者是巴伐利亞的「清潔女工」，她未能點爆任何笑點，又拘泥於背得不好的獨白，原已低迷的氣氛更是降到谷底，在沒有觀眾掌聲的尷尬中黯然下臺。真是殘酷！對她我感到很遺憾。

繼她之後，終於輪到第十三號參賽者，我緊張得幾乎喘不過氣。主辦單位在介紹我出場時，還爲我竟然能夠參賽向觀眾道歉，但我的年紀就是這樣小，而且大家一定會認爲有何不可呢？

心裡想著爆炸性的開場白，帶著手稿坐在略微搖晃的小木頭桌旁，雙手緊緊抓著桌子，穩住自己。朗讀了幾句話後，我覺得漸入佳境，沒過幾分鐘，大廳內爆笑聲四起，現場響起如雷掌聲，觀眾好似非這麼做不可！菲舍爾笑到用拳頭猛敲桌子，發出的巨響，讓我都快聽不到自己說的話了。首次登臺，成功出擊！觀眾捧腹狂笑，放聲驚呼，情緒激昂，他們甚至還站了起來！初上火線，通過了戰鬥的洗禮，今天即使無法勝出，肯定也是第二名！我心裡非常明白，奧地利人比我優秀、專業，表現更爲成熟、洗鍊。當我下臺一鞠躬時，奧地利雙人組已起身等我，並拍著我的肩膀說：「唉，這次獎項沒有我們的份，外頭的觀眾喜歡你！」

評審團開會到深夜，顯然很難做出決定，最後由菲舍爾公布結果：「擔任這場比賽的評審不是一件容易的事，但我們認爲，這個獎項應頒給有前景的藝術家。」

「沒錯，肯定是奧地利人得獎，我該當個成功的失敗者。」我心裡正這麼想，然後就只聽到我的名字，接著是閃個不停的鎂光燈此起彼落。

「你的牙齒怎麼樣了？」喧鬧聲中有位女士想知道。

嚴恩女士恭賀我得獎，並對我說，我一定很高興有客串演出四星期的機會。巴伐利亞廣播電視臺的女主播錄下我的演出，隔天就在節目中播放。主辦單位將巨大的「銀斧」塞進我手中，隔天《慕尼黑晚報》在藝文版上刊登比賽的專題報導，以「帶著邪惡眼光的天使」作爲標題。

當我帶著銀斧獎盃回到家，祖母既驕傲又高興。從那時起，我可以說是一帆風順，隨即參加劇院的舞臺演出，電視晚間節目又有轉播，那眞是段美好的時光！

之後，我接到布萊梅電臺一位女士的電話。「你好，我是雷可梅（Reckmeyer），請問我正和『帶著邪惡眼光的天使』通話嗎？你還記得我嗎？」

但這個名字對我而言相當陌生。

「幾年前，你寫信給我，表示想加入短劇的演出。」

有夠尷尬！沒錯，我依稀記得，十二歲時曾寫過這樣丟臉的信，後來有位女士回函表示：「目前我們沒有適合你的角色，但已將你的資料建檔。」

至今我仍保有那封信，當時心想：「這封謝絕信至少不會令人失望絕頂！」

電話中，雷可梅女士提供我一個大好機會。

「我們希望你能夠參加布萊梅電視臺的青少年之夜。」

太讚了，參加布萊梅地方電視臺的現場演出耶！我欣然接受邀請。在前往布萊梅的火車上，我從報紙中得知，這節目不是在地方電視臺播出，而是在德國第一電視臺（ＡＲＤ），晚上八點十五分的時段播出！節目來賓有妮娜（Nena）、流行尖端合唱團（Depeche Mode）。喔！當我踏進布萊梅電視臺時，雙腳開始不聽使喚地顫抖。

雷可梅女士原來是個喋喋不休，但讓人十分有好感的一號人物，在她辦公室的留言版上，居然貼著我一九七七年字跡幼稚潦草的信。

這是我第一次進入眞正的大型攝影棚，立刻受到震撼。還有王牌秀導親自出馬，領著我這個臉上冒著青春痘的十八歲青年參觀電視臺。

當天下午四點，我分秒不差地出現在攝影棚準備排練，棚內有位不知天高地厚的美國女子和兩名舞者，正在排練一首具有暢銷潛力的夏季熱門歌曲。這名嚼著口香糖的女子緊張萬分，一遍又一遍地排練，卻仍然跳錯。她一再中斷音樂播放，吃吃地笑，兩名舞者開始瞪眼，而我的排練時間也大為縮減。

對了！這名美國女子自稱瑪丹娜，演唱的歌曲為〈假日〉（Holiday），我坐在舞臺旁一邊生氣，一邊觀賞她的演出。導播耐不住性子，提醒她注意紀律。只見她緊張地不斷拿出嘴中的口香糖吸吮，眞教人拿她沒轍。我非常期待在我之後妮娜的排演。瑪丹娜停下來休息，我的排練時間也只好往後挪。就在這時，妮娜與其專屬樂團踏入攝影棚。

我因敬畏而害羞得臉紅，此刻正懶洋洋地半躺半坐在觀眾席上的瑪丹娜及舞者，也不敢不把她放在眼裡，當時妮娜的歌曲剛登上美國熱門單曲第一名。妮娜觀賞我的排練，看得眉開眼笑，對我來說，這眞是個好兆頭！導演異常興奮，而且認爲，排演一次就夠了，否則等到正式演出時，原本滑稽的地方會變得不再那麼有趣。瞧！我也是個行家，今晚將大展身手，讓瑪丹娜瞧瞧舞臺新秀的本事！

那時我十九歲，年紀輕輕，兩袖清風，登臺演出幾乎沒賺到什麼錢。

當晚的正式演出很順利，布萊梅電臺立即提供我在德國第一電視臺個人秀的機會。四年來我努力鍛鍊自己，苦心經營，十九歲便達成了看似不可能的目標，但我沒有領悟出自己的幸福。

翌日，我回到家時，祖母以更大的驚喜等待著我。

「猜看看，今天早上誰打電話來？你絕對想像不到！」祖母繼續吊人胃口：「你一輩子都猜不著，」沒錯，「就是奧圖！」她揭開謎底。

「什麼？哪個奧圖？」

「就是你知道的那個名喜劇演員奧圖・沃克斯（Otto Waalkes）！他想要跟你見面談談！」

我情緒激動地打電話過去，接電話的是奧圖的工作伙伴，非常親切，他邀請我參加奧圖在漢堡籌辦的喜劇嘉年華。

「奧圖在電視上看到你，現在想要現場體驗一下，有興趣來嗎？」

當然，還用說！他們爲我準備了到漢堡的機票、洲際酒店的訂房，還有車馬費。

出席當晚盛會的來賓擠滿了劇院大廳，漢堡界的喜劇同行都比我年長，個個實力堅強、野心勃勃，他們不怎麼搭理我，視我如無物，但我的目光穿透舞臺帷幕，非常確定奧圖就如假包換坐在來賓之間，頓時心跳加快。臺下的氣氛極佳，因爲頂尖的喜劇演員即將登臺演出。在這樣的觀眾前表演是獨一無二的，我非常期待這個夜晚。登臺之前，我拜託舞臺技術人員，務必將我的桌子擺在臺中寬柱的右側，否則大部分的觀眾會看不到我。

登上舞臺，觀眾報以熱烈的掌聲，頓時我整個人愣住了，桌子竟直接面對著熱情的觀眾。如果我坐下來，幾乎沒有人可以清楚看到我。

倘若是今天，我會隨便找個可笑的藉口，不著痕跡地將沉重的桌子搬到我希望的位置上。然而，當時我還不懂隨機應變，我呆呆地坐下來，幾乎消失在舞臺上，然後開始表演。三分之二的觀眾看不到我，但我能看到且清楚聽見，我的觀眾並沒笑，我成了氣氛殺手。原本該表演二十分鐘，但過了十分鐘，仍寂靜無笑聲，有人開始看錶了。我能做什麼呢？趕緊草草結束，在同情的掌聲之下，像隻遭人毆打的小狗，抱頭鼠竄離開了舞臺。技術人員簡短問道：「結束了？」他指的是演出，我則回答：「結束了！」指的是我的演藝前途。

之後，依照約定，我來到奧圖那一桌，眞是尷尬得想鑽地洞啊！我根本不敢去見他，但是既然早已說好，只好硬著頭皮，穿越人群，昂首闊步走向他。

奧圖神情愉悅地與五位友人在一起，他們盯著我看的樣子，彷彿我搞砸了晉級世界錦標賽的機會。奧圖馬上站了起來，拉著我的手臂，一同走向出口，他的妻子跟隨著我們。來到門前，他才問候我，並表示很高興終於能夠認識我。他與妻子曼瑙都非常親切、可愛。奧圖活力充沛地摩拳擦掌，說：「我們找個地方喝點東西吧！裡面的氣氛有夠糟，還好能夠到外面來。」

說得也是，誰把氣氛弄糟的？我是罪魁禍首，於是脫口說道：「很抱歉，表演搞砸了，我也不懂，今天就是不對勁。」奧圖吃驚地看著我，問道：「爲什麼這麼說？」他的妻子也同感困惑。

「嗯，觀眾席中沒人發笑，沒有比這個更糟的了！」

奧圖笑道：「那又怎樣？這根本不算什麼，我認爲你相當傑出！」曼瑙也在一旁幫襯：「表演得有趣極了！」

老天爺，他們人眞好！刻意編造善意的謊言，也許是擔心我會想不開，半個小時後就從漢堡電視塔一躍而下。

他察覺到，我因自己表現不佳而悶悶不樂，於是解釋說：「其他人之所以獲得迴響，是因爲他們的表演跟我有些雷同，觀眾已熟悉，因此笑得出來。今晚，有些人甚至模仿我節目中的橋段。然而，觀眾還不太了解你的表演，但你有自己的特色。給他們一點時間習慣熟悉，兩年後，大家肯定會爲你的表演興奮得尖叫！」儘管我注意到，這位喜劇泰斗是認眞的，但我依然不相信他的話。

奧圖的心情很好，一整晚都有說有笑，曼瑙誠摯地邀請我到他們家住一宿，之後就先行返家了。

「想不想認識名人？」奧圖問道。「來，我們去見見名人，這是我最愛的活動。」

於是，他拖著我到某位名人的生日宴會上。唉，巧的是，在這樣的場合中，我剛好穿著「合宜」：老舊起毛球的黑白相間挪威毛衣、流蘇牛仔褲，配上藍黃色的運動鞋，那是我背著祖母，兩度從垃圾桶撿回來的。

這場生日宴會在漢堡高級地段的昂貴餐廳中舉辦。奧圖遇到許多歌手、演員、穿著時尚的名人，他向大夥介紹我是「電視的未來」。

奧圖以他無可比擬的方式穿越大廳，並且宣布：「未來的喜劇演員在此，你們一定要認識他！」大部分的人可能心裡想著，奧圖還眞有趣！他打算帶著這個穿著舊毛衣的無名小子做什麼？他們無法感受他的興奮之情，盯著我瞧，彷彿我是輛破爛、有凹洞的Golf，正停在禁停區中！有些人發出由衷的微笑，彷彿爲此感到抱歉；有些人在未來幾年中成爲我的伙伴，甚至是生命中的貴人；有些人自那時起，便一直與我走在平行沒有交會的軌道上。

記者要求奧圖和幾位北德電視臺（NDR）的大人物合影，他將拉我入鏡頭，還讓我站在一位高階主管旁邊，此人困惑地注視著我，問說：「你是怎麼進來的？」我輕鬆答道：「我是奧圖的朋友。」

「那你爲何來參加我的生日宴會？」合情合理的反問。

「嗯！來祝福你生日快樂囉！」我伶牙俐齒地回答，瞬間攝影師按下快門。翌日，這張照片登在漢堡的報紙上，同時列出與會人士的姓名，包括我的在內。照片中的我，一臉怪異的笑容站在主人身旁。

彷彿冥冥之中早已注定，日後在我人生占有一席之地的人，幾乎都與我在這場宴會上相遇了。就某種程度來說，我搶先看到自己的生命影片。

在奧圖家，我睡了許久未有的一夜好眠。早餐時，他和曼瑙針對我的未來，提出許多建議。可以說，在那一晚，我的表演生涯奠下了基石！

我想起過往的一切，然而這裡寫的不是我的自傳，而是朝聖之旅，縱使從許多方面來看，兩者緊密相連！

當我跋行穿越潘普洛納的巷弄時，腦袋胡思亂想著：我們星球上最神奇的文獻，會不會就是日製ＤＶＤ播放機複雜、語意不清的德語使用說明書？它應向使用者正確解釋操作方式，但其中不是錯譯，就是複雜難解，這裡有遺漏，那裡理解有誤、自相矛盾、荒謬離譜，然後關鍵處又少了幾個字。ＤＶＤ播放機還是毫無動靜，眞教人束手無策，再經反覆測試後，電視才終於出現畫面與聲音。其實，有時候，只是因爲按錯了「一個」按鈕。

只要有耐性，肯定能找到對的按鈕。

傍晚時分，在西班牙風味小館裡，品嚐精巧美味的下酒小菜，對面房子的牆壁上有塗鴉：「爲何只有在鏡頭前，你才感到快樂。」我有種錯覺，牆壁上的這句話似乎針對我而來。實際上，在鏡頭前的我並不像現在這麼愛發牢騷！

我的腳還在痛，一心祈禱明天的行程能夠繼續。這趟徒步之旅結束後，想必會發現諸多描述腳痛的字眼，一如愛斯基摩語中形容雪的豐富詞彙量。

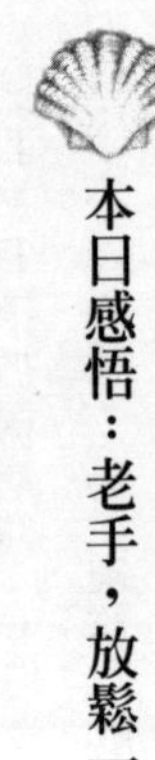

本日感悟：老手，放鬆一下吧！

電影、發笑與徒步旅行都是良藥

二〇〇一年六月十三日，潘普洛納

今晨不打算繼續走路，全身酸痛不已，我決定在潘普洛納多待一天。

於是，經過鬥牛場，在市區內漫步，之後，買了張到比亞納（Viana）的巴士車票。明天早上七點半出發，爲了不影響接下來三個階段、總共六十公里的行程，必須小心保護足踝，不可過度使用。之後會經過幾個高山隘口，對我而言，風險很大，隨時都有可能半途而廢。除此之外，也要依照計畫表行走，避免進度落後，總不能未來兩年都拐著腳在西班牙漫遊吧。

從比亞納開始，接連四天的路程是地勢稍微平坦的田野，我一定可以橫越的。

今天姑且看部電影，轉換一下心情。

沒多久，我已窩在電影院的沙發中！

看了齣西班牙語發音，華倫・比提（Warren Beatty）及黛安・基頓（Diane Keaton）領銜主演的喜劇片。用外語看電影，前五分鐘眞是種折磨！但是當我放鬆心情，不強求自己理解每句話時，反而看懂了。

天哪！看來觀賞母語發音的影片時，我有多少次沒聽清楚對話、情節脈絡也囫圇吞棗？

這究竟是我愚笨至極的緣故，還是製片品質的問題呢？

我們無法一下子就了解生命，也許我該效法看西班牙電影的態度，往後靠在椅背上，全身放鬆，突然間反而理解了關鍵重點。以今天的電影為例，如果我拘泥於一個不懂的單字「chapado」（必須查字典才能了解意思），左思右想，不僅干擾到電影的欣賞，甚至會錯過後來重要的劇情發展。那麼，在意一個字，又有什麼用呢？

這部討論婚姻的喜劇片，讓我開懷大笑，即使沒有通盤了解，依舊呵呵笑個不停，而且戲院裡此起彼落的笑聲，是那麼具感染力。幽默詼諧是化解衝突的最佳妙方，它就像活塞一樣。誰有發自內心的笑聲，就等於宣告了，他沒有威脅性，不是危險人物。如果誰有意引發他人的笑聲或微笑，其實他只是在問：「你是危險人物嗎？」或者「你喜歡我嗎？」笑聲是否發自內心，很容易辨識出來。

倘若有人因種族歧視的笑話而笑，他的笑發自咽喉，聲音也只是卡在嗓子裡。他無法敞開心胸，只會愈來愈狹隘。所謂下流的笑話不是來自下半身，大多是誕生自頭腦複雜的想像力。敘述者的性格往往十分壓抑，性只發生在腦袋瓜，因而以笑話來克服其障礙。所以我發現，知識分子特別喜愛下流的笑話，儘管笑話的形式正經八百，內容卻是陳腔濫調。我經常見到感受敏銳、思慮周詳的知識分子，在觀賞莎士比亞戲劇差勁的舞臺演出時，對於導演突發奇想添入的粗鄙笑話，放聲狂笑不止。也許是因為太「閉鎖」了，必須給予強烈的刺激，才能博君一笑。

實際上，好笑話通常只涉及一點，即是智慧，再配上少許的愛和恐懼。幽默是靈機妙發而來，它打開了視野，教人看得更寬廣。即使只談到一丁點的下半身，也易使玩笑流於感官肉欲。

一個人在西班牙徒步旅行，竟然思考起這些事情。

我老愛比較西班牙與義大利，結果總是義大利勝出，主要在於食物美味之故。然而，一旦去到義大利，又覺得還是德國好；回到德國之後，卻又認爲西班牙才是我心所屬。爲何我不能對當下所處的狀況感到滿意，眞是太愛抱怨了！現在我想說，此時此刻我人在這裡，眞好！

我也愛聆聽各種語言音調，今天不時想起有位西班牙國王曾說：

以義大利語歌唱，
以英語作詩，
以德語談判，
以法語談戀愛，
以西班牙語祈禱。

嗯，我覺得這趟旅途變成獨一無二的長禱。現在我要整理行囊，看一下電視，接著上床睡覺。明天一早先搭乘巴士到比亞納，然後終於又要步行……在聖雅各古道上。

本日感悟：笑是良藥，出門遠遊也是！

朝聖之旅也有豔遇？

二〇〇一年六月十四日，比亞納與洛格羅尼奧

清晨七點三十分，搭上前往比亞納的巴士，來到了拿瓦拉省省界。巴士緩緩行駛兩個鐘頭後抵達比亞納。眼前是一片平坦原野，上頭有幾座丘陵起伏，在刺眼的陽光下，未呈現閃亮的綠，而是偏紅的土色。出發前，先以西班牙三明治（bocadillo）、咖啡及大量的白開水祭五臟廟，撫慰低迷的情緒。即使是陽光也無力改變這點，骨頭又開始痛，我曉得，惡夢即將重演，然而疼痛也來自一股罪惡感，因為我跳過了三個路程階段，儘管這根本不是什麼大問題。聖雅各古道被認定為朝聖之路，只要在抵達聖地牙哥的最後一百公里是以徒步方式，或最後兩百公里以騎單車、騎馬的方式，並能提出朝聖護照的證明即可。

一旦選擇朝聖之路，必會前往朝聖，如果未能前往，心中多少會忐忑不安。有些人甚至無法拋開這感受，而年年前往朝聖。

一開始，兩名熱心的當地人為我指錯下個村落的方向，我步履蹣跚地橫越田地好幾公里，尋找不知在何處的黃色箭頭，雙腳深陷泥巴之中。旅遊指南卻寫著，步行不久即可見到黃色箭頭，以及（或者）著名的象徵聖雅各的扇貝標誌。

▲尋找許久的兩個路標並排在一起。

不知何時，離農田很遠的地方，兩名農夫情緒激動地大吼大叫，且不停揮動雙手。在意識到他們大聲咆哮是爲了傳達某種訊息之前，我也舉起手揮舞，友善地回應他們。最後，我走了過去，他們立即指引我回到正確的路徑上，也就是我來的方向。

後來，我發現，每次只要離開既定的路線時，突然間四下都見不著蝴蝶的蹤影。一接近朝聖之路，色彩繽紛的蝴蝶又一群一群在眼前翩翩飛舞，有可能是生長在這條路上植物的特性？或者是西班牙觀光局的伎倆？今天有兩次也差點錯失黃色箭頭，在緊急關頭，有隻蝴蝶吸引我的目光，讓我注意到路旁已褪色的黃色箭頭。莫驚慌，我並沒有視其爲祕教的奇蹟，但它畢竟讓人印象深刻。就這樣，繼續穿越了地勢平坦的拉里奧哈葡萄園區。

我隨手可查的旅遊指南上寫著：「在快抵達洛格羅尼奧時，可看到有位年過古稀、名爲『幸福』（Doña Feliza）的老太太，站在自家的山屋前，只要奉上少許的捐獻，就能換得一枚戳章，沒有這個戳章，就像沒來朝聖一樣。」

走在通往洛格羅尼奧的路上，老遠便能看到位於山丘上的歪斜房子，老太太一身黑衣，傍著改裝過的餐桌，坐在破舊的露營折疊椅上，爲人蓋戳章。從老遠的地方起，她便盯著我，且隆重地從座位上起身，手中握著圖章。

從高處往下鳥瞰閃爍著橙色色澤的都市，只覺美不勝收。洛格羅尼奧的重要性有可能在於，它是拉里奧哈省的首府，同時也是西班牙葡萄酒產區的重鎮。另外，值得注意的是，若非十一世紀時桑喬（Sancho）國王聰明地讓朝聖之路經過這裡，或許至今它仍是個偏僻小鎮，很難熱鬧得起來。

愈往西走，視野愈開闊。

老太太和剛好從屋內走出來的女兒顯然很健談。她們熱情洋溢地問候我：「Buenos Dias, Señor!」（早安，先生。）閒聊之中，被認出我是個德國人後，「幸福」老太太告訴我，她的孫子住在德國明登（Minden）。或許這也是朝聖古道上一條重要的資訊？

我在她的朝聖者紀念冊上簽了名，打算以「一路喜悅」（Buen Camino）、「前進！」（Ultreya）與她們道別，這是中古世紀時，朝聖者呼喊的口號，激勵鼓舞這條路上的旅人「勇往直前」。

當我緩緩離開之際，兩個德國佬正好抵達蓋章處，只聽見「幸福」老太太忙不迭地使出「殺手鐧」——她的孫子住在德國的小插曲，立刻博得兩名來自施瓦本地區德國佬的好印象。不過，他們也對我在朝聖者紀念冊上的簽名十分感興趣，我還聽到其中一位用施瓦本方言大聲說道：「眞教人不敢相信，裡面竟然有哈沛・科可林的簽名，看來那傢伙也滿有幽默感的！」

咦！我端詳了自己一番，可以確定，我與自己已無半點相似之處了！一臉鬍渣，頭頂著滑稽的帽子，沒人管這傢伙是誰，我愛極了這模樣！那兩位朝聖客把我誤認爲別人，而認不出我來。還是說，我再也不是科可林這個人了？小心，頭頂上的烈陽正無情地發威！

沒多久，就來到目的地，洛格羅尼奧的雷東達聖母堂（Santa María de la Redonda），一座金碧輝煌的大教堂，其華麗的外觀猶如上等的杏仁糖所砌成，在火辣辣的陽光下，彷彿隨時會融化。

當這座神聖的教堂離開我的視野，我的思緒停留在世俗肉身的舒適感上，就在血糖過低之前來到一間冰店，然後與一位年齡相仿、同樣飽受低血糖之苦的法國人聊了起來。從閒聊中得知，此人眞的從法國東南的亞耳（Arles）出發，一路朝聖而來，已經走了整整三十天！想必是靠著鋼鐵般的意志力，或堅定不移的信仰，才能辦到吧。令人欽佩！

在毒辣的大太陽下，行走三個半鐘頭，穿越了地勢平坦的葡萄園，今天的狀況相當好。最重要的是，我還走得動，可以毫無困難地跨出每一步，我的內心懷有無限感激。

來到色澤鮮黃的廣場上，終於能夠喘口氣，我一邊寫著第一批明信片，一邊享受溫潤的拿鐵咖啡。鄰桌看起來風趣的朝聖者，也正在寫明信片，她的個子嬌小，一頭紅色短髮，鼻梁戴上著一副鎳框眼鏡。從她曬得紅通通、滿是雀斑的皮膚看來，她應該是英國人。徒步旅行迄今，她是第一個讓我感興趣的人！這位女子穿著巴塞隆納隊的紅藍色T恤，很有趣的樣子，而且我也滿喜歡跟年齡相仿的人聊聊天。

好幾次，我朝著她的方向憨笑，釋出想與她交談的善意；頭兩回，她也以目光友善地回應，但第三次時，她堅決的眼神告訴我，我的行徑對她來說已構成騷擾，接著就轉身背對我。喔喔，有人會錯意（也許是我表錯情？），翻臉了！我根本沒

▲一頂帽子、太陽眼鏡、牛仔襯衫的打扮，與原本的自己幾無相似之處！

有不良意圖啊！

我趕緊腳底抹油，溜進一間古城內的小旅社，窩在那亟待整修的陽臺上。看看明天是否能走得再久一點。現在要清洗換洗衣物，然後安分地四處晃晃，拍些照片。

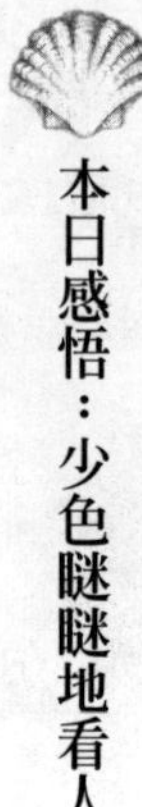

本日感悟：少色瞇瞇地看人。

廣告也有眞的時候

二〇〇一年六月十五日，拿瓦雷特與納赫拉

今天的天氣雖然時好時壞，但很適合健行。途中，景色終於一片豁然開朗，但我的雙腳仍有些無力。

上午我拖拖拉拉到十一點半才出發。先與一位女性友人通電話暢談，然後享用一頓豐盛的早餐，便朝著拿瓦雷特（Navarrete）前進。這條路會先沿著高速公路的連結道路，穿越洛格羅尼奧的荒涼郊區。按理說，在這裡應該就看不到蝴蝶了。

交通相當壅塞，又因爲沒有人行道，我這個奉公守法的德國人，就按照從小所學的交通規則，靠著左側，面向車子行走。

突然間，有輛汽車在我身旁煞車停住，一名六十多歲模樣的西班牙人，情緒激動地跳下車來，用德語怒罵：「錯！你這樣走，是錯的！你是從德國來的嗎？」

「是的。」我坦承不諱。

「我也這麼認爲。」他發出勝利得意的笑聲。我一頭霧水，只見他舉起手指來，在布滿灰塵的綠色「喜悅汽車」的引擎蓋上，寫下數字「一九五二」，開口說：「這一年，我剛好在德國海德堡，那時的情況很可怕，德國淪爲一片廢墟，你還沒出生。」

「非常謝謝關心！」我說，同時心裡納悶著，這位老兄究竟想做什麼，他後面的車子都紛紛停下，引起了塞車！他仍繼續說道：「只有海德堡奇蹟似地保存下來。」他仍滔滔不絕講述德國女人認爲他有多迷人，生命多麼美好……這一路上我應該也發現到了……還有我走錯了，在西班牙這裡，我應該走在大馬路的另一邊，到了這條路的終點時，我會感謝他的指點……云云。

他熱情擁抱我，並祝我「一路喜悅」。道別後，我乖乖沿著道路右側行走，雖然有點莫名其妙，但臉上仍笑咪咪的，有種遇到老友的好心情。走到這條路的盡頭時，心裡不由得感謝起那位西班牙人，因爲如果我一直靠左走，到了路的終點，勢必得跨越連結高速公路的多線道道路，難免險象環生。

走了將近兩個小時，來到計畫中的休息點，洛格羅尼奧的人工調節湖。都市離我愈來愈遠，而地勢則愈來愈開闊，且有些山丘夾雜其中。當我坐在長凳上，吞雲吐霧之際，一對上了年紀、有點突兀的情侶牽著彼此的手，從我面前緩步而過。老太太年約七十，身材嬌小，瘦骨嶙峋，她連珠炮似地吐出一長串葡萄牙語，而貌似影星安東尼．昆（Anthony Quinn）的老先先，頭戴草帽，脖子上掛條大十字架項鍊，則以西班牙語安撫她。兩人都穿著白色的聖地牙哥T恤，但身上未見任何行囊，他們拄著枴杖慢慢前進，宛如超現實主義電影中，一幕感人肺腑的畫面。

在朝往拿瓦雷特的上坡路段，我又超越他們。老太太似乎很難征服這個緩坡，只見她緊握老伴的手，氣喘吁吁，龜速般前進，但是一步也沒停下。瞬間，我感動不已。

靠近兩人時，我才看清楚，他們藍色遮陽帽的後面用葡萄牙語寫著：「主是我的牧者。」

這份「信靠神」的力量感染了我，當下立刻禁止自己再去抱怨疼痛的雙腳，也不去感受它。

今天終於能按照預定計畫走完行程。徒步三個小時後，抵達拿瓦雷特的朝聖旅館，兩名年輕的丹麥女孩在此做義工，她們熱情洋溢地歡迎我。朝聖旅館位於村莊的中心，是座引人入勝的中古世紀建築，空氣中散發著現煮咖啡及櫻桃蛋糕香味，就在這股溫馨氣氛的引導下，我與丹麥女孩閒話家常。我絲毫不感疲憊，補充體力之後，頓時覺得精神百倍，可以繼續上路。且先在朝聖護照上蓋好章，裝滿水瓶，接著勇氣十足地繼續次日的行程。此刻，在西班牙的天空中，太陽也破雲而出。根據旅遊書的資料顯示，到達納赫拉（Nájera）要五個小時的腳程，而我終於勉強辦到了。

將拿瓦雷特拋在身後，聖雅各古道穿越了大片葡萄園，來到聖安東隘口（Alto de San Antón），從這裡可眺望著名的「小石人」山谷。乍看之下，山谷中的小石人們，宛若企鵝保護區裡一大群僵化的企鵝。

小石人是朝聖者以周遭隨手可得的石礫堆疊而成，有些人還特地帶了些彩色石頭。目光所及之處，我是唯一的眞人。在寬闊無邊的山谷中，首次意識到，曾有多少人走過這條朝聖之路，放眼望去，皆是朝聖者親手疊起的石堆；每一尊小石人都不一樣，有的像是在祈禱許願，有的則是吶喊求救，或表達感謝。在沙塵漫天、酷熱難當的天氣下步行數小時之後，來到此處的朝聖者無不駐足片刻，留下自己的記號。

剎那間，我與走過聖雅各古道的人有了緊密的交集，感受到他們的願望、祈求、夢想與恐懼，覺得自己在這條路上並不孤單。

數以千計的小石塔向上蔓延到山坡上，每一座石頭造型似乎在訴說著：「我都辦到了，你也可以！」

在平地即將上坡處，我也堆起我的小石人，拋棄型相機仍待在背包裡，我決定不拍照，因為這個畫面無可比擬，難以真實呈現。若展示山谷的照片，也許有人會認為：「這是什麼，能與尼加拉瀑布相提並論？」這地方只能給予朝聖者力量，對其而言，這座山谷別具意義。

來到山丘頂，騁目遠眺昔日納赫拉王朝的所在地，景色壯觀，望向山谷，在心中不禁想著：我願意付出一切代價，以母語和好友暢談此時此刻的心中感受。

眼前是襯透著金色陽光的寧謐山谷，內心激盪得說不出話來。由此俯瞰閃著灰綠色澤的都市，似乎近在眼前，但實際上有一小時以上的腳程。往下到納赫拉的碎石子路並不易行，又無遮蔭，一路上步伐沉重，緊緊相隨的，只有腳邊揚起的一陣塵煙。

在抵達納赫拉前，一面四公尺平方的巨型廣告牆就橫亙在路中央，彷彿從虛無之中赫然冒出費里尼的電影。這一路上，凡有廣告海報，我必認真欣賞。誰曉得，上面會不會向我透露重要的資訊呢？不過，眞不知是誰突發奇想，在碎石路上豎立巨幅廣告看板？

當我看到廣告上的文字，驚訝不已。

是一首詩，竟然以德語書寫，而且只有德語！

佚名詩人在朝聖時寫下了心中感受，其詩如下：

爲何我要讓口中盡是沙塵，
讓泥濘沾染上我的腳，
讓雨水鞭打我的背脊，
讓陽光曝曬我的肌膚？
是爲了美麗的城市？
是爲了教堂？
是爲了佳餚？
是爲了醇酒？
不，一切只因爲召喚！

在全身上下疲憊不堪之際，讀到這首短詩，眞是心有戚戚焉，我完全相信詩中的每個字！

廣告上說的都是眞的，句句屬實，眞是神奇！

朝聖與我心心相印！我覺得很滿足！

曾經有個古怪的女算命師告訴我，我身上流著「古老吉普賽人的血液」，不會安定下來。我走過風景如詩如畫的小村莊，那裡的人們就在工作、家庭、歡慶之間度過一生，即使我非常喜歡這種生活方式，我也待不下來。我必須不斷走下去，一直地走下去，其餘的自有解決之道。

健行的時間愈長，思考的時間愈短。有時，我也會沒由來地發笑一陣子。當腳痛得要命，淚珠忍不住在眼眶打轉時，便乾脆掏出一根菸，呑雲吐霧一番……就這樣，心情爲之好轉，也達到療癒的效果。

根據旅遊指南，今日若要完成第二階段的行程，需要五個小時，沒想到我只花了三個半小時，看來我已逐漸找到自己的步調。今天一共走了三十公里，但是攜帶的水又太少了，我得多補充一些水分。

我在旅館裡盯了一會電視，卻看到艾塔組織今天在洛格羅尼奧發動攻擊的新聞。

洗完一大堆衣物之後，在納赫拉這座中古世紀的老城內散步，還參觀了教堂聖物——耶穌基督荊棘頭冠上的一根刺。

本日感悟：多走一點路，喝多一點水！

冤家路窄

二〇〇一年六月十七日，聖多明哥德拉卡薩達

來到西瑞尼亞（Cirueña）高地，眺望眼前翠綠山谷。上午九點左右便動身。天空浮雲朵朵，清風徐徐，是個適合健行的好天氣，召喚我在享用例行早餐之後立刻上路。我的雙腳也心甘情願十分配合。

今天才注意到，一路上開滿了我最愛的紅色「虞美人」（又稱罌粟花、麗春花）。

猜猜我步行時碰到了誰？就是我在洛格羅尼奧遇見的，那位個頭嬌小的紅髮英國女子，遠在一公里外就看見她那件巴塞隆納隊T恤，她可能也擔心自己會半路倒下，沒人發現吧。另外，她那剪得短短的紅髮，還有哈利波特式的眼鏡，讓她在這片曠野中很難不被注意到。肩膀上一頂大探險帽，讓她有諾貝爾獎得主的架勢。我很好奇，她來這裡做什麼？她看起來不太像天主教徒，比較像是個離群索居，但十分詼諧的昆蟲研究學者，比起其他朝聖者，更令人感興趣。

我在趕過她時，向她打聲招呼，這次沒有太熱情，只是若無其事地走到她的前面，目光正常，不帶任何色欲。我可不想加深她對我的不良印象，誰知有朝一日她會不會回憶起我呢。起初，她有善意回應，在認出我的瞬間，立即面容一整。當我從旁超越時，她面無表

情，幾乎是神情緊張地，兩眼直視前方，我想像得到，她的腦海裡浮現出什麼樣的畫面——癡胖男人和孤獨女人在荒野上落單，而這只有一種解釋。我暗忖，是否要以「日安，我一點也不想跟妳上床」作爲開場白。

後來，在暮氣沉沉小鎮中一家沙龍式的酒吧裡，我有機會與她交談。本來我是遙遙領先她的，而她後來如何超越了我，看來是她的祕密。在見到曬得紅通通且筋疲力盡的她，站在吧檯旁享用拿鐵咖啡時，我的臉上寫滿了驚訝，而她捕捉到我的眼光，讓我有種感覺，似乎自己是個被通緝的性侵害犯罪者。儘管如此，我還是上前與她攀談，因爲酒吧裡沒有其他的客人，於是我不自然地開口說道：「嗨，我叫漢斯·彼得。」

頓時，她臉上的表情又垮了下來，說道：「什麼？你有兩個名字？你是王室的成員？」從她的口音和幽默來看，我敢肯定，我截至目前的推測是對的：她是英格蘭人，好一個英格蘭人！她興致索然地伸出手自我介紹：「嗨，我叫安妮，就只是安妮！」我立刻開玩笑說，從名字看來，她與皇家的淵源比我更深遠，不過，看來我的笑話一點也不好笑，而且又被她認爲是種騷擾。她火速灌下拿鐵咖啡，宛如美國西部警長般轉身離開酒吧，連離去前都懶得舉起那頂探險帽致意道別，而我，就像個癟三似杵在原地。

今晚，我打算在朝聖旅館住一宿。現在，我迫切期待回到人群中，與人交談。就算不能用德語，至少也要以英語開口說話。現在的我有如百無聊賴的退休老人，鎮日在雜貨店裡晃蕩，十分惹人嫌。

步行二十公里之後，不似平常那樣疲憊。我相信，我已漸漸習慣走路。上午我還不能走太快，偶爾要停下來休息並且喝很多水，之後雙腳就會與我愈來愈有默契。明天的路程，我研究過路線圖，不會很吃力，要走將近七個半小時，比今天再多走一個半小時。

就這樣抱著融入群體的期待，我抵達了今日的目的地——聖多明哥德拉卡薩達（Santo Domingo de la Calzada），並投宿於朝聖旅館。這朝聖旅館設置在一間沉鬱的十六世紀西篤會修道院之內，該修道院位於城門的後方，似乎不太樂意面對世界，給人一種遺世獨立的印象。

一位嚴厲的西篤會修女分配給我八人房中的七號床。修女領我到宿舍，只見寢室內已有一名朝聖客——安妮正躺在雙層床的睡鋪中；安妮是六號床，我的床位就在她斜對面。喔，眞教人欣喜若狂，而且目前爲止，只有我們兩人分享這一間寢室喲！她那吃驚的眼神十分滑稽，讓我忍俊不禁，噗嗤一笑。我更驚訝的是，修道院竟允許孤男寡女共處一室過夜。在這趟朝聖中，我沒料到天主教教會竟如此大膽開放，出人意表。我暫時強忍下迫使安娜與我聊天的衝動。

正當我默默地整理睡鋪，它就在通往廁所的門旁邊，此時修女帶著一位老太太及一位相貌俊秀的年輕人進入我們的寢室，這兩人立刻倒入四號與五號的床位中。頓時，安妮的臉龐爲之一亮，他鄉遇故知似地問候他們：「羅莉、布萊德，你們也到這裡了？」名叫羅莉的美國老太太熱情擁抱安妮，並與我握手寒暄，安妮也不忘告訴老人家，她猜測我可能來自皇室。他們三人結識於聖祥庇德波特的朝聖旅館，然後在這裡重逢。

我們愉快地天南地北聊了起來，布萊德與母親是西雅圖人，安妮來自利物浦，難怪她的口音相當有趣。

這三人全都讀了美國奧斯卡女星莎莉．麥克琳（Shirley MacLaine）的《聖地牙哥性靈之旅》（*The Camino: A Journey of Spirit*），大受啓發，而來此朝聖。

巧的是，除了我先前提過數次的旅遊指南之外，該書是我唯一攜帶的讀物。我的室友一致認爲，麥克琳在書中描寫的朝聖之苦仍嫌不足，這一點我很樂意補充，朝聖的艱辛是筆、墨、難、以、形、容、的！

▲來自英國利物浦、身穿巴塞隆納隊T恤的安妮。

閒談輕鬆愉快，安妮甚至變得很友善，她還透露了之前超越我搶先抵達酒吧的祕密。「我想要瞧瞧老西部電影的拍片場景，於是偏離了古道，而那裡剛好有條岔路！」是條捷徑！可惜，極度保守的旅遊書顯然將之視爲不可告人的機密。

羅莉想要知道安妮直到目前朝聖的收穫，安妮直言不諱，她從朝聖中逐漸學會跳脫事物，她也體認到自身太過倚賴物質生活的問題。瞧，我倆有了第一個共通點！聆聽她充滿智慧的自白，我們三位聽眾點頭如搗蒜般深表贊同。她在敘述時，顯然已跳脫了對我根深柢固的想法，不再認為我對她另有企圖了吧？

安妮的話讓我有所體悟。幾天下來，我發現自己的背包就像艘豪華遊艇，而且憑良心說，我帶的東西中，真正用得著的只占三分之一。我能把睡墊攤開來幹嘛？我根本不睡在戶外或地板上，而且也不打算這麼做！明天我要把睡墊送出去。這件物品重約一公斤，正確來說，是七百五十公克，如果一整個月都要背著它走，可是沉重的負擔。為了這豪華奢侈的玩意兒，我白花了不少錢。在這裡，真正必要的物資是水、幾顆橘子、香蕉、麵包、衛生紙，以及最重要的柺杖。除了內衣褲外，衣服可以兩天洗一次。事實上，我帶太多東西了。

後來羅莉和布萊德出去吃晚餐，我和安妮又獨處一室。此時，安妮正和黃色的塑膠帳篷混戰，顯然需要幫忙，她喊道：「天哪，這個該死的帳篷，真不曉得要如何固定？」我試圖幫她將已攤開的一人帳篷，塞回背包內。「妳睡帳篷？」這次換我面容一整，提出疑問：「外面很冷，不是嗎？」「哦，是很冷！所以有時我會在朝聖旅館過夜。我喜歡一個人睡覺！你懂我的意思吧！」安妮羞赧地笑了笑，邊說邊在大毛巾下迅速換了睡衣，我想邀她共進晚餐的念頭已顯多餘，便說聲：「再見！」意思再明確不過，隨即告退。

最晚十點，我就必須返回朝聖旅館，然後在這裡與其他「囚犯團聚」，乖乖待在「牢籠」

裡。

聖多明哥的大教堂廣場是攝影的最佳背景。教堂根據聖者多明哥命名，中古世紀時，他在此地設立收容所，專門救濟窮苦之人。這座融合羅曼式與哥德式的大教堂便是紀念這位無私忘我的聖者。教堂藏有一件稀罕寶物——裡面養著一隻公雞的金籠子。據傳，事情的發生經過如下：

中古世紀時，一對日耳曼夫妻檔帶著兒子胡戈內爾朝聖，某日來到聖多明哥城。他們打算在當地的朝聖旅店過夜，隔天上午繼續行程，然而夜裡店主的金幣不翼而飛，他指控是兩人的兒子所為。實際上胡戈內爾並沒有偷竊，但因當時的法令不公，竟被判處死刑。情急之下，少年的父母向聖多明哥大主教申冤，請求赦免。當時大主教剛剛吃完一隻小公雞，他拒絕求情，並說：「你們的兒子有罪，就像這隻公雞已死一樣確定！」大主教的話尚未說完，盤子裡的雞竟然生氣勃勃地揮動翅膀。最後證明男孩是清白的，自此，大教堂的金籠子裡永遠有隻雞。

滿有意思的故事，這只是其中一個版本。不過我也認為，世人可以合理懷疑內容的真實性。天哪，究竟是誰想出這個故事，而又是誰相信了它的？

我還是參觀了大教堂的家禽，因為據說，如果一踏進教堂，公雞就開始啼叫，那麼前往聖地牙哥的朝聖之行會一路順暢。唉呀！一點點迷信無傷大雅啦。我滿心期待地走入教堂，咦……怎麼沒有半點聲響？一片寂靜！

快速繞行一圈之後，正打算離開這座令人印象深刻的大教堂，就撞見了「安東尼・昆的分身」，他頭戴墨西哥草帽，脖子上掛著一個相當大的十字架，看起來像是從德國巴伐利亞邦學校的牆壁上拆下來的，而那位骨瘦如柴、衣著色彩繽紛的女伴，並未隨行在側，這引起我的好奇，於是上前跟他攀談。「哈囉，你好，我是漢斯・彼得。」

對於我的雙名，他毫無疑惑地接受了，然後自我介紹一番，還彬彬有禮地脫下帽子。「幸會，我叫安東尼。」賓果！他果然有個與其外表相稱的名字。然後我切入重點，說道：「我們昨天碰過面，你還記得嗎？你的同伴在哪兒？」我試圖提醒他，我們曾經巧遇，但這似乎並不重要，因為他已從記憶檔案中找到我的面孔，我也就直截了當問起他女伴的下落。話還沒落地，他就抱住我痛哭失聲，情緒一發不可收拾。由於情況太尷尬了，我便邀他到廣場上的小餐館坐坐。

我請他喝杯紅酒，然後他哽咽地敘述故事：他，安東尼，五十六歲，安達魯西亞人，二十六年來，每年都來聖雅各古道朝聖。今年，未到比亞納之前——那是我沒走的路程——發生了一段奇遇。在高地路段，他赫然發現地上躺個人，一位穿著鮮豔、身材嬌小的女士喘不過氣來，危在旦夕。他為她做了人工呼吸，急救後她幸運挽回一命，安東尼並護送她到下一站的朝聖旅館。她是從巴西聖保羅來的本篤會修女，修道院院長命令她到西班牙來朝聖。這位六十八歲、身體羸弱的女士，體重不到三十公斤，纖瘦的肩膀卻背著十五公斤重的背包。

我西班牙語的能力依舊有限，坦白說，我聽不懂她必須懺悔的原因。她是個慢性氣喘病患，在路上腳又受了傷，傷勢嚴重到引發敗血症。她不通西班牙語，又說著一口巴西的地區方言，因此幾乎沒有人了解她的意思。

安東尼每小時走一公里，是朝聖者平均速度的五倍之久，陪伴了她六天後，終於說服她就醫，醫生立刻將她送回巴西治療。

淚眼婆娑的安東尼還說，在她離開巴西之前，她遵照其教會的命令，買了一份有一百萬歐元的高額保險。顯然院長不想讓她的姊妹活著回來，安東尼又繼續悲嘆道。我只能默默期望，她能健康平安地返抵巴西。雖然這個故事令人無法置信，但看到安東尼哭紅雙眼的模樣，我不由得相信了。畢竟我也曾親眼見過這位女士，她看起來真的是病入膏肓。

安東尼細心照顧她的舉動令人動容，兩人就像練習許久的團隊，默契十足，散發出柔情的光暈。

餐後，他跟我要了點錢，於是我給他兩千元比塞塔（pesetas）。他承諾會在旅途中把這筆錢還給我。但是，很有可能我從此再也不會看到他了！

做彌撒的鐘聲響起，我決定再給那隻蠢雞一次機會。雙腳尚未踏入教堂，便聽到公雞放聲啼了四下。瞧，原來還是能叫的！這場彌撒是非常奇特的經歷，做彌撒時，公雞一直啼叫鬧場，朝聖者笑彎了腰，神父卻能心平氣和地中斷佈道不下十次，真是娛樂效果十足！

做完彌撒，我心情振奮地離開教堂，卻驚見爛醉如泥的安東尼蹲在門前，向路人行乞。他當然立刻認出了我，一臉脹得通紅。為了避免難堪，我假裝沒有看見他，疾行而去。我的天，他就是這樣維生的嗎？過去二十六年來，在聖雅各之路上來來回回，四處乞討？或許，他也不是唯一的職業朝聖者！在朝聖旅館住宿不用錢，還免費提供簡單的膳食，不過只能住一晚，翌晨八時就必須清出床位。許多朝聖旅館歡迎投宿的朝聖者自由樂捐。

將近九點，我回到八人房，原本空著的四張床也分配出去。此時此地，與從慕尼黑飛往杜塞爾多夫清晨班機上的情形，毫無二致。每個人冷淡打聲招呼後，就視他人如無物。

周遭還有人清醒地躺在床上閱讀，也有人譬如安妮，早已是鼾聲如雷。七間毗鄰的寢室都住了人，但沒有房門相隔，只聞其聲不見其人的鄰居所發出的噪音，就迴盪在挑高、老舊的房間內，譬如抽水馬桶，在我使用過後，便有如自高山奔瀉而下的潺潺水聲。

我翻找背包裡的睡袋，根據住宿規定，打算把它鋪在木板床上。好不容易挖了出來，一股霉味撲鼻而來。整個睡袋濕答答的！真要命，在龍塞斯瓦耶斯時，我竟然忘了把睡袋拿出來通風晾乾，只好立刻讓它眼不見為淨。令人不悅的氣味卻沒有快快散去，讓安妮睡得頗不安穩，翻來覆去，眨眼數次後醒了過來。當時，我正試著把多餘無用的睡墊從背包側袋卸下，以便在此緊急狀況充當被子。突然間，靈光乍現，於是我對安妮耳語：「安妮，妳想要我的……嗯……」該死，睡墊的英語怎麼說？我得把它卸下來，否則無法展示給安妮看；於是繼續說道：「我的隔……墊……？妳懂我的意思！」

▲聖多明哥德拉卡薩達的「朝聖者餐廳」。

安妮瞬間完全清醒，面容再度扭曲，好像我提出了什麼下流猥褻的建議，她大聲地問：「什麼東西？你的什麼東西？」於是，我以洋涇浜英語輕聲細語且結巴地問：「我的隔離墊子……你們英語是怎麼說這東西的？」我猛抽，剎時睡墊與背包分離，飛過耳際。安妮不可置信地盯著我：「你的睡墊？你要把你的睡墊給我？你在開玩笑！」也許她認爲我的提議是令人作嘔的伎倆，我只好趕緊解釋：「我用不著它了，老實說，我從來沒用過。」她像個期待聖誕禮物而坐立不安的小女孩，一躍而起，跑到我的床上。

「天啊，太好了，我當然要囉！這樣我就可以每晚睡在帳篷，而不用……，」她一臉漠然地補充：「……到這裡來了。」聽起來很有說服力，於是我把「睡墊」送給她。她抱著睡墊，像是手中正摟著軟綿綿的泰迪熊一樣，露出滿臉的笑容。我和衣就寢，並萬分慶幸背包重量減輕了七百五十公克。就在安妮又蜷縮入她的睡袋時，突然轉身對我呢喃：「漢斯・彼得，很抱歉今天對你這般粗魯……但你知道……走在古道上的人，不會因爲是朝聖客，就一定很友善，但你人眞的很不錯！」

這位隔壁床的英國女子，不禁讓我極度懷念起，二十一年前在英國伊斯特本（Eastbourne）學英文時，寄宿家庭中的媽媽。她也叫安妮，身高相當，同樣戴副眼鏡，有類似的口音與紅髮，難怪我對這位安妮有似曾相識的感覺。

安妮對我很冷漠，而當年住宿家庭的媽媽起初也是如此，直到我們彼此成爲好朋友，多年來一直魚雁往返。

十點左右，即將入眠之際，一陣沉重有力的腳步，伴著重複單調的聲音，把我吵醒。

我實在不明白，院長修女巡視各間寢室，並清點朝聖者人數的用意。修女未向我們道晚安，只是自顧自地數著她的這群「小羔羊」。我希望能盡快墜入夢鄉，但噪音之大，在所有寢室間迴響。由於我住的這間八人房與其他七間寢室相連，其他七間也住了有五十人，任何聲響、動作都聽得一清二楚，而且關上的窗戶竟無法隔絕光線。就這樣，晚安囉！

本日感悟：看來，背包裡有些東西並沒有白扛！

流放在兩個世界之間

二〇〇一年六月十八日，聖多明哥德拉卡薩達

凌晨四點了，到現在我仍無法闔眼，全身奇癢無比，似乎有東西在咬我。前來數人頭的修女應該清楚有多少隻「羔羊」需要保護了吧。也許她已酣睡，可是七號床上的「羔羊」，打從修女點名起，便難以成眠，尤其在寢室不夠昏暗而且有點……嗯，我該怎麼說，潮濕悶窒的情況下。眞是折磨人啊！雖然我只與七位陌生人同睡一間，卻聽得到其他寢室五十個人的聲音，並對他們的一舉一動瞭若指掌，還嗅得到大家的氣味，加上我的床位就緊鄰通往唯一一間廁所的門旁，幾乎每隔五分鐘就有人上廁所，因此沖水馬桶的流水聲不絕於耳。先是這邊有人在打鼾，讓空氣變得稀薄，等一下那邊又有人說夢話，因此，千萬不要相信旅遊指南的委婉之詞：「在朝聖旅館之中，旅人互動頻繁。」

我以為，自己感受到了其他人的「以太體」，包括他們的煩惱、憂愁、願望與渴求。獨獨想要睡著這件事，卻變得很費勁，眞不知如何才能抽身！唉，我也未免太不設防了！

朝聖旅館原本是為沒錢的人所設想的。

世界上找不到比朝聖旅館更便宜的度假勝地了，可以不花一毛錢。但我想起祖母告誡過我「便宜無好貨」的道理。

夜愈深，寒氣愈重。我一定是頭腦昏花了，才會來這裡自找罪受。也不想想自己有多大年紀了？還以爲你是十五歲的小伙子嗎？更何況早在學生時代，我就十分厭惡住青年旅館，怎麼可能二十年後會突然改觀，覺得這裡很棒呢？我只能說，一切要歸咎於艙熱症！這種淋浴間！唉，還稱不上房間……只能算是小艙房，不予置評。我沒必要爲了「頓悟」而染上足癬！順帶一提，足癬在黑暗中用紅外線照射會發亮喲！

這可不行！我允許自己投宿旅館，從現在起，我要在旅館過夜，我不能、不應該、也不想在這裡扮演窮人。漢斯．彼得，做你自己！你不屬於這裡，就不該假裝！

反正已經了無睡意，我起床打包全部家當。安妮可是旅人中少數幾個睡得又香又甜的，我只好不告而別，離開了寢室。破曉時分已近，我穿越修道院中迷宮般的過道，找到聯外通路，打開走廊上往城裡方向的那扇大門。愚蠢的是，我讓門在身後關上了，頓時置身於充滿壓迫感的通道上，一頭是通往城內的木門，另一頭則是進入修道院花園的鑄鐵柵門，兩道門都鎖住了！我恍然大悟，自己還在一間西班牙的修女院內！返回修道院的退路已斷，因爲那扇門只能由內開啓，就這樣，我坐困修道院的城牆之間，與大街僅有一步之遙！

希望這裡的修女都是早起的鳥兒。我已經七個小時沒闔眼了，疲憊不堪，眞是要命！

此行我不打算再住修道院，也不會以穹蒼爲被、大地爲枕，除非……除非眞有必要啦，否則我寧可一夜無眠，或者在外面的長椅上打盹。我眞不敢相信，莎莉．麥克琳曾在朝聖旅館住過一宿，若果眞如此，她一定是神智不清！我要離開這裡！對街就有間挺像樣的旅社，在不到五公尺遠的地方！

天哪！修道院大門什麼時候才會開啓？在這裡簡直就像坐牢，流放在兩個世界之間，眞不知還要忍多久。我進不去，也出不來，進退維谷，一點也不假。就這樣，我頂著清晨的寒意，蹲了兩個鐘頭。

鐘敲了六下，終於有位修女前來拯救我，爲我打開通往自由的大門。脫困之後，我並沒有馬上遠走高飛，而是直接到對面的旅社要了一間房間，立刻委頓不已地倒下，癱在潔白整齊、新鋪好的床上，一覺睡到十一點。

當我悠悠醒來，又見萬里無雲，烈日當空，隨即決定在聖多明哥多待一日。在豔陽高溫下繼續前進，實在是愚蠢至極。於是

▲聖多明哥的小巷弄。

我就在夢想中的西班牙城內，悠哉悠哉地穿梭於陰涼的巷弄之間，消磨炎炎一日。還令我掛懷的是，沒能與安妮好好道別，有些遺憾。

路過藥房的櫥窗，瞥見自己映在櫥窗玻璃上的身影，不禁失笑，這傢伙是誰啊？玻璃中的我神情憔悴，一臉虯髯，頭上還頂著已磨損、油膩膩的棒球帽？怪不得安妮一見我就討厭。首要之務，趕緊買頂新帽子吧！

打定主意後，開始找尋商家，就在老城區的盡頭發現合適的店。裡面商品陳列凌亂，玻璃櫃檯後面，一位個性開朗、靈活精明的老先生似乎已等了許多年，正期待我的大駕光臨。一番閒話家常之後，便量起我的頭圍，論及買賣。由於我的腦袋瓜特別大，所以選擇性不多，簡短徵詢了老闆的建議，我們一起挑選出一頂寬沿的綠色棉質帽。

我興高采烈戴起新帽子。此時，老先生開口問我：「我可以保留你的舊帽子嗎？反正這頂你也不會再戴了吧？」雖然我覺得頗不尋常，但如果他執意甚堅的話，我也無妨啦。不過我還是問他：「你想要這頂帽子做什麼？」

答案似乎讓他難以啓齒，只見他目光瞥向天花板，面有赧色地說：「啊！是這樣的，我在收集朝聖者淘汰掉的帽子！」我往上一看，頓時目瞪口呆，頭頂上至少懸掛有上百頂各式各樣的舊帽。他拿出一枝簽字筆，要求說道：「請你在上面幫我簽個名……還有日期，這樣才有價值。會不會太麻煩了？」於是，我一邊在泛黃油亮的棒球帽上簽上名字及日期，一邊解釋說：「你或許覺得這簽名有點自大？」我繼續補充：「……但……這可不是我第一次簽名喲，在德國……我有點像是……唉呀……說是明星也許不太貼切，但……」

他打斷我：「你很有名？那太好了，這會讓我的收集更有價值！」他馬上仔細研究我的舊帽子，清晰可辨的簽名令他非常開心，就像個小男孩似的。「相信我，我會把這頂帽子展示給德國人看，它將有個榮譽席位！」原來他不僅賣帽子，還身兼藥妝店老闆，所以他送了我兩條「伊芙若雪」臉部乳液。我還沒跨出店門，驀地聽見他在背後喊道：「奇怪，德國人的頭都跟你一樣大，你們都想太多了，想太多了！」

他說得一點也沒錯，這個該死的「思考機器」還經常試圖控制心臟與肚子。

現在我要練習關掉腦袋的運作。喀嚓，關好了，然後進入教堂，等待公雞再度啼鳴。

教堂舉行彌撒時，我跟其他朝聖者一樣親吻聖哲羅姆（Hieronymus）的遺物，我實在不懂，這麼做有何目的，但是就此打住，不可以再思考下去。

停！今天不要思考，隨心所欲就好！

西班牙人眞的很擅長舉行彌撒！可惜這次公雞又沉寂無聲，未開金嗓！

我老愛往教堂跑，當然也是因爲教堂是方圓百里之內，唯一清涼之地，空調都不比它涼爽。此外，望彌撒時，我的西班牙語突飛猛進，就算沒有通盤了解——我也很不想承認這一點啦——彌撒後，我明顯感覺受到激勵鼓舞。

走在回旅館的途中，突然有輛車在我身旁停下，還猛按喇叭。原來是帽店老闆，他邀請我到他的莊園作客，品嚐拉里奧哈地區的葡萄美酒。我的心大聲歡呼，好耶！我很樂意。

不過呢，把酒言歡很有可能變成宴飲通宵，然而明天一早，我還必須繼續行程，只好婉謝他的邀請。

他有點失望，默默地將車子駛離，我開始氣自己爲何不欣然前往？明明就很想去的啊。這顆腦袋瓜的決定還眞是愚蠢！

教堂前小廣場上的景色最美，我坐在對面市議會前的階梯上，欣賞夕陽餘暉下群鴿飛舞的場景。驀地，一隻獨腳白鴿吸引了我的目光，牠因行動不便顯得特立獨行，也不追隨同伴的速度。動作雖然笨拙，但就一隻鳥來說，仍相當有威嚴。這個小東西觸動了我，於是走到旁邊小巷的烘培屋弄了點麵包，想要討好牠。正當其他鴿子都怕我這個怪物，紛紛走避時，白鴿卻大膽地一步步挨近，最後甚至從我手上取食。

飽餐之後，白鴿心滿意足地咕咕叫。牠十分清楚自己的情況，若要生存下去，必須捨安就危，除了親近具威脅性的生物之外，別無他法，而牠也奮力完成高難度的任務。我幾乎可以想像，牠的同伴肯定又吃驚又嫉妒地看著牠。

我這本「上知天文、下通地理」的旅遊指南上寫道，這是一條「頓悟之路」。但我認爲這是條「不保證可頓悟之路」，就好比是度假，也不保證一定能得到休息。所以，我不會抱持太高的期望，但能有頓悟畢竟是樁好事，不管是怎麼樣的！

在我的想像中，頓悟是每個人必經的一扇門。或許不該畏懼通過它，但也不必有太多憧憬，若能以平常心通過頓悟之門，或許它就會自然而然地盡早來臨？

不用渴望門後的世界，也無須憎恨門前的考驗，淡然處之吧。這種態度就是快樂的泉源？沒有期待，沒有憂慮。

期待招致失望，失望引發憂慮，憂慮又帶來期待。希望製造恐懼，恐懼產生希望。一切淡然處之。哎呀，不想用腦的大叔，今天研究起哲學來了。

在地圖上察看好明日的行程，這段路不費勁，大約是七個半小時的腳程。

本日感悟：敞開心胸，擁抱日子！

不見蝴蝶翩翩飛舞的三岔路

二〇〇一年六月二十一日，卡斯提爾德加多

早晨九點出發時，火傘已高張，而遠方白雪皚皚的坎塔布連山（Cordillera Cantábrica），在陽光照耀下熠熠生輝，好一幅神聖景象！

健行數個小時，腳下是愈來愈乾燥的土壤，而原本一望無際的金黃色麥田，逐漸被綠中帶紅的山巒分隔，大自然美景如夢似幻。

在葛拉尼翁（Grañon）時，我來到一間浴室般大小的酒吧前，與一名身材短小結實、十分友善的荷蘭女子閒聊了起來。她一抵達就點了兩瓶冰啤酒，其中一瓶在酒吧內便一飲而盡，第二瓶則拿到酒吧外，在潮濕的熱風中，撐開嘎吱作響的粉紅色陽傘，笑著撲坐在我身旁的塑膠長椅上。「我認得你，」她以荷蘭語對我說。由於我的荷蘭語還算有點程度，便故作嚴肅地回問：「從何得知？電視上嗎？」一頭淡金色頭髮、穿著色彩繽紛、五十好幾的她，覺得這個問題荒謬至極，又從迷你酒吧裡拎了兩瓶啤酒，一路還竊笑不止，然後再次重重坐在椅子上，自我介紹說：「我是羅麗莎，來自荷蘭高達（Gouda）！我在聖祥庇德波特見過你，你不記得了？」啊哈，原來這位羅麗莎在那裡看過我！但我腦海仍一片空白。她笑了笑，指著朝聖手杖，我才恍然大悟，我們兩人曾在聖祥庇德波特的同一間商店裡，買了相

似的手杖。

到櫃檯結帳時，我們還覺得有些好笑，彼此在一堆特價品中竟挑選到類似的，頗有英雄所見略同之感。現在，她自豪地指著手杖，說道：「它很好用，你不覺得嗎？」其實這一路上，我也跟她一樣非常激賞我們精心挑選的朝聖手杖，它還是「一路順風」型的呢。

羅麗莎請我喝啤酒，我們兩人聊得很開心。忽然，她略帶感傷地告訴我，這是她第二次走聖雅各之路。

一九九九年，她和女兒蜜雪兒攜手前來，當時蜜雪兒三十二歲，罹患乳癌。母女倆信仰虔誠，打算徒步朝聖，由於米雪兒背不動背包，她們就在法國南部買了一頭名爲皮耶洛的驢子，領著驢子朝向聖地牙哥徒步健行了兩星期，一切都很順利。之後，米雪兒因劇烈的腫瘤疼痛，不得不中斷旅程。母女倆倉促返回荷蘭，十四天後，米雪兒離開了人世。

今年，羅麗莎從南法開始走起，也就是米雪兒於一九九九年中斷旅程的地方。她決定爲女兒走完全程，並將每一個健行日獻給一個人。這天上午，她立刻決定將這一日獻給我！我們一見如故，竟有點捨不得分離，但羅麗莎很堅定，她要獨自走完朝聖之路，因此打算讓我先行四十五分鐘。

我動身出發時，她把手搭在我肩上，說道：「走在這條路上，每個人都會嚎啕大哭一場。不知何時，你只覺得路途遙遙，永無止盡，而站在原地痛哭流涕。你會見識到的！」

獨自行走了幾公里路後，我來到一個三岔路口：往左沿著大馬路，往右則是鄉間小路，先是兩百公尺的直路，然後又是個岔路。四下張望，都沒有黃色箭頭的標誌，無論怎樣翻轉手中的地圖，都看不出個所以然來。

現在回想，眞後悔一九七八年提早結束了我的童子軍生涯，當時只撐了一個星期，至少也該等到參加過全國野外定向追蹤大健行的。唉，沒辦法，誰叫我就是不能忍受穿著類似軍服的童子軍裝。

這下可糟了，即將面臨野外的挑戰。

我不想走在大馬路上，於是選擇了鄉間小路，然後在下一個路口，往左走。

三名也同樣迷了路的西班牙人拖著腳步，亦步亦趨隨我前行。幾公里之後，來到小路的盡頭，眼前是一望無際的玉米田。

不過呢，先前的朝聖客有一副好心腸，在田裡留下一道踏過的足跡，而且全都朝著一個方向。這代表什麼？很明顯地，此去鐵定能通往某處，因爲沒有人走回頭路。當然，這也不全然是好徵兆。但是天氣炎熱，在大太陽底下，再沿原路走幾公里回去，毫無建設性，我完全不予考慮。於是，循著小徑又走了將近一公里，眼前一大片秧苗田——我猜是洋蔥秧苗吧，終於山窮水盡，無路可走了。

一路上追隨我的西班牙人，發現此路不通，頓時信心崩盤，不再認同我的領導能力，立刻果斷地回頭。之前朝聖客所留下的足跡、另闢的蹊徑全都無法辨識，想必這裡就是朝聖者

▲觸目所及，盡是田地。

不著痕跡的「升天」之處，但敝人除外！今天顯然沒有人能一步登天，於是，我小心翼翼踏入秧苗田，橫越這畦田後，抵達另一個不知名的村莊。在鋪著柏油且路面不寬的馬路上，我再度見到黃色箭頭，重返朝聖之路。

在村莊酒吧裡，從微醺的農夫口中得知，如果沿著主要幹道走下去，那才是誤入歧途呢。

也許我早在三岔路之前，便已迷路。難怪一路走來，都沒看見翩翩飛舞的蝴蝶，我早該提高警覺的！眞的很奇怪，只要偏離了聖雅各之路，就沒有半隻蝴蝶。

這聽起來或許有點荒謬，但鳴禽類顯然也很喜歡在朝聖古道上逗留。我這輩子還未見過這麼多的鸛鳥，牠們在沿途修道院的十字架上築巢，寓意著生死和平共存。而且，

也唯有暗示著死亡的「十字架」，才能給予象徵著「新生」的鸛鳥，在令人暈眩的高度上築巢的機會與空間。難道由此即可知，兩樣最根本的生命經驗是彼此緊密相連、相依相附的？

今天立夏，已是酷熱難耐，氣溫高達三十五度左右。向晚時分，我便抵達今日行程的目的地卡斯提爾德加多（Castildelgado），終於來到卡斯提爾省，萬歲！

卡斯提爾德加多海拔七百七十公尺，位於卡斯提爾省境內的大草原中。當地沒有朝聖旅館，但我十分幸運地找到一間專供卡車司機住宿的汽車旅館，還附設經濟實惠的餐廳。卡斯提爾德加多的規模，大概就是五棟——該怎麼說呢——類似房子的建築物、一座大得出奇的鄉村教堂，一間足以媲美大教堂、汽車旅館、有著玫瑰色霓虹招牌的俱樂部，以及兩臺收割機。

環顧四周，滿眼盡是黃澄澄的田地，而遠方白了頭的山峰似乎挪近了些。終於，這裡講的西班牙語，是我在學校所學的卡斯提爾語（Castellano）。

我從旅館窗戶望向教堂，一位老奶奶正在開教堂的門鎖。

趕緊下去！我一定要參觀當地唯一的景點！

當我來到教堂的大門時，老奶奶仍站在那裡。她很吃驚地瞅著我，我猜，顯然很少有朝聖客會迷路到這裡來。這實在有些可惜，因為當地的老人家既開明又好客。老奶奶一聽到我想要參觀教堂——這顆地方上的明珠，喜出望外，便引領我進入教堂。我們很快來到聖壇前，這趟參觀的行程也就此結束了，然後老奶奶請我坐在教堂透心涼的長椅上休息。陸陸續續又有五位老太太和一位老先生進來。

其中年紀較大的老太太開始誦念《玫瑰經》，平靜無波的聲調讓人感到寧謐，不斷重複的吟唱帶來力量、安心與平和！我跟著她覆誦，也回憶起了內容，不由自主地想到羅麗莎。祈禱後，這群銀髮族聚集在汽車旅館對面、滿是沙塵的廣場上，閒話家常，並把我視為團體的一份子。

我發現，他們並沒有注意到我是外國人，這眞有趣，也讓我覺得自己不是個陌生人。大概老人家都有些耳背吧。

朝聖之路走得愈久，愈覺得在這裡……該怎麼說才好呢，不像在家鄉，但很自在，不再感到格格不入。

或許，我不僅一步一步走向聖地牙哥，也一步一步走向自己。

儘管今天還可以繼續走下去，但我可不想貿然拿自己的雙腳做實驗。很慶幸，目前爲止腳上還沒有起水泡。

回到汽車旅館，翻看雜誌的星座運勢，未來幾天，我的生理韻律似乎不太好，一直要等到六天後才會好轉。

本日感悟：我就是自己的歸屬。

陽光男孩與未來的丈人

二〇〇一年六月二十二日，貝羅拉多、托山托斯與維亞弗蘭卡

此刻，我眞的走完了十六公里的路程！就在托山托斯（Tosantos），我坐在迷你的廣場上小憩，紅腫的雙腳正浸泡在村落的噴水池裡。

今早七點我就上路了。清晨步行比較輕鬆，太陽尙未全面發威，比起下午可說是步履輕盈。今天我打算直奔維亞弗蘭卡（Villafranca），還有七公里要征服。

就目前爲止，這一天已非平淡無奇。在往貝羅拉多（Belorado）的下坡路開始之前，有一個名叫維多的馬德里人趕上了我，是個充滿好奇心的陽光男孩，令人有好感。很難猜得出他的年齡，我想應該比我小一點。他手持兩根輕似羽毛的北歐式健行手杖，敏捷地疾步前趨，看得出是專業朝聖者，不像我純屬個人興趣。我們同行了好一陣子，還在貝羅拉多小樹林的一個磨坊吃了第二頓早餐。這個人幽默風趣極了，每兩句話就冒出一個意想不到的笑點，我們打從見面起就十分投緣。他一開始便很興奮地告訴我，他實現了孩提時代的夢想，要走一趟聖雅各之路。

用餐時，我們決定一起走下去。

兩人滔滔不絕地閒聊，不知不覺中，四公里已遠遠拋在腦後。我很高興，自己的西班

牙語突飛猛進，聽得懂維多所說的一切，但若要把複雜的事情完整表達清楚，有時候還有些吞吞吐吐就是了。

過了一段時間，話題有了出人意表的轉折。「Casado?」我結婚了嗎？他開始調查起我的身家背景來了。我四兩撥千金，就讓問題回盪在森林裡吧！

他的問題愈來愈涉及隱私，甚至有些露骨，但又無意藉由言語表明意圖，顯得非常大男人主義。很快地，我的直覺告訴我：這個並不十分單純的朝聖者維多正在尋找「豔遇」。不管怎麼說，此刻我的朝聖之旅沾染上了些許色情，但我卻沒有半點欲望。維多的調情暗示愈來愈多，連走路的速度也愈來愈快，因此我很確定，不管在哪方面，我都跟不上他的腳步了。

與缺乏運動細胞的我相較，維多訓練

▲村落噴水池，是讓朝聖客雙腳消腫的理想地點。

有素的小腿筋肉就像是公牛一般強健。要是我也以瘋狂速度前進，不消兩公里，就會在這顛簸的路上跛了腳，甚至是斷腿斷手！因此我停下來說：「對不起，維多！我跟不上你的腳步，這種速度我受不了。」我猜他正在斟酌要建議我走慢一點，但是從我堅定的眼神中，他未感受到鼓舞之情，於是他向我伸出了手，誠摯地道別，並承諾會在維亞弗蘭卡等我，這樣我們便可共進晚餐，然後他一溜煙就消失了，維持他來無影、去無蹤的風格。而我心知肚明，不會有人在維亞弗蘭卡等我，因為驕傲的西班牙人是禁不起被人拒絕的。

此刻，我舒舒服服地坐在長凳上，在冰涼的水池裡泡著腳。這個噴水池是弗朗哥大將軍獻給這個小鎮的。就算獻贈者滿手血腥，池水卻從不在乎，它依舊清澈晶瑩。現在要是能打個小盹就更好了！不過我要繼續往維亞弗蘭卡前進。

日正當中，我緩緩地拖著步伐上路了。

當我在埃斯皮諾沙（Espinosa）的鄉村旅店稍作停歇時，史戴方諾便來和我作伴了。他是個年紀稍長、頗時髦的紳士，穿著精選的設計師健行裝，看起來無懈可擊，完美極了。當我們走在一塊時，沒有太多的拐彎抹角，他就跟我攀談了起來。我相信從他完美流利的西班牙語中，聽到了一點北義大利口音閃過，因此我問他：「你是哪裡人？」他顯得很神祕，並要我猜猜看，於是我說：「好吧！你肯定不是瑞典人。你是北義大利人，從皮耶蒙（Piemont）或倫巴第（Lombardei）來的！」我似乎太快破解謎題，而把史戴方諾得罪了。他承認來自米蘭，這樣我可以改說義大利語，畢竟我的義大利語要比西班牙語好太多了。

這位六十三歲的電信工程師已經退休，他告訴我，去年他走過從皮雅琴察（Piacenza）到羅馬的法蘭西珍那朝聖古道，全長六百公里，聽他一說，我便愼重考慮起下回要去哪裡朝聖了。其實他是個很親切的人，只不過骨子裡有點自恃甚高罷了。儘管他一定也發現我的義大利語比西班牙語好多了，但他還是繼續說西班牙語。他似乎有點惱怒，想藉此讓我感到卑微，因此有時候我說著義大利語，他則說著西班牙語。好幾次我請他用母語和我交談，他卻始終不願這麼做——一時之間，情況也就不再那麼有趣了。從他的母語中，我很明顯注意到，他如何以相當表面、且不得不承認其造詣高明的修辭手腕，進行我們之間的溝通，畢竟他是位「通訊」工程師嘛！

他一直想要探知，我怎麼會到了這年紀還沒結婚，天主教徒就不會這樣；而我也覺得，他所表現的吹噓自大並不符合自己的信仰教條。沒多久，他就極力向我推薦他仍待字閨中的女兒，說我可以考慮選擇她做爲人生伴侶。今天和我一起朝聖的人到底是怎麼了啊？這情況簡直就像菜市場買肉一樣。

不過，能夠再次聽到並開口說些義大利語是愉快的。所以，也不知從何時起，我便任憑史戴方諾牽著走了，在與未來女婿的拉鋸戰中，他不計代價要贏得今天這場起跑點不平等的比賽。

維亞弗蘭卡已近在眼前了，在青山翠谷中，有耀眼的白色房屋和色彩繽紛的屋頂。不過，我愈是接近這座小城，原本鮮明的印象就愈淡薄，不知不覺中，我已置身於灰沉沉的城市之中，這裡帶有幾分比利時工業城的味道。維亞弗蘭卡不過是個悅耳的海市蜃樓罷了。

可惜的是，我到現在還沒眞正交到朋友，不然我應該比較能夠忍受這令人傷感的景象。但我也不會爲此沮喪，每天和不同的旅人萍水相逢，對不同的人生有短暫卻深刻的體悟，有時候甚至還頗樂在其中，既期待，又不怕受傷害。

我問自己，是否眞的走得到聖地牙哥？這一路上會很艱辛，與一般的散步經驗大相逕庭。然而，要是我做到了，人生會就此改變嗎？這樣是否期待太多了？有可能！我得學著以平常心看待事物。

我住進一間有許多卡車司機投宿的小旅館，有點老舊，但很親切。古董商要是來到這裡，一定會很興奮，整棟屋子都是上個世紀初的家具，但沒有受到妥善的照料與保存，而是隨意散置四處，甚至擋在過道中，不過都十分整潔。我的天！在這裡，我竟然能想像出一幅典型德式的諷刺漫畫！

民宿前面是一片寬敞的鋪石停車場，空空如也，中間有一座電話亭。

我得先去朝聖旅館蓋印章，又是一次白色恐怖的經驗。當然沒有看到維多的蹤影，我想，他應該繼續往下走，不會想在這裡過夜的。大通鋪裡雖然貼著醫院一般的磁磚，卻又髒兮兮地，充斥著病畜屠宰場的氣氛。這幢屋子緊臨主要大街，三十張鐵床放在四十平方公尺的空間中，只剩拆除工程用的大鐵球可以挽救這敗破景象，而玻璃窗都破了，很不雅觀地用紙板擋了起來。在幾百年前，朝聖者還會在此養精蓄銳，以便穿越路途險阻的歐卡（Oca）山區，森林裡埋伏著強盜土匪，危機四伏。

至於現代人的憂慮，我仔細想了一下，之所以刻意避開朝聖旅館，因爲過夜的地方對我而言並非無關緊要。我也應該要學習以平常心面對嗎？可是，睡覺是我唯一能從白天的疲累中恢復元氣的時刻啊！我決定維持原案，朝聖者之家與我無關，何況是在這種炙熱難耐的高溫下！

來到朝聖旅館時，大廳已擠得水泄不通，只有我未來的丈人在裡面來去自如，安逸享受，彷彿置身於米蘭「莎華」（Savoy）飯店的總統套房。他神采奕奕地朝我走來。

「這裡很可怕！你不覺得嗎？」他用西班牙語問我，想要知道我的看法。爲了方便溝通，我也用相同語言回答，若繼續在這兩個羅曼語系的語言之間轉來換去，我的腦子可要當機了。「太可怕了！你爲什麼要睡這裡？我住在前面的小旅館，一個晚上大約十五馬克，而且很舒適呢！」他想要參觀我的房間，基於他有可能搬來與我共度良宵的風險，我馬上把門拴拉上，說：「那裡還有好幾間空房喔！」這個自大的米蘭人馬上露出節儉小氣的一面，他大概希望有個溫暖好眠的夜晚，可能還想干涉我有沒有打呼，並順便告訴未婚妻我的最新近況。

相較於朝聖旅館令人無法忍受的住宿環境，我忍不住向史戴方諾大肆吹噓，我有三間廁所、兩間浴室，休息室裡還有專用的彩色電視機供我個人消遣娛樂！

我眞不懂，爲什麼這些朝聖者——大部分絕非窮苦之人——要住在這種地方呢？條件差，連服務也教人不敢恭維，我無法理解。頭頂著火紅的太陽，在灰塵滿天的柏油路、顚簸崎嶇的山徑上，跋涉二十公里之後，眞的是夠了啊。

當然啦，許多地方也有不錯的朝聖之家，由優秀的人員管理經營，像拿瓦雷特就是一例，在那裡賓至如歸的感受，讓旅人心甘情願忍受此微不便。

一對有點年紀的美國夫婦，顯然來自富貴人家，今晚也選擇投宿「貧民之家」，看來流浪漢收容所要換個華麗氣派的名稱才是。個人空間與隱私在這裡被踐踏在腳底下，三十人共用一個廁所和淋浴間。幾百年前人們就知道，這樣並不衛生。然而在這裡，有錢人卻把貧窮當成遊戲，白天時，年逾五十、身材臃腫的貴婦們，強迫自己在大太陽底下徒步四十公里，她們咬牙忍受這一切，到底是覺得自己有多少罪過呢？

還是唯有如此，最後才能高高興興地回家？老實說，我現在就非常盼望回到自己舒適的狗窩了！

史戴方諾陪我走回小旅館。他很興奮，因爲他已經好幾個星期沒看過簡單、乾淨又有衛浴的房間了，而且還達到歐盟的衛生標準喲！儘管如此，他依然決定留在朝聖旅館，也沒說什麼理由，這可讓我啞口無言了。不過我們還是在這裡共進晚餐，今天晚上我不想又落單，再說一路上比史戴方諾這類型更糟的人我都遇過了。樓下小酒館供應的餐飲很豐盛，喚起了史戴方諾和我對義大利美食的思念。晚餐過後，史戴方諾想要打電話回家給他那個未婚的女兒，這位電信專家竟然沒有手機！於是，我陪他走向停車場上的電話亭。我猜他想要跟女兒打小報告，說我吃東西時舔嘴咂舌，嘖嘖作響，她就不要再對我念念不忘了。

然而，電話亭卻淹沒在二十輛大卡車中，整座停車場被大卡車占據了！轟隆作響的引擎聲不僅讓山谷裡的房子更加晦暗，我們的耳朵也快要被震聾了。儘管史戴方諾和我在震天價響的吵雜聲中找到了電話亭，但是講電話就別想了，因爲發動中的引擎干擾了電訊，史戴方諾一個又一個地跑到司機旁邊，請他們暫時熄火，安靜一下。我忍不住笑了出來，這個人可是通訊界的專家啊！

卡車司機根本就不想關掉引擎，因爲他們還要送貨，在酷熱的天氣中，貨品會因爲沒有冷藏而腐壞。史戴方諾無法打電話給我未來的另一半，便氣沖沖地返回他的鐵床屋了。

唉！我那可愛的小旅館大概也成了一場噪音的夢魘。我得用濕衛生紙把耳朵塞住，才不會聽到二十部冷氣機的齊聲共鳴。

明天，史戴方諾計畫以他六十三歲的高齡，步行三十六公里的路程，直達布戈斯（Burgos），因爲原本下一站的聖胡安德歐特加（San Juan de Ortega）也沒有理想的住宿。我差一點就答應與他同行了，但想想這段路並非沒有挑戰性，而且一樣酷熱難耐，我絕對不可能一口氣完成的。

回到房裡，在浴缸裡清洗衣物，四十五分鐘後它們就乾了，可見眞的眞的很熱啊！

本日感悟：什麼讓我們有人性？就是我們身上那些小缺點與大錯誤，要是沒有它們，大家就都變成神了。

宇宙的放大與縮小

二〇〇一年六月二十四日，布戈斯與塔達荷斯

昨天早上的維亞弗蘭卡冷得不像話，而且還霧茫茫的，我累得一步也走不動了。一整天，我因爲非常疲倦而頭腦不清，一個字也沒寫。我的生理節奏完全盪到了谷底！

我沒睡好，顯然是那二十部卡車的冷藏設備之故。我作了一堆亂七八糟的夢：大卡車、史戴方諾，還有他的掌上明珠！我夢見宇宙在擴張，同時也在縮小，我自己也不太懂，大概就像一部正常大小的福斯金龜車變成了迷你卡車，它縮小了，卻也變得更大。眞是個荒唐的夢！

我到樓下的司機酒館去。晨曦中，我打量著一家奇特的店，卡車司機全坐在豐盛的早餐前高談闊論，呑雲吐霧，有些人甚至啜飲起了紅酒，不曉得會有怎樣的「一路順風」。大夥直盯著那臺吵得不得了的電視機，這一刻我才發現，外面大卡車的噪音實在是微不足道，整個畫面荒謬極了。我點了早餐，但室內已無空位，我便把早餐拿到外面享用，在人行道旁也是可以解決掉咖啡和餅乾的，而且轟隆作響的冷藏設備要比酒館裡的司機安靜多了。

一個金色短髮的女孩就像從天而降的天使，出現在我眼前，她有一對明亮的藍眼睛，而且正對著我微笑。經過兩個星期的練習，我歸納出一套判斷朝聖者國籍的規則，這女孩應該

是瑞典人。果眞，她以標準又帶著可愛瑞典腔的英語問我：「噢，這裡有供應早餐嗎？」然後立刻衝進卡車司機的酒吧。我有充分的理由追隨她這麼做，因為我想再點了一杯拿鐵咖啡。然後，她就在我旁邊靠著吧檯，正試著於一片喧囂聲中，有點無助地以她字正腔圓的英語點餐。

汗流浹背又沒刮鬍子的胖老闆，彷彿一輩子也沒見過這種景象，目瞪口呆地看著她，瑞典女孩說的話他一個字也沒聽懂，她只是問有些什麼吃的，但老闆似乎無能為力。她的聲音愈來愈急促，也開始大聲了起來：「可以在外面用早餐嗎？或許可以請你幫忙擺張小桌子，」她指著我說：「……然後鋪上乾淨的白桌巾。」老闆不僅看起來聽不懂，而且還是眞正地聽不懂。這位天使還沒搞清楚狀況，她已經從天上的寶座墮入長程卡車司機的煉獄中了。她很堅持要在外面擺上一張桌子，老闆則是比手畫腳地告訴她，店內的桌子都不能搬動。在我即時口譯的協助下，她仍不改初衷，過沒多久，她好不容易死了這條心，不予置評地拿過她的早餐，和我一樣，在外面的人行道上坐下來。我們兩人都笑了。

這時，瑞典女孩打量著我，看見了貝殼貼紙，這個標誌清楚證明我是來朝聖的，和卡車司機並非同夥。她用英語問我：「那麼，你遇到了什麼神奇的事？」我看著她說：「我想……應該沒有。」她懷疑地盯著我，說：「我不相信！你一定遇到過什麼，每個人都會遇到的，即使只是一個不足為外人道的微小體認。」我突然想到一件事情。「噢，對了！等等，等一下……妳知道這個宇宙會同時擴張和縮小嗎？」她爆出一陣笑聲，說：「你眞有趣！」我說：「對啊，這個我知道。」她站起身來，然後說：「這樣的話，我得繼續趕路了，並瞧瞧我的朋友這時是不是已經縮小了。」她象徵性地給我一個輕吻，轉身就走了。

吃過早餐後，我大步走向巴士站，毫無愧疚地搭上巴士到三十六公里外的布戈斯。幾百年前，這裡有綿延至地平線的牧草地，而現在必須穿過宏偉壯觀的工業區才能抵達目的地。

在布戈斯，我住進了廣場旁的旅館，直接位於中世紀遺留下來的城門前。從這裡看出去，古城的風光一覽無遺。中世紀華麗的背景，彷彿置身於羅賓漢的電影中，光是哥德式的聖馬利亞大教堂和附屬博物館，就讓我逗留了大半天，令人驚喜的收藏仍欣賞不完。當我步出教堂時，那裡站著一個瘦巴巴、戴著眼鏡的傳教士，那模樣很像是伍迪・艾倫創造出來的角色，他隸屬於一個名爲「基督聖體」（Corpus Christi）的教派。這個組織有點像阿爾巴尼亞的魔術表演團，當他們從人群中徵求自願的罪人時，便會有兩三個路人自告奮勇，而且每次都是相同的面孔。在行人徒步區，一個滿臉青春痘、體型肥胖的年輕人，就在巡迴傳教士的咆哮聲中告解了三次，坦承自身所有的罪過。

當信仰或甚至是他人的痛苦變成一筆生意時，眞教人驚懼不已！在熙來攘往的行人徒步區，正上演著《路加福音》中關於稅吏撒該的故事，然而沒有人會對這齣可疑的鬧劇入迷，或者留下深刻印象。

然後我買了旅途中的第一份德文報紙，我最愛讀的《南德日報》（*Süddeutsche Zeitung*）。

我拿起報紙坐到阿爾蘭松河（Río Arlanzón）岸邊蔭涼的凳子上，津津有味地讀起來自寒帶故鄉的報導，難得的好心情已然浮現。在一場記者會上，社會民主黨（SPD）主席敦請所有同性戀政治家公開出櫃，理由是：「同志和大家一樣都是人，可以擔任所有職位，連當教皇都可以！」

我笑得差點從凳子上飛了出去！然而，當我看到基督教社會聯盟（CSU）的反應，白紙黑字地印在報紙上時，我生氣了！報紙上千眞萬確地寫著：「這對教皇是一種侮辱，但並不表示基督教社會聯盟反對同性戀，不過性向是每個人的私事。」什麼？性向是私事？從什麼時候開始的？

在我們的社會中，幾乎每個人都自動將與自身不同的人排爲異己。爲什麼兩個人結婚要昭告天下？爲什麼大多數德國女人要和從前一樣，結了婚就冠夫姓？如果不想公開自己的性向並且大方承認，只是爲了讓眾人皆知，我們上過床了，那又怎麼樣？

基督教社會聯盟若沒有被國際特赦組織列入黑名單，也成了它們的拒絕往來戶。對於同性戀和許多其他重要議題，天主教教會所採取的規避態度與方法實在有違人性，其雙重標準往往導致醜聞。

我知道，我的性向完全符合大自然，我很自在！那麼，爲什麼我要受迫於他人，而陷入不和諧之中呢？只因爲天主教的上帝希望我以及與我共處的人，還有數以百萬的世人都變得痛苦不安嗎？他們眞以爲上帝也和他們一樣器量狹小，還具有相同的意識形態嗎？想要強迫別人裝模作樣的人，自己也絕對不會坦然自若的。

身穿絲袍的老男人，搭配著昂貴、亮面的紫紅色絨布，服飾隨風飄動，他們一心想把我調教成「牛仔」，自己卻反其道而行，這實在是太可笑了！

什麼時候教皇才能理解，一個喜悅的信息絕非不可告人的合約！更何況，在同志的次文化與天主教教會之間，存在一條耐人尋味的平行線；西方文化中並沒有如此長久且嚴格的性別區分，就除了這兩個社群，那裡只有純粹男人或女人的圈子。

所以，我只能抱持一種觀點：凡由專制獨裁所支持或立下的論點，都是不人道的，它會導致腐敗毀滅！在面對每一種自以爲代表全人類與世界和平的威權時，每一個人都要嚴加把關，謹愼判斷。

天啊！我生氣了！我把《南德日報》丟進垃圾桶，我並不是對報紙感到氣憤，儘管如此，這是我旅途上的第一份也是最後一份德語報紙了，因爲保持心平氣和才是有福氣的！

對了，昨天是聖若望的聖名紀念日，布戈斯的市民盛大慶祝，我想他應該是這城市的守護神吧！整座城市在火把的照映下，像是發光的馬戲團，晚一點還有煙火秀，可惜我看不到，因爲房間裡該死的捲簾拉不起來。只要拉上捲簾，煙火就近在咫尺了。我拉到幾乎快磨破手指，但是這玩意仍一動也不動。好吧，煙火似乎和頓悟有關！或許只要拉起捲簾，便能看見頓悟的煙火？

▲夜晚的氣氛。

今天上午，自動自發的太陽再次無情地照在乾涸的土地上。我在十一點半左右出發，已經太晚了。這段路走起來很累人，景色單調而荒涼，只有稀稀疏疏的樺樹林，看起來很像荷蘭——曬到快要蒸發的荷蘭。

今天，我拋開了所有負面的想法，我可沒興趣繼續跟它們糾纏不清。我只負擔得起我的背包，再多就不行了。

走在這種酷熱的氣候下，四周又是沙塵滾滾，整個人口乾舌燥，遲早要不支倒地。

步行了漫長的十一公里之後，我來到了塔達荷斯（Tardajos），將在此過夜。這裡有一間非常舒適的朝聖旅館，一位年長的女士把它打理得猶如宮殿。每天都會更換乾淨的床單，一間房最多睡四個人，我甚至還一個人享有一間房呢！

明天又得走個二十公里，但是不可能超

過二十公里，以目前的狀況而言，那是絕對辦不到的。炎炎夏日讓我屈服投降，即使是多走一步，隔天也會累到動彈不得的。

本日感悟：套句喜劇演員蘿瑞・羅倫姿（Lore Lorentz）的話來說：我的憤怒才剛開始！

瑞典雙姝vs.巴西熱情女郎

二〇〇一年六月二十五日，歐尼優斯德卡蜜諾與翁塔納斯

今天在塔達荷斯，整個早上我都泡在沙龍般的酒吧裡，差點就走不了。雖然在那位女士的屋子裡，我有一夜好眠，但是就在開始今日的行程之前，高溫與塵沙已讓我體力透支。我實在是筋疲力竭，也變得愛發牢騷！我要中斷朝聖之旅，心意已決，當下就想驅趕走我內心的朝聖者。

正當陷入沉思之際，服務生突然走到我面前，他T恤上的幾個大字立刻映入眼簾，寫著：Keep on running!（繼續前進！）這大概又是西班牙觀光局的把戲，而我這個朝聖傻瓜立刻掉入陷阱。

我把它看作是一道命令，於是點了咖啡，一飲而盡，把小餅乾打包好，匆匆奪門而出。這是個很清楚的信息，在腦袋瓜恢復理性改變主意之前，別躊躇，繼續往下走吧。這個純屬意外的轉折讓我沒有中斷行程，繼續前進！

這大概就是旅途中肉體和精神上的低潮吧。

朝聖之旅必定是獨自進行，或至少是要獨自開始的。在路上，我不斷遇到大聲爭執的伴侶，也有人告訴我，他們途中與同伴分道揚鑣了。有些人一邊抱怨，一邊以和同伴不協調

的節奏走了好幾公里，因而一肚子火，也有好朋友突發奇想，就決定各走各的路了。所以幾乎所有的長途朝聖者都是獨自一個人行走，我幾乎沒有看過有人是團體行動的。不同的步調與速度往往是分道揚鑣的主要原因。要找到踩著相似舞步的同伴，一路上攜手同行，不是件容易的事。如果有人像我一樣跳著緩慢的華爾滋，那麼他就跟不上敏捷的佛朗明哥舞者。首先要很清楚自己的速度，才有可能結伴同行。朝聖者的個性、感覺和想法，都會反映在他的腳步上。

當然，我也可以就此打道回府，找朋友來開一場派對，把旅途中的小故事掰得天花亂墜，將一切吹噓得十分美好，但是我決定要走到底，虎頭蛇尾並不是我的行事作風。我想知道，這條路會改變我什麼，或是不會改變什麼，至少要走到終點，答案才會揭曉。所以，繼續前進！

事實上，我的朝聖之旅每天都是新的開始：感覺上，我不是在進行一趟長途旅行，而是上千趟的小旅行。每天，我都要重新鼓舞自己，因為這條路一再賦予朝聖者不同的任務，我很確定，它現在是：「做你自己就好！沒有過與不及！」

這可是非常艱鉅的任務，知易行難！就像一種訓練耐性的遊戲，在一座小型的迷宮中，讓小鋼珠不停地來回移動，並剛好落進中間的小洞裡。任務簡單，但是玩起來往往不是那麼回事。

博愛好像也是這條路要教導我的課題。一路上，我遇到形形色色的朝聖者，相較於彼此之間的差異，漸漸地，我更在意起我們的共通點與關聯性——我們都在追尋相同的目標。是的，博愛也許是所有美德之中最世俗的一種，但唯有此時此刻我們才學得到。每個人都要盡其所能。

我覺得，在這條路上的自己彷彿蓋起了一幢心靈的紙牌屋，雖然每一張覆蓋上去的紙牌，能讓房子更具體成形，但是要如何放置下一張，才不至於坍塌且能穩如泰山，就成了一門學問。要求變得愈來愈高，包括將紙牌房子的地基打好，即使是最小的部分也都有最高的優先性，我感覺似乎有什麼力量在支持我，也漸漸學會靠一己之力，讓我的紙牌屋屹立不搖！然而誰又知道，或許明天造物主一時興起，一口氣就把紙牌屋吹倒，我曾深信不疑的一切，也將煙消雲散。

我彷佛是中世紀的人，手裡拿著一張幼稚的世界地圖，地球被畫成一個薄片，也沒有五大洲。我那純潔無邪的心靈地圖，大概就是這幅模樣，它描述了我目前為止自認為所知的一切。

穿過了中世紀般的小村莊和田野，我馬不停蹄地走了三個小時，然後在歐尼優斯德卡蜜諾（Hornillos del Camino）好好休息了一下，接著又是兩小時的行進，經過鬼魅般的乾禿山丘，來到了一座高原。在攝氏三十五度的高溫下，前前後後沒有可避蔭之處。荒原中間有一個小小的樹林綠洲，還有一條小溪流過，在一棟類似清眞寺建築物的屋頂上，豎立著巨大的馬爾他十字（由四個V字型組成），這裡就是聖保爾（San Bol）的朝聖旅館。

當我走進樹林，再次邂逅了維亞弗蘭卡的瑞典天使，她與同樣來自斯堪的那維亞半島的朋友，雙足正泡在溪水中。她們邀請我也把腳伸進小溪裡清涼一下，我馬上照辦。想來有點好笑，途中我所認識並留下好印象的朝聖者，幾乎都是女性，不過她們在這裡本來就是多數，而男性朝聖者大都是孤僻的怪胎，也許就像我現在這個樣子吧！

這位天使叫做艾薇，她的朋友是緹娜。我們聊得並不多，各自在棲滿鳥兒的樹下打盹，直到一位穿著十分花俏的巴西女子不請自來地加入我們，並用葡萄牙語滔滔不絕地對大夥疲勞轟炸。通常，我要是遇到樂於與別人稱兄道弟的南美女子，便會立刻落荒而逃，但是現在不行，因爲我還累得半死。

看來聖雅各古道上，不只有義大利老爹在挑選女婿，外貌出眾的南美女子也積極地物色對象。

在場的兩位瑞典女孩，想必可讓巴西女人認定我已是名草有主了。而來自寒帶的女人一時之間還不太適應南美的熱情如火，爲了調和冷熱，我脫口說出唯一的一句葡萄牙語，翻譯過來就叫做：「我不會說葡萄牙語！」其他的蠢話還來不及說出口，她已經打開了話匣子！對於她急於想告訴我的一切，我是一個字也聽不懂，只能癡呆地咧嘴傻笑。

艾薇和緹娜大概以爲，我想和巴西女子搭訕，便整裝離開了這片綠洲。其實我也很樂意這麼做，但畢竟元氣尚未恢復，只能任由巴西女子一人口若懸河地說下去。從她豐富的臉部表情判斷，她應該是在敘述一則我生平所能聽過最緊張刺激的故事了，但我完全不知所云，眞是對牛彈琴啊！興致高昂的她也許正以葡萄牙語透露了，關於朝聖之路最具關鍵性的話語，但駑鈍如我無法頓悟，誰叫我高中時走錯了人生道路，選擇了毫無意義的西班牙語高級課程呢，自此對於葡萄牙語的理解力就等於零了。Muchas gracias!（感謝！）我一臉空洞茫然淡漠的表情，終於驅使她繼續踏上旅途。我決定要好好休息一下，睡上一覺。這是途中我第一次躺在大草原上睡覺，頗怡然自得。

在前往翁塔納斯（Hontanas）的路上，我經過許多工地和殘破不堪的街道，這也是我目前的感受：我瓦解了某些東西，並試著在這裡把它們建立起來！每天我走過的道路似乎反映了我的內在心境，或將外在景象投射到我內心……或兩者皆然。

走了整整二十公里之後，我在傍晚抵達了翁塔納斯，這是汽車到不了的地方。我不知道歐盟國家還有這種地方存在，村民必須把車子遠遠地停在村外，因爲進村子只有一條彷彿中世紀的小徑，到處都是馬糞，車子開不進去。因此這個村子十分安靜，雖然烈日當空，瀰漫著馬匹的味道，卻很清新乾淨。

此地只有一間旅館，根據我的旅遊指南，並不值得推薦。這一點很快便得到證實！我踏入這家由淺色粗沙岩砌成的西班牙小旅店，感覺恍如搭乘時光機，瞬間被拋到中古世紀。

我進入了十五世紀荷蘭畫家希羅尼穆斯・博斯（Hieronymus Bosch）筆下的世界。餐館老闆身材矮胖，滿頭大汗，結實的身軀上搭著一件髒兮兮的圍裙，他蹦蹦跳跳走過深色的大木桌，桌旁坐著醉醺醺的村民和疲憊的朝聖者，然後穿過幽暗的空間來到壁爐邊，裡面的垃圾堆到了天花板，老闆頭上還平穩地頂著一個典型的布卡勒（Bocale）酒瓶，玻璃製的葡萄酒瓶讓人聯想到澆水壺。沒想到，他真的將一公升的紅酒澆到頭髮上，再用鼻子吸進口中，接著從嘴巴噴出來，同時還一邊哼著小曲呢！印象之深刻，與令人作嘔的程度，不相上下！

老闆名叫維多里歐，結束了精采表演之後，他領我參觀第一個房間，就在二樓，地板上散置了六個半腐朽的舊床墊，窗戶大得像船上的舷窗，還有四條被蛀蟲和灰塵腐蝕的灰色軍毯，營造出聖經般的馬廄場景，但奇怪的是，這裡怎麼會少了一個飼料槽呢！

目前我已經學會了淋浴時不碰觸到浴缸，這可是一門工夫，我堪稱該項目的大師！不過眼下在這破房間裡，英雄也無用武之地了。雖然救世主在類似的房間裡誕生，但我可不想睡在這裡啊！如果非如此不可，那還不如沒有！今天晚上外面似乎挺溫暖的，於是我鄭重其事地告訴維多里歐，我就直接露宿在房子前寬闊的石階上即可。但他不同意我這麼做，所以又給我看了第二個房間，並提醒我，房價會是原來的兩倍。小錢的兩倍也不算多，於是我看了這個名實相副的房間。對我而言，它簡直就像米蘭「莎華」飯店的總統套房一樣。

即使我覺得這房間已有好幾年沒人住過了，但床鋪出乎意外地乾淨整齊，讓人忍不住編起了故事，這該不會是老闆過世的妻子生前最後一次整理的吧。床邊放著一瓶來自英國的防曬油，保存期限也已超過四年了。

此外，還有一張一九九八年布戈斯大教堂博物館的入場券。我向維多里歐點了點頭，表示達成交易。當他滿意地回到餐館時，我試著讓自己放鬆，現在就連沖澡都會耗去我全身的力氣。

當我再次來到幽暗的餐館時，我那兩位瑞典朋友，緹娜和艾薇，正坐在一道開胃菜前發楞，油膩膩的花朵餐盤上盛著不可名狀的碎肉。我過去坐在她們旁邊，艾薇說：「看看他對我們做了什麼好事。這應該是胡椒肉，我才不吃呢！」

緹娜和我都覺得，艾薇盤子上一小團棕色的東西莫名其妙地噁心，忍不住發出爆笑，原本濃厚的中世紀氛圍頓時一哄而散。就連在貓狗餵食的缽碗中，也不曾看過這麼古怪的東西！艾薇一邊跟著我們笑，一邊咒罵聲連連，她一直皺著鼻子，最後抽了一口氣，尖聲說：「我們到別地方去吧！」

現在更是一發不可收拾了！緹娜和我根本就停不下來，我們又叫又笑地抱在一起，緹娜笑得快喘不過氣來，問我：「你要跟她講還是我講？」我們兩人都沒辦法說出一個完整的句子，艾薇脹紅了臉，又好氣又好笑地問我們：「跟我講……什麼？」我像是抽筋發作般地大聲說出：「沒有別的地方了！」艾薇驚叫了一聲，這時我們三人笑到渾身亂顫。

維多里歐把我們的笑聲詮釋爲朝聖者的好心情，他問我和緹娜，現在是否也要點餐了。我們當著他的面又笑又罵，拳頭不停在桌上拍打。大夥費了好大工夫才鎮定下來，緹娜提出一個相當明智的建議：「我們就把他能供應的餐全都點下來吧！其中一定有可以下嚥的東西，然後多要三個盤子，用我們的飲用水洗過，另外再點一瓶威士忌，這樣就什麼也不怕了！」我們一五一十照辦。

上來的每一道菜看起來都非常驚人，盤子彷彿從來沒有碰過洗碗精。我和緹娜率先克服了心理障礙。反正我們三人今天走了三十公里，早已是飢腸轆轆。看看滿桌的餐點，即使聞起來還十分可疑，但嚐起來的味道沒有外表那樣噁心了，甚至還可一眼就辨識出其中一道菜是荷包蛋，遇到今天這種狀況，這道菜尤其受到饕客歡迎！

至於威士忌，不僅具有消毒與預防疾病的作用，還極度振奮人心，讓氣氛更加歡樂熱絡。我們三人展現出過人的勇氣，囫圇吞棗地嚥下幾乎未經咀嚼的食物，這時巴西女子出現了。艾薇輕輕推了我一下，說：「瞧，是誰來看你了！」

說時遲那時快，巴西女子已降臨我們這一桌，天南地北又扯了起來，還乾脆把緹娜擠到一邊去，與我並肩而坐。當她的目光掃過十道餐盤時，她短暫沉默了片刻。從那雙張大的眼睛來判斷，她鐵定認爲杯盤狼藉的噁心場面是我們一手造成的。對她而言，這是個關鍵時刻，因爲她的肚子也開始唱起空城計了。她希望我能推薦本日特餐中的美味佳餚，因此便以低沉、符合我能力的初級葡萄牙語和我對話。兩、三杯威士忌下肚之後，顯然我已精通葡萄牙語中的幼童用語，因爲在我的耳朵聽起來，它與義大利語的相似處遠多於西班牙語，所以我便用義大利語回答：「妳點荷包蛋吧！」她聽懂了，也點了這道菜。她看到桌上的威士忌只剩半瓶，正經八百地問道，我們是不是一群酒鬼。儘管我開始有些語無倫次，仍拍胸脯保證絕非如此，她一聽便從我的杯子裡享用了兩口。

克勞蒂亞，這位來自里約的陽光美女，似乎漸漸明白了，很難從美食家口中聽到任何一句對這家餐館的褒揚之語，於是她走進廚房，想親自瞧瞧廚師在裡面搞什麼鬼。當她回到桌子邊時，古銅色的臉龐蒼白到不行，還結巴巴地說：「sucio, sucio!」在我聽來這又是義大利文了，因爲在羅馬，只要有人覺得某人特別討厭，他們就會喊：「zozzo!」意思大概就是噁心骯髒之類的，這句話還隨處可聞呢！

當維多里歐把他不甚成功的拙作端上桌時，克勞蒂亞接過盤子，隨即破口大罵，並把盤子丟了回去，維多里歐剛好接住，但對於她的凌厲怒罵則是無法招架。場面已完全失控，我幾乎有點同情他了。兩個瑞典女孩和我連忙勸克勞蒂亞冷靜下來，但她覺得十分受辱，這一輩子在餐廳裡還沒吃過這麼難吃的東西。

爲了補償我們，維多里歐招待大家浸了威士忌的香蕉，看來連他也把我們當成嗜酒成性的飲君子了；克勞蒂亞又嚐了一點新端上來的餐點。這算是個愉快的夜晚，氣氛也變得融洽許多。維多里歐再次使出那招酒瓶的絕活，而克勞蒂亞也不再像剛來時那樣煩人。後來又有一個來自斯洛維尼亞的年輕人，加入我們這一桌，名字叫做米瑞佑，或差不多就是這樣的發音。我們小心翼翼地向他揭露了維多里歐廚房裡的祕密，並且也讓他變成了酒徒。

夜幕降臨，我陪這四個人走回朝聖旅館。在這棟整修得很好的建築物前，克勞蒂亞的朋友索妮亞正擺著一張臭臉坐在凳子上，顯然她已經等了克勞蒂亞好幾個小時。在一片葡萄牙語的咒罵聲中，索妮亞迅速消失在旅館裡了。我的天！這些巴西人的脾氣還眞是火爆啊！克勞蒂亞已睡意全無，我們便在星光明亮的天空下，坐在長凳上聊了起來。

她又硬生生地和我說起葡萄牙語，別的語言她不通。好笑的是，從她幼兒語法的葡萄牙語中，我倒是聽得懂大半，這時她也不需要慢慢地講。

這位美女大概和我差不多年紀。對南美洲人而言，這裡是個很大的聯誼市場：嚴格的天主教父母會把他們的孩子送來這裡，並期待他們帶個適合的對象回家。

但是，我可不希望克勞蒂亞相中了我。智利人、阿根廷人、墨西哥人和巴西人是這條朝聖之路上主要的南美客群，而當中就屬巴西人最有趣。

當我們坐在長凳上時，克勞蒂亞問我，目前爲止有沒有什麼神奇的體驗，對她而言，在這裡經歷不尋常的事情似乎是天經地義的。我無法很確定地回答她，因爲目前爲止，我的經歷還不能歸類到「神奇」的範疇中。

克勞蒂亞又講了一次今天下午那則緊張刺激的故事，不過現在是以快轉的方式播放。故事的內容是：她撿到一隻奄奄一息的小麻雀，在烈日下走了五公里之後，她把牠帶到小樹林中的蔭涼處，在那裡幫牠洗了個澡。是的，幾個小時之後，牠又能展翅飛翔了。不過，事實上她是這樣告訴我的：小麻雀快要死掉—被撿到—拿起來—帶麻雀走五公里—太陽很大—然後是樹林—涼涼的—小鳥洗澡—等待—然後小鳥飛了。

這眞是個美好的睡前故事。在溫潤如玉的夜色中，我與來自里約聖潔的教徒道了別。

我散步返回維多里歐的餐館，一路上微風拂面。我自問，那些我曾在聖雅各之路上遇到的人，現在都去了哪裡呢？安東尼、羅麗莎、史戴方諾、維多，還有安妮……。

明天我肯定會再遇到克勞蒂亞，也有可能從此不相見，誰知道呢？人們來來去去；出現了，又突然間消失得無影無蹤。

本日感悟：繼續前進！我能承受的遠比想像中的更多！

荒漠中的巴洛克女人

二〇〇一年六月二十六日，卡斯托洛赫里茲與佛羅米斯塔

昨晚維多里歐在樓下自家經營的酒館內，和他兩個爛醉如泥的朋友狂歡到深夜。爲了安全起見，我將房門的鎖轉了兩次。這一覺睡得很好，今早才能在清晨六點半就動身。

出發之前，身材矮胖的維多里歐原想替我煮杯拿鐵咖啡，但我敬謝不敏，只見已拆開包裝的西班牙早餐餅乾，就放在油膩的吧檯上，傍著兩只發臭的空啤酒瓶。維多里歐隨手拿起一個未洗的盤子，在上面盛了些看不出所以然的東西後，便拿去街上餵貓。我猜，盤子用過之後，就算有洗的話，也只是沾一下冷水而已。

這裡的骯髒污穢讓我渾身不自在。天啊！相較之下，家鄉德國眞是乾淨，這一點頗値得讚頌，希望德國人能繼續維持整潔。也許我很庸俗，但是處在這種環境中，不禁讓我想高聲直呼：整齊清潔萬歲！

爲了不讓自己吐出來，我幾乎是以逃難的速度奔離這家旅店。眞想好好享用一頓豐盛的早餐！但到下一站，還要走兩小時的路，而且是整整十一公里！事實上，我若沒吃早餐就是個沒用的人，遇到這種情形，眞是莫可奈何。

幸好一路上鳥鳴聲不絕於耳，這種感覺美妙極了，讓我再度與這個世界重修舊好。其中

有杜鵑鳥、斑鳩、麻雀，以及各種會唱歌的鳥兒，還可聽到鸛鳥嘎嘎的間奏。如果有一天，這個星球沒有了鳥兒的歌聲，將是如何地單調乏味啊！

在前往卡斯托洛赫里茲（Castrojeriz）的路上，我發現前方遠處的克勞蒂亞，在堡壘的下方某段，也就是延伸到卡斯托洛赫里茲的路上，克勞蒂亞和她的朋友索妮亞正慢吞吞地前進。克勞蒂亞不停地轉身張望，我很確定，她想知道我是否也剛好在附近。這兩個人停下來的次數愈來愈頻繁，而當我突然快馬加鞭趕上她們時，這位來自依帕內瑪（Ipanema，位於巴西里約熱內盧）的女孩非常驚訝，她告訴我的第一件事就是，今天早上她看到兩條眼鏡蛇。我試著向她解釋，據我所知西班牙是沒有眼鏡蛇的，不過我自己也看到過十二隻老鷹！但是拜託，如果她所言不虛，眞的是如假包換的眼鏡蛇，大概也只是一種象徵吧，身爲虔誠天主教徒的她或許太常想到性了。

我和克勞蒂亞又聊了起來，她的朋友索妮亞很果決地離開，並不忘投給我們一個嫵媚可愛的眼神。克勞蒂亞分明是想要探知我的意思！爲什麼這位熱情奔放的巴西女子會看上我這個膽小鬼呢？好吧，算我走運！當然這是往自己臉上貼金，沒什麼意義。

我們很尷尬地繼續聊下去。顯然地，對話已經難以接續了，她擺明在等我說出明白的曖昧之詞，但是我沒有這麼做。今日上午，卡斯托洛赫里茲的巍峨堡壘、鳥兒啁啾聲和荒涼有致的景色，都是我的最愛。言談之中我並不需要挖空心思，也完全無涉克勞蒂亞對於她今日行程目標的想像。

忽然間，在毫無預警的情況下，她生氣地踱腳並停下腳步，一副飽受委屈的模樣盯著我，然後用昨晚狠狠訓斥維多里歐的聲音，再明白不過地對我說，從此刻起，她打算一個人單獨走，我必須在原地等十五分鐘，讓她先行離去，而且不准超越她，因爲她不想再看到我，永遠不想！話一說完，她便扭身離去。

對於再次見到她，我也不抱什麼期待了，順從地站在原地等了十五分鐘。這一切來得太突然，但我不能怪她。唉！今晨她的確對我大展風情魅力，之後竟然演變成這種局面。我鐵定再也不會見到克勞蒂亞了。

在卡斯托洛赫里茲有一間中古世紀風格的早餐店，獨具一格，老闆超級友善，還有隻名叫凱西的鸚鵡，非常有意思。當維也納華爾滋樂音響起時，牠會在店內飛來飛去，彩色窗簾隨之飄動，灑滿大片陽光。我在一張向著粗糙石牆的桌子前坐下來，牆上有幅大照片，上頭一位笑容可掬的南歐人教人打從心底歡喜，我一邊享用豐盛的早餐，一邊端詳欣賞。我大口大口地猛吃，以儲備一整天的體力。突然，翁塔納斯邋遢的胖老闆維多里歐出現在門口，他點了杯咖啡，然後跑來對我說：「嗯……這裡也很漂亮，對吧？」

我彷彿又墮入他那古怪的中古世紀煉獄，頓時胃口盡失。

不再逗留，隨即往九百公尺高的美塞塔（Meseta）隘口前進，由此可通向莫斯戴拉雷斯山（Mostelares）。

途中經過一片金黃色的荒漠，眼前的景色雖然壯觀，但是怎麼會有人想要居住在此，這對我來說真是難以想像。希望自己有帶攝影機，可以在此拍攝一部紀錄片。眼前的景色無以倫比，在村子裡遇到的人很友善，非常照顧朝聖者。

天知道，今天又要落腳何處？其實只要有乾淨的床和浴室就夠了。拜託，拜託啦，一定要有啊！

繼續爬向九百三十公尺高的山，前往光禿禿的美塞塔隘口。途中，我遇到一位大約兩百公斤重、有點年紀、穿著鮮豔的美國女人，她的身上沒背包，腳上趿著浴室拖鞋，手裡拿著一根小手杖，步履蹣跚地走在路況不佳、滿是小碎石的路上。這位豐腴的巴洛克女人，與眼前荒涼貧瘠的景色形成一大對比，我想她比較適合出現在德州達拉斯的速食店裡吧。她一步一腳印地前行，就在豔麗豐滿與單調荒蕪之間，似乎又產生一種微妙的平衡。一路上，我漸漸習慣與人攀談，此刻我很樂意聊上一會，顯然這位女士也有意，兩人頗有默契地停下腳步，彷彿是上輩子的約定，讓我們在攝氏四十度的高溫下，於荒漠中的一小塊蔭涼處相遇。

她告訴我，她每天都讓先生開車載到半路上，然後獨自行走個兩、三公里，再到他們約好的地方碰面，她的先生就在車上等她。這項艱鉅的任務對我來說都已經很嚴苛了，更何況是這位西雅圖來的美國人。簡短交談之後，我把腳步放得很慢，我不確定這位女士能否安然通過隘口。於是，我不停喊累，頻頻休息，以便察看她是否安然無恙。放眼望去沒有其他朝聖者的蹤影，伴隨這位高貴的女士、守護她的安全，儼然成爲我的使命。之後，在山谷遠處，田野小路的交叉口，眞的停著一部發動著的白色吉普車，車內男子急切地朝我這個方向張望，顯然正在等待他要迎接的人。

這時，我才放下心來，恢復原先的速度繼續前進，不過這一段慢行可消耗我不少體力。於是我邊走邊唱，維持健行的好心情。首先，我以莫札特的〈讓我牽起你的手〉（Reich mir die Hand, mein Leben!）來增強體力，我不著邊際地想像著，莫札特多少能讓我的身軀輕鬆快活起來。

事實上，每當我察覺體力逐漸耗盡時，便會自顧自地唱起歌來。音樂劇、聖歌、世界民謠，從希伯來歌曲〈讓我們來慶祝！〉（Hawa nagila hawa）到〈有多少路？〉（How many roads?），偶爾也穿插一兩首詠嘆調、進行曲或是流行歌曲。在朝聖古道上，經常會一人獨自走上好幾個小時，沿途都遇不到其他人。這時，除了唱歌之外，還能怎麼辦？

其實，走路時很適合唱德國民謠，當我引吭高歌時，簡直就是健步如飛。今天在遇到那位美國女士之前，就是〈拉德茨基進行曲〉（Radetzky-Marsch）推動我迎向美塞塔隘口的！今天我的腳特別地痛，我知道自己又囉唆了起來，千篇一律喊著相同的事，而我的腳本來就一直都在痛，不是嗎？但是今天疼痛似乎又加劇了，我認爲，光這一點就值得大書特書！因爲，走在聖雅各之路上，「腳有多麼地痛」這句話，說再多次也永遠不嫌多。

下午四點半，就已經完成了三十二公里的路程，連我自己都不敢相信，來到一個吹著沙塵的小村落，便在酒吧中歇腳，並享用美味的西班牙三明治，也就是火腿乳酪小麵包，還有一杯「滋倍清」（Spezi）。

別的朝聖客看到我把芬達和可樂混在一起喝，詫異地瞪大了雙眼，於是我向他們解釋，那是一種名爲「滋倍清」的德國飲品，或者也可以稱爲「冷咖啡」。

在場的挪威人、瑞典人、西班牙人、義大利人和巴西人，都沒有人勇於嘗試，點一杯來試看看。我很快就與兩位身材健美的挪威女孩，在酒吧前的噴水池旁聊了開來，我用英語敘述了與熱情的巴西美女克勞蒂亞相遇的經過。這個故事我今天非說出來不可！然而好玩的是，接下來這兩人雖然不是用葡萄牙語，而是用挪威語和我說話，而我呢，則對她們說著德語，我們都想瞧瞧彼此是否能溝通。結果，居然行得通！她們幾乎聽懂了我全部的話，我則是上了一堂幼兒挪威語的速成班。我不得不承認，峽灣冰河地區的語言還眞「酷」，讓人在這炎炎夏日中不由得清涼了起來。

昨晚緹娜和艾薇用瑞典話交談時，我幾乎都聽不懂，但挪威話只要說得慢一點，對我來說反倒容易理解。

在這窮鄉僻壤的小地方也有朝聖旅館，儘管我仍想要有張舒服的床，但我眞的再也走不動了。然而，萬萬沒想到的是，這間設備簡陋的朝聖旅館竟然客滿了。

爲什麼白天走在路上是孤伶伶一個人，晚上到了中繼站卻可以碰到好幾百人，甚至人滿爲患，大家走的明明都是同一條路呀！我眞是想不透。

到佛羅米斯塔（Frómista）只剩不到五公里的路程。好耶！那裡就有旅館了，我應該還走得到。

不過，這一段路不容小覷。我疲憊無力地拖著腳步，沿著一條沒有盡頭的運河行走，河水也同樣有氣無力地潺潺流去，一如我無精打采地往前走。我的雙腳就快沒有感覺了，而我的身體也未能分泌足夠的腦內啡，僅憑著一股意志力走向目標。就這樣，在經過三十六公里的步行之後，終於抵達目的地。眞是要命！

差不多在兩星期之前，要是走了三十六公里，我可能就掛了，但現在我只覺得疲憊而已，還有我的雙腳也是……不能再走了！

今天這段路是場嚴峻的考驗，而沿途景色卻是目前為止最美的。眞教人難以置信，三十六公里的路程，別說花了十一個小時，連八小時都不到，我就已經如數走完。三十六除以八等於四點五，也就是說，時速四點五公里。對我這個運動白痴來說，成績斐然。

我並不覺得自己的體能有多大的改善，反倒是精神狀態有了長足的進步。如今我懂得正確評估困難的程度，並妥善運用體力。有時氣溫高達四十度，即使在樹蔭下也不能走得太慢。另外，要盡快躲開太陽；但如果走得太快，早晚會走不動的，反而得一直曬太陽。我的飲水量超大，今天就喝了六公升；奇怪的是，飢餓倒不成問題，肚子餓時甚至走得更順暢。眞是不可思議，從我這顆「沙發上的馬鈴薯」中，竟能挖掘出如此驚人的潛能。這幾天下來，我感覺體重不再減少了，但減肥並非此行的目的。

這條路教導了我許多關於體力的知識，我學會善用能量，也懂得愛惜自己，該休息時就休息，在疲憊不堪時，更要善待自己。今晚我就住在聖馬丁飯店犒賞自已。這棟美麗的小房子就座落在同名、羅曼式教堂的對面。四周飄揚的小旗幟讓廣場更顯莊嚴，彷彿在恭候國家貴賓的蒞臨。

晚餐時刻，我來到鋪著高雅紅色地磚的用餐大廳，在燭光的烘托下，唯一的一桌客人坐在布置得極爲雅緻的餐桌旁，兩位剛剛梳妝打扮過的女子，正巧是我的瑞典朋友——緹娜與艾薇。太好了！就這樣，我們又相伴度過一個愉快的夜晚。眞高興能再次見到這兩位來自斯德哥爾摩、態度誠懇、幽默風趣的女孩！她們也受夠了朝聖旅館，決定要讓自己享受舒適的住宿。好極了！看來瑞典人的理智也大獲全勝！

此外，艾薇與緹娜在經過幾次爭執之後，決定要分開來走，有時候她們甚至會在不同的地方過夜。這兩個皮膚曬得黝黑的金髮女子和我一樣，都渴望與人交流，所以我們就一直聊天，說長道短，笑聲連連。

緹娜還說了一件很好笑的事。

有一次，她來到了一個小地方，想買洗衣精，找到後來有點心灰意懶。她不太會說西班牙語，比手畫腳地向商店店員解釋她想要買的東西。店員拿了包東西給她，緹娜滿意地返回朝聖旅館。後來她把這包東西倒進水槽，才赫然發現原來裡面是液狀的香草布丁，所以全部的衣服都用香草布丁洗過了！「雖然洗不乾淨，」緹娜說：「但是聞起來很香喔！」

緹娜和艾薇不想再去朝聖旅館過夜，其實還有一個原因，有許多朝聖客為了趕夜路，會把鬧鐘設在凌晨兩點，因此大廳吵得不得了。眞沒想到，現在還有人在夜間朝聖。這也難怪，每個人都在尋覓下一站的棲身之處，而床位有限的朝聖旅館又被訂滿了，因此在住宿這件事上，眞是煞費苦心。有些小團體會分組，一些人白天趕路，其他人就走夜路，這樣便為彼此留下空床了。除此之外，還有十分瘋狂的獨行俠，早上八點就抵達中繼站，正排隊等著空床位呢！

這些人是怎麼辦到的？他們身上大概都帶著探照燈吧！因為沿途並沒有設置路燈，這裡的月圓也是一個月一次而已，更遑論路上還有流浪狗和其他野獸！

這些做法引不起我的興趣，我只想循著自己的速度朝聖，我不想追趕！對於夜班的朝聖者，眞是佩服，佩服！這大概就是我近來很少遇到其他朝聖者的原因吧。

我們三人互猜彼此的職業，想像與實際答案相去不遠。正如我所推測的，艾薇是英文老師，緹娜則是在斯德哥爾摩的公家機關擔任主任祕書。在我巨細靡遺、連結局也毫無隱瞞地向她們敘述了，我與巴西情人克勞蒂亞之間的後續發展後，她們兩個人就斬釘截鐵地斷言我的職業是喜劇演員！

我們繼續聊下去。突然想起，在古道上的重點處總是有動物在等我們，並與我們打招呼。

聖祥庇德波特是我的第一站，當我離開那裡，有一條老狗坐在火車站前，目送我的背影離去；今天抵達卡斯托洛赫里茲時，城牆上躺著一隻死了的貓頭鷹；在佛羅米斯塔的草原上，有一黑一白兩匹公馬跟我打招呼；離貝羅拉多不遠處，我差點就被一隻死貓絆倒了；到了祖比里，又有上千隻蝴蝶圍在我身邊翩翩飛舞；在洛格羅尼奧時，我看到五隻鸛鳥停在教堂的尖塔上。

或許這些觀察毫無意義，但是當你一個人走路時，感受力就變得特別敏銳。

艾薇則說到，她第一次到聖雅各之路朝聖時，如何「被救了一命」。

一個星期天的早上九點，她在山上傷到了腳，當時卻是四下無人，求救無門。沒多久，兩位穿著制服的西班牙白衣天使突然經過，其中一位立刻對她進行緊急處理，另一位拿出手機打電話給消防隊。這個有護士服的故事很難讓我信服，我好幾次打斷艾薇的話，向她追問細節，但是艾薇以人格向我保證，一切屬實。因爲語言障礙的關係，她也無法理解，爲什麼這兩位專業的護理人員會穿著全套制服來到野外。

緹娜第一次朝聖時也是單槍匹馬。她和大多數人一樣，沒有控制好飲用水的量。她曾在炙熱的大太陽底下走了三個小時，沒有半滴水可喝，感覺就要不支倒地了。這時，她突然看到路中有一顆又大又多汁的柳丁，不知是哪個朝聖者不小心掉的，她立刻撿起，解了燃眉之急。走在這條路上，每個人或多或少都有奇遇可說。遺憾的是，艾薇和緹娜兩人之前都沒有走到目的地聖地牙哥。

現在，兩位訓練有素的美女打算以不到十二天的時間走到聖地牙哥，這幾乎是超人的體能啊！

酒足飯飽之後，我心滿意足地踱回房間。清洗髒衣服時，又回想起香草布丁，不禁大笑了起來。這眞是個美好的夜晚，緹娜和艾薇兩人太有意思了。

假如一切順利的話，我預計在十九天後抵達目的地，然後計畫前往葡萄牙海邊好好放鬆個幾天。

臨睡前，仍念念不忘來自西雅圖的美國婦人，想起她幸福洋溢的面容，走到美塞塔隘口對她而言，一定深具意義。

本日感悟：朋友們！我們偶爾也該努力一下，試著跨越自己的界線。

凝望骷髏的冥想

二〇〇一年六月二十七日，卡里翁德洛斯聳德斯

天啊！昨天我和那兩個瑞典女孩喝得太痛快了，今早到了十點過後才出發。天氣很適合健行：陰天，涼爽宜人，氣溫介於攝氏十五到十六度之間。

來到佛羅米斯塔的城界，有個老先生把我攔了下來，問說：「你一路上都很好運吧？」

我問道：「怎麼說？」

「嗯，天使帶給你這種好天氣，一路上幸運會眷顧你的。」

我說：「但願。」

他回我一個笑容，說道：「等著看吧！我就是知道。」

我穿過了小鎮帕布拉西翁德坎柏斯（Población de Campos）與維優維耶克（Villovieco），這一帶的景致很像德國雷克靈豪森（Recklinghausen）附近的農村，在地勢平坦的蘿蔔田中，間或錯落樸實堅固的農舍，我六歲以前就是在那裡度過的。眼前略為陰鬱的天氣，格外加深這種印象，一切看起來就和我小時候所處的情景一樣，連居民都很像，帶點鄉土氣，誠懇可愛。我有種錯覺，彷彿這是一趟重返原鄉之旅。我想起很久以前，鄰居中有位柏德克

（Bödeker）爺爺，他是個退休礦工，運用石膏做出許多人一般高的雕塑，可惜死後才成名。如今，柏德克在藝術界已是赫赫有名，他的作品刻畫了家鄉的景象，非常具有風土特色，公認是魯爾區的「波特羅」（Fernando Botero，哥倫比亞藝術大師）。我們一老一小很投緣，我經常在那些童話般的塑像之間玩耍。爲什麼現在突然想起他，這位我早已遺忘的人呢？

唉呀呀！昨天完成三十六公里的疲憊還囤積在我體內，昨晚的葡萄酒也是。今天走個二十公里就好了，目前已經完成六、七公里。

昨天當我累得半死地泡在酒吧裡，啜飲我的「冷咖啡」時，感覺自己與世界一片祥和，心滿意足。該有的都有，什麼也不缺。雖然是初來乍到，又將匆匆啓程，也還沒抵達目的地，但我不懷疑此趟朝聖的意義。

一位朋友曾經對我說：「無須懷疑，就將此生託付給上帝！所有的艱難險阻，會以其不可思議的方式找到出路。」

今天，腦海中不斷浮現一九八九年在布拉格的一段經歷。

一九八九年耶誕節的隔天，我與三位來自義大利波隆納的朋友心血來潮，想去布拉格歡度革命性的除夕夜。我們自以爲很有創意，別人都想不出這等好點子。於是，在一九八九年十二月三十日這一天，我們從慕尼黑開車前往捷克邊境，途中遇上暴風雪，晚間十點左右抵達邊境。當時邊境的柵欄是開著的，海關室透出一絲昏暗的燈光。沒多久，我們後面又來了十輛車，幾乎都坐滿率性而為的年輕人。由於沒有人前來檢查，我便走向海關室。海關人員三言兩語說道，邊界已經封鎖了，身為德國公民的我無法通過這個關口，我必須從北邊六十公里處入關，但那裡也已經封鎖了。

我回到停車的地方，向朋友和後面的車隊表示：「這裡過不去，大家都得回頭了。」義大利人情緒沸騰，沒有人打算折回，對著海關大聲叫囂：「該死！你們現在也是民主國家了，讓我們過去！」

舊的入境規定顯然仍具效力，大夥無計可施。天氣很冷，天色又暗，受到和平革命氣息的感染，每個人都想進入捷克斯洛伐克（CSSR）。我們決定直接開車闖越邊界，同行友人安娜激動地表示：「要是他們朝我們開槍射擊，怎麼辦？」她的不安讓我覺得很荒謬，我笑著回答：「他們不可能在除夕夜前夕屠殺二十幾名遊客的！我想哈維爾（Vaclav Havel）一定會反對！」

柵欄依舊開著，一輛輛車魚貫而入，越過邊界。四周一片漆黑，開了五百公尺後，在強力照明燈具威脅性的揭發之下，真正的邊境關口赫然顯現，一轉眼之間，我們就被軍隊包圍了。哇！簡直像一九七〇年代〇〇七電影中的場景！士兵的武裝行動令人大感不安。由於我們坐在第一輛車上，立刻成了第一批被扣留的人。

我們向值班官員解釋：「是你的同事讓我們過來的。」

「這是不『口』能的。」他用捷克腔的德語吼了回來，並等待另一個較為可信的說法。

於是，我又說：「我們並非活得不耐煩了，只是想通過邊境，到華沙公約組織的國家而已。」他終於聽進去了，因爲我看起來不像當英雄的料，安娜也很高興不會出現血淋淋的掃射場面。此時，路面的積雪已達二十公分高。

接著我們將車子熄火，下車填報個人資料，頑固的官員也不再生氣了。

經過一個半小時的討論之後，他們很仁慈地發下簽證表格，然而上面的文字都是看不懂的捷克語和俄語，可惜我們之中沒有人會這兩種語言。幸好那裡的將軍……或少將？上校？總之有個具備某官階的人會點德語，我便跑過去拜託他，懇請他給我一份看得懂的文件。他開始對我們感到不耐煩，隨手抓了張西班牙語的簽證表格給我。

此刻，大雪仍下個不停，我們在酷寒中填寫發放在車頂上的表格。我們不准回到車上，因爲官員認爲我們有逃亡之虞。我眞想不透，在這種情況下，能往哪個方向逃呀？對我和義大利人來說，西班牙語或其他語言都不成問題，表格上我的名字就是我的名字，我的住址也是一樣的，而身高、生日等資料只要填上數字即可，至於國籍的欄位，我就把德國寫成FRG，以代替Federal Republic of Germany，這可是國際間通用的縮寫！接下來卻是一個莫名其妙的問題：Color del coche!車子的顏色嗎？這裡要怎麼填？要寫捷克語、西班牙語，還是英語呢？我只好又跑回去麻煩那位胖軍官，請他好心地給我指示，但他卻對我大聲咆哮：「捷克語！」

我於是必恭必敬地問他：「那捷克語的『白色』要怎麼寫呢？」

當我迅速脫離他的視線範圍時，仍聽見背後的怒吼：「你自己去想辦法吧！」午夜十二點，來到白雪覆蓋下的波希米亞森林，還眞是個好主意！

後來這群人中有個義大利人走向每部車，一輛接著一輛，爲每個人把車子的顏色譯成捷克語。原來他是捷克移民，而捷克語的白色就叫「bila」。最後，終於可以入境，我們便在附近的皮爾森（Pilsen）地區過夜。

隔天下午三點抵達布拉格時，天氣還是一樣寒冷，從車窗往外看，只有雪與冰。這座「黃金城」的旅館都被訂光了，愛瞎起鬨的我們一窩蜂地尋找落腳之處，但即便是離市區很遠的地方，也找不到空房間，同樣教人大失所望的是，民宿和酒館也都客滿。我們花了好幾個小時尋找過夜的地方，卻一無所獲。

到了傍晚左右，我們四人終於死心，「好吧！就找個地方大吃大喝，狂歡一番，管他三七二十一。」我花了一百五十馬克賄賂飯店的門房，進入布拉格溫徹廣場（Wenzelsplatz）旁的高級飯店，參加一場大型的除夕盛宴。會場上我們又付了一百五十馬克，這下子恐怕連住宿費都沒了，幸好飯店很暖和，至少在午夜一點之前——晚宴結束的時間——我們大可不必流浪街頭。

這場舞會很好玩，我們瘋狂慶祝，還喝了很多酒壯膽，以便午夜一點過後有勇氣返回溫徹廣場上。來到廣場時，人們喜極而泣，互相擁抱，這眞是個教人畢生難忘的除夕夜，捷克人慶祝辛苦奮鬥、得來不易的自由，我們則是混在其中，跟他們一起喝酒，一起狂叫，一起大笑。

凌晨三點左右，寒氣再度上身，我們沒有地方睡，大夥都喝得醉醺醺，是不可能開車回德國的，然而氣溫持續降低，若在車上過夜恐怕也會凍死。情況看起來很糟。當我提議乾脆在火車站大廳過夜時，安娜突然放聲大哭，大夥更是一籌莫展，不知何時還吵了起來。冰天雪地之中，該如何度過這漫漫長夜？

就在這革命除夕夜的一片混亂之中，眼前突然出現一位年紀與我相仿、面帶微笑的金髮美女，她開口：「Dobri novi rok!」

我瞠目結舌地看著她：「啊？」

接著她很興奮地說：「Telewischa（電視）！」

我回答：「Telewischa?-是的，沒錯！」我恍然大悟，原來這位布拉格女子曾在電視上看過我。她轉而以流利的德語說：「你在這裡做什麼？」我雙眼爲之一亮，答道：「我和三位朋友來布拉格慶祝除夕，不過眼前有個難題，我們找不到旅館，有可能在妳家過夜嗎？」

聽完我的要求，她爽朗地笑說：「當然沒問題，有何不可？」隨即召來朋友——兩女一男，那位男子是雕塑家，很巧的是，他是義大利移民後代，能說一口流利的義大利語。我們的救命恩人叫做薇諾妮卡，同樣也是雕塑家，她從電視上看過我的表演，目前一如她的女性好友，捷克流亡者，住在德國紐倫堡（Nürnberg），這是她第一次回到家鄉來。我提起了我的祖母是在捷、德邊境的馬倫巴（Marienbad）出生的，所以我也算是捷克人的後代吧。

薇諾妮卡讓我們在她的工作室住了四天，從那裡可以遠眺布拉格古城的美景。多年之後，我們仍有魚雁往返。順便一提，捷克文 Dobri novi rok 的意思是「新年快樂」。

有一次我到埃及，也發生相當離奇的事情。當時我住在沙漠中的旅館，差點因中毒而死。剛好有位開羅來的心臟科權威在那裡度假，與我僅隔了三間房，多虧他救了我一命。

發生在我身上的這類故事，不勝枚舉，讓人不由得懷疑，難道一切只是巧合？

今天這段走來特別費力，整整二十公里都是筆直的道路，無怪乎我的思緒飄忽不定。沿著公路行走，兩旁夾道的麥田一望無際，就這樣穿過了迪耶拉德坎柏斯（Tierra de Campos）。

不知何時起，整個人筋疲力盡，腿上還傳來陣陣劇烈的疼痛，嚴重到周遭竟然出現不尋常的明亮光束，身上的背包也彷彿添了一對白色羽翼，肩頭的重量消失一空，步伐不再沉重，竟然愈走愈快。這不可思議的速度讓我詫異不已，有種是別人在行走的錯覺！

累到極點似乎也是一種純粹的冥想。天啊！這種白晃晃、巨大的光束，一整天都感覺得到，爲了安全起見，我不停確認鼻梁上的太陽眼鏡是否安在。一切都非常明亮，無論是道路、農田，還是我的身體！若沒有這道光，我老早就全身衰竭地倒下來了，或許這是累壞的前兆？我不知道。也有可能是腦內啡分泌光了，於是發出霓虹燈般的亮光來提醒我。對我這樣的普通人來說，兩天走了五十六公里，的確是太辛苦了。

夜復一夜，作夢的次數愈來愈頻繁，好像有人將我的腦袋上了發條似的，讓它播放個不停。昨夜突然從夢中驚醒，夢裡有人要我與三位朋友絕交。醒來之後，再也無法入睡，我便將這三人的電話號碼從手機的主選單中刪除。不過，日後如果反悔，還是可以從回收筒中撈回的。

我感覺得到，目前的狀況超出身體的負荷，但仍要堅持下去；同時我也相信，自己絕對不會倒下死去，因為冥冥之中有什麼在支撐著我，也許是我的意志力？內心發覺所有的弱點都變強了，這是長時間獨自一人帶來的影響嗎？面對自己、探索自我是萬分難得的機會，我也開始嚐到甜美的果實，即便其中有些全然陌生的品種，但別有風味。

就這樣，我穿越了卡里翁德洛斯孔德斯（Carrión del los Condes），一個地勢陡峭、帶著淺灰色澤的小地方，然後經過一座橫跨在湍急河水上的古羅馬石橋，最後終於抵達了由本篤教會修道院改建成旅館的「聖佐伊羅皇家修道院」（Real Monasterio San Zoilo），並且要了一間房。從外觀看來，這座修道院毫不起眼，甚至有點醜陋，彷彿紀念碑，但內部有壯觀的迴廊、美麗的白色中庭、向外延伸的矩形大教堂，還有一座富麗堂皇的花園。

透過喇叭傳出的葛利果聖歌讓人遁入冥想境界。這間旅館的房間相當多，但除了三名西班牙人和我之外，就沒有其他房客了，等於我們四個人擁有了整座修道院！老實說，這個小

▲「聖佐伊羅皇家修道院」旅館，國王與朝聖者的退隱之地。

地方和朝聖之家均不值得一提，然而，由修道院改建的旅館卻屬於世界文化遺產，這不是沒有道理的，因爲殉道者「佐伊羅」正埋葬於此。

歷任的西班牙國王，例如阿方索六世、七世、八世，退位之後也都移居此地。可想而知，這裡乃是撫慰疲憊身心的一帖良方。

修道院比城堡更讓我印象深刻，因爲城堡大多只是排場闊氣，而修道院往往能讓豪華與簡樸達到完美的和諧。在卡里翁德洛斯聳德斯，兩種看似迴異的風格便巧妙地融合在一起。

漫步穿過空蕩蕩的大迴廊，我又想起，走在聖雅各之路上，外在世界通常反映了內心生活。望著廊柱上雕刻著各式各樣的人物與標記，我自問：「這間修道院的迴廊對我有何意義？它要對我敘述哪些關於我的事？」

我坐在長椅上乘涼，靜心觀看眼前的柱子，只見一個骷髏直直盯著我。這很合理，因爲我已累到恍神，此種聯想不免油然而生。

嗯，骷髏……我可以在這裡好好地思索生與死？我把視線移到大鐘樓上，它停了。時間彷彿靜止，我讓自己靜心冥想。

時鐘停在六點十七分，不知是清晨或黃昏。我坐在涼蔭下的長椅上，凝望著骷髏。我該緩緩踱步走過自己的冥府、象徵性地死去？樓鐘依舊毫無動靜……或許我該試著讓時間駐足，阻止生命夜晚的來臨，以便擁有另一個清新的白晝？

想要頓悟的人，必然得先經歷一段完全相反的路程——黑暗。

或許我得更仔細觀察自己的黑暗面。我的夜晚看起來如何？我會在那裡發現什麼？平穩的葛利果聖歌與我的疲憊在正確的時刻相遇，於是我繼續冥想，讓此刻變爲黑夜。我的夜晚就此降臨，各種鬼臉和扭曲的表情陡然浮現，它們都是我的陰影，我默默地坐著，盡可能保持平常心，讓這些騷動從我身旁而過。

之後，我迷迷糊糊地走到迴廊的另一頭，又找了張長椅坐下，這次是在陽光下。我看著眼前的柱子，上頭有個新生兒的雕像。我自然立刻想到，死亡是爲了重生，黑夜過後便是白晝，生命的標誌便是生與死，不停更迭，生生不息。

起床—睡覺、上班—下班、入學—退休，萬物初始，萬物終止，每一刻都是當下，而一切又發生在唯一巨大的片刻。

從迴廊進入大教堂，裡面空蕩無人，我獨自觀看一隻鴿子飛向神壇。神壇正上方懸掛著大型十字架，我首次意識到，釘在十字架上的耶穌明顯朝著一個方向看去。從我們的角度而言，耶穌基督大多是往左看，也就是西方，朝著日落、黑夜、死亡的方向望去。

但是，從祂的角度而言，耶穌基督是往右看，也就是東方，迎向日出與生命。對我們來說那是晦暗的終點，對祂而言則是光明的開始。無疑地，祂的感受被視為正確的，我們的則是錯誤的觀點。然而，人們無法全然看透這點。

無可避免地，我

▲卡里翁德洛斯鞏德斯的修道院迴廊。

們遲早要穿過黑夜，相較於無奈地被命運捲入，不如抱持平常心，自願面對，因爲它是我們人生中重要的一部分。

或許，朝聖者在夜間行走是正確的選擇？他們勇敢而直接地面對黑暗。

或許，對於生命中「新生」的喜悅和依戀愈少，愈能坦然接受「死亡」？無論如何，我應該更深入地正視自己的陰影。

眼前還有十八天的行程要走，目前爲止，我已經走了十一天，兩百二十公里，但其中有一天是搭便車，四天是乘巴士，相當於有一百公里是仰賴交通工具。

後天即將來到旅途的中間點。今晚我很累，全身無力，覺得自己像只空電瓶，亟待蓄滿電力。

本日感悟：我將邂逅我的陰影。

我與我的陰影邂逅

二〇〇一年六月二十八日，卡札迪亞德拉古耶札

今天早上七點半才從床上爬了起來，整個人還是很累，無精打采地踏上漫長的馬拉松旅程。一開始的路段是石砌羅馬古道，在換成十七公里長的田間小路之前，我來到加油站，先享用了一杯咖啡，由於身上僅有兩公升的溫水，因此順便買了瓶礦泉水。然而保特瓶內竟然是堅硬如石的冰塊，原本我想抱怨，但還是邊嘟囔著，邊把這瓶「迷你冰河」塞進背包。我可不想聽到店員表示，只有這一瓶，要不要隨你！

之後的路段簡直宛如地獄。一清早，太陽便無情地烤著大地，觸目所及沒有灌木叢或樹木的蹤跡，只有千篇一律的田野，和筆直、永無止盡的泥土路。今天，閃閃發光的不是我，而是這條小徑。十七公里的路似乎沒有盡頭，只朝著同一個方向，一成不變，也沒有可乘涼之處。今天我肯定無法對付我的陰影！通常每走上十公里，我會找個涼爽的地方歇歇腳，但眼前的情況看來不妙，肯定十分棘手。雖然戴著太陽眼鏡，一路上仍難擋路面的刺眼反光，頻頻闔上淚水直流的眼睛，休息個幾秒鐘。我的呼吸聲愈來愈沉重，喉嚨也愈來愈乾燥，最後只能痛苦地氣喘吁吁，除此之外沒有任何感覺。

在毒辣的太陽底下休息是瘋狂的行徑。唯一能做的就是拚命加快腳程，盡早從這片日照強烈的「麥田地獄」中脫身，但這一點我又實在做不來。

幸好隨身帶著大冰塊。偶爾把溫水倒入結冰的瓶子內，之後的兩個半小時，就有沁心涼的冰水可解渴。要有耐心，想讓冰塊融化，是需要一點時間的。儘管有了冰水，走起來還是

▲沒有灌木叢，沒有樹木，也沒有遮蔭。

一樣費勁。等到冰水喝光後，我略感驚慌失措，因爲地圖所標示的卡札迪亞德拉古耶札（Calzadilla de la Cueza）村莊，仍遲遲未出現在地平線上。這裡的地勢相當平坦，可以眺望遠方。根據我的朝聖經驗來看，目前的步調恐無法撐太久，我有可能又迷路了嗎？那就慘了！還好路邊陸續出現三兩隻蝴蝶，於是，我唱著福音歌曲和進行曲，堅定地走下去。

感覺走了有二十五公里遠，然後毫無預期，就在前方五十公尺的窪地中，冒出了卡札迪亞德拉古耶札。朝聖客引領翹首了十七公里，就是盼不到村莊，然後一眨眼它就在那裡了，彷彿無中生有似的！

這一段路眞是嚴酷！倘若可以選擇，我寧願走在濃霧中，老牛拖車般地穿越庇里牛斯山。

十七公里的路，走了整整三個鐘頭，一路上沒有休息。我刷下新紀錄，感覺就像奧運金牌得主奮力衝過終點。我幻想著村民全體出動，夾道歡呼，爲我鼓掌喝采，然後也許我會請全村暢飲啤酒。

然而，什麼事也沒發生，這裡就像一座死城。根據我那本提供了豐富動物學知識的朝聖指南，此地的夜晚應該聽得到狼嚎！不過眼前只有乾燥的熱風迎面吹來，揚起了兩條街的塵埃。

這個偏僻的村落只有五棟搖搖欲墜的民房和一間乾淨的小旅館，不管樂意與否，我都得在此住上一晚，因爲下一間旅館遠在二十四公里之外。

我踏進了涼爽、裝潢簡單的旅館餐廳，天花板上的大型電風扇正努力運轉著。餐廳內坐著一位面容姣好、深髮色的女子，她正一邊喝咖啡，一邊寫日記。老闆坐在接待處，也就是吧檯那裡，我親切地打了聲招呼，從他手中接過房間鑰匙之後，便朝那名年輕女子走去。

沒有太多的客套寒暄，我們很快聊了開來。這一路走得愈久，愈沒興致談論天氣，或其他言不及義的話題，幾次下來，我已練就一眼便知跟誰談得來的功夫。

例如這位來自阿姆斯特丹的約絲，我們就很談得來。她說昨天在卡里翁德洛斯鞏德斯暫時與朋友分開，她們決定這一段各走各的；約絲明天會從幾公里外的朝聖旅館出發，她的朋友則在卡里翁德洛斯鞏德斯多待一天，順便參觀修道院的迴廊。這樣一來，

▲卡札迪亞德拉古耶札如海市蜃樓般突然浮現在眼前。

約絲便比友人先走了二十公里，她們打算十一天之後再碰面。

對這位荷蘭女子來說，朝聖之路上只有一個話題：做你自己！而關鍵問題是：「我究竟是誰？」很快地，我們像知己般促膝而談。約絲也和我一樣，不太能適應朝聖旅館和屬於那裡的人。當我知道，不是只有自己從某個特定角度看事情，多少有些安慰。

最後約絲對我透露一個祕密，關於她是如何持續前進而不放棄的：「你知道嗎？我若需要什麼，我就向宇宙預訂！」

「這樣就行了？」我一臉困惑。儘管在我眼中，約絲並不歸類於「精神異常」之列，但我仍認爲這個建議有點誇張。「Probeer et!（試試看嘛！）」她用荷蘭語說，並露出狡黠的表情，一臉笑容燦爛。

約絲又喝了兩杯咖啡，之後我們互相親吻道別，她便上路了。

房間裡沒有刺眼的光線，相當舒適。我忘卻疲憊，吹著口哨清洗一大堆衣服。我很討厭衣物發出霉味，寧可在途中就清洗乾淨。

昨天在卡里翁德洛斯孽德斯，我買了件免燙的紳士襯衫。老是穿著破舊的牛仔襯衫，看起來有點可笑。每到村莊，總覺得身上難看的舊襯衫招來異樣眼光，但是沒想到，紳士襯衫更引人側目，只好繼續穿著牛仔襯衫健行，至於紳士襯衫，就留到進城再穿吧。不過呢，在卡札迪亞德拉古耶札，我可不想脫下牛仔襯衫，因爲這個偏僻的小地方還稱不上城市，而且老實說，在我快要抵達時，它都一直藏身谷底，不肯露臉，這一點令我很感冒。

唉！這個大熱天。我把洗好的衣物晾在浴室，伴著水滴在浴缸上敲出的聲響，試圖入眠，儘管我已放下遮陽的百葉窗，敞開窗戶，仍舊熱得像躺在爐灶上。這時，隔壁房間來了新鄰居，從講話的聲音判斷，是一對五十好幾的德國夫婦，他們把朝聖枴杖靠著牆壁放，弄出很大的碰撞聲。此地雖然沒有教堂，但這間旅館卻有類似科隆大教堂的回音效果，每一句輕聲細語、每一個腳步聲都聽得一清二楚。此刻，我不禁想起祖母的至理名言：「隔牆偷聽，只會聽到自己的羞恥心！」一點也沒錯！我現在躺在床上，只想趕快入睡，並不想偷聽別人的對話，只不過躺著睡不著，也是很無聊的。幸好，隔壁的兩位房客也想休息。

但過了五分鐘——他們應該躺在床上了——我聽到以下的對話：

她語氣傲慢地說：「停下來，不要做了。」

他答說：「我什麼也沒做啊。」

她又說：「有，你有做。」

他回說：「我眞的什麼都沒做。」

她大叫：「該死的，給我停下來，安靜！」

接下來的兩分鐘靜悄悄的，這下子，我再也睡不著了，急切欲知詳情。阿嬤，我對不起妳！這雖然不道德，但屬人之常情嘛！果真，沒一會便有了後續發展。

她說：「停止！」

他回答：「怎，什麼啦？」

接著聽到他咕噥一陣。

她又說：「啊！閉上你的嘴，給我滾開！」

之後，她歇斯底里地大吼大叫。聖雅各之路上的朝聖客眞是形形色色，我心想，然後就眞的睡著了。

可是三十分鐘之後，我又聽到他們的聲音，因而醒了過來，這一次，聲音是從窗外傳來。這兩個人似乎睡不著，到處晃蕩，正在和別人討論些什麼。我雖然沒有親眼看到他們，卻聽到全程的對話。「她」愈來愈大聲，似乎正與某個把車停在路邊的人對談。從這段震耳的談話中，明顯聽得出來，對話雙方並無交集。

我隔壁的女房客說：「妳是德國人？」

另一個較爲年輕的女子回答說：「是呀！妳怎麼看出來的？」

其間，隱約聽到小孩玩耍的聲音。

她說：「因爲車牌是德國的。」

好個聰明的推理，我心想。

年輕女子說：「是的，我們是德國人。」

她說：「我們也是。」

彷彿沒有這番解釋，別人永遠也想不到這一點。

年輕女子又說：「這裡眞是個親切的小地方。你們住這間旅館？」

她回答：「沒錯！」

年輕女子說：「怎麼樣？」

她回答：「還算乾淨。」

身爲德國庸俗小市民的我，可以證實她所言不虛。

年輕女子說：「這個地方妳很熟？」

接著她心煩氣躁地可能是對著丈夫說：「鈞特，幫我打開這個？」她有可能要他打開行李箱或車門，誰知道？也有可能她坐在車內，想要出來。總之，這是一齣「廣播劇」。我眞該爲自己旺盛的好奇心感到羞恥。

然而鈞特並沒有答話。

她說：「沒有，這裡我們不熟。」

年輕女子說：「我們要到布戈斯，你們知道那裡有旅館嗎？」

她回答：「有，我們就是從那邊過來的。老城區內有一間『裝飾藝術旅館』（Art-déco-Hotel）。」

年輕女子說：「車子可以直接開到那裡嗎？」

然後她又魯莽地對鈞特說：「你可不可以現在就給我打開？」

年輕女子又問「她」說：「他們有停車位嗎？」

她回答：「我們不是開車來的，但我想應該有。」

年輕女子沒有任何反應。

她說（期待對方的認同）：「我們是走路來的喔。」

年輕女子說：「喔？你們是走聖雅各之路。」

她說：「要到聖地牙哥。」

年輕女子：「我們是從那裡開車過來的。你們眞了不起，加油，旅途愉快！我們也要上路了。」

她又對丈夫說：「馬上把這個打開，鈞特？」

她說：「一路順風！」

我揣測，「她」想贏得更多的尊敬，可是另外兩人卻迅速帶著孩子揚長而去。

隔壁房的女客對丈夫說了些話，從她的語調判斷，肯定是說了些開車離去人的壞話。

過了五分鐘，他們回到房間。

他很堅決地說：「我現在要睡了。」

不過他顯然跟我一樣沒有成功，然後她又嚷嚷了什麼，我聽不清楚，接著她宛如被毒蜘蛛螫到似地大吼大叫，整間旅館迴盪著她對加利西亞區城市的呼喚：「拉科魯尼亞（La Coruña），拉科魯尼亞，拉科魯尼亞！」

然後一片寂靜。在她睡著之前，我甚至還聽到她打哈欠的聲音。

過了五分鐘，兩個西班牙人在我門前爭吵，隔壁房的夫妻又醒了。天哪！這裡眞是個怪地方！

她大吼：「閉嘴！」接著對丈夫說：「什麼忙也不會幫！你這隻老山羊，給我閉上你的嘴。」

她眞的這樣說！而且我完全沒聽到男人說話的聲音。

那麼，接下來呢？我知道這跟我一點關係都沒有，親愛的阿嬤，我也想遵循妳的教誨：「別多管閒事！」

但是這兩個傢伙硬生生闖進我的生活，像他們這樣的人眞該公然隔離！兩人在我下榻旅館的窗戶外，假裝成親切可愛又內行的夫妻檔——至少她是，他則什麼話都沒說。然後，再從她暴跳如雷的聲音判斷，她很有可能拿刀殺人吧！

我不想知道有多少人過著這樣的生活，只能打從心底希望兩人和平分手，至於其他的願望就顯得有些卑劣了。另外，我也很好奇她的長相，肯定像穿著灰藍色調衣服的退休校長，今天或許有機會一睹盧山眞面目？她會繃著一張削瘦、有稜有角的臉龐，而他則高大、有點胖，看起來疲倦而麻木吧。但願兩人不會在這裡引發凶殺案！若想像一下兩人在聖雅各之路所能發生的種種，實不無可能性。

在我又被喧鬧聲吵醒之前，終於迷迷糊糊睡了半個小時。這間旅館的客房位於餐廳樓上，所有的房門緊鄰通道，讓人聯想起迴廊。我聽到一個西班牙人慌慌張張地衝進來，點了杯威士忌，然後驚恐地告訴老闆，他在來的路上親眼目睹一樁車禍。在通往布戈斯的公路上，有輛西班牙卡車和一臺載著一家德國人的轎車發生對撞，車上所有乘客當場死亡！

聽至此，我不禁想到罹難者會不會是半個小時前，在我窗戶下講話的人。

頓時睡意全消，於是起床換好衣服，走下類似美國「朝代」影集中的露天樓梯，到樓下的酒吧。

我猶豫了一下，是否該打聽車禍意外，最後還是決定放棄，今天已得知太多與我無關的事情。在酒吧內，我一面享用可可亞和麵包，一面翻閱《國家日報》（*El Pais*）。

樓上通道中有扇門打開了，先聞樓梯響，便見人下來了！是我隔壁房的夫妻檔！他們從容不迫地走向樓梯口，然後緩緩走下樓。

基本上，兩人的外貌一如揣測，妻子灰藍色調的打扮中帶點赭紅色，模樣比我想像中來得高大且更不討人喜歡，是個髮色灰金又易怒的日耳曼女巨人，而丈夫的髮色深沉、和藹可親、體型較小，遠比我想像的還虛弱，一臉無精打采。我不敢直視兩人，對於自己知道眼前兩位陌生人的許多私事，深感羞恥，於是我決定出去晃晃，以免待會又不小心聽到他們的對話。

我害怕在她身上遇見自己的陰影！聽覺的陰影！我的好奇心太重了！

兩條小巷子一下就逛完了，而義大利國寶級導演塞吉奧・里昂尼（Sergio Leone，曾執導《荒野大鏢客》、《狂沙十萬里》等）電影中的乾草團，不時撲面而來，我又回頭看著身後的田間道路，將眼前筆墨無法形容的景色拍下來。我在某間屋子的樓梯轉角和一隻懷孕的母獵犬成為朋友，牠原本有著雪白的毛色，因四處亂跑而弄得很髒，全身滿是跳蚤，不停用爪子搔癢。我從垃圾桶內撿起兩只塑膠瓶，是那種各個角落都找得到的塑膠瓶。嗯，是否有許多朝聖者藉以達到「領悟」，我不是很清楚，然而沿路卻因此製造出大量的垃圾。我打算到村中的噴泉，用空瓶裝滿水，幫狗兒洗個澡。當然，小狗毫無興趣沐浴，只見牠跑到噴泉旁來——眞聰明，知道我會轉開水龍頭，讓水流出來——開始喝水。

有一間簡陋的小屋是個迷你商店，我買了半公斤火腿切片，打算餵飽這隻瘦骨嶙峋的動物。在飽餐一頓之後，牠就直接跑回家門口。但願我的身上沒有跳蚤！

即使是夜晚，熾熱的空氣仍滯留不散，我的身體微微發燙，好像在發燒。大概是待在室外實在難以忍受，所以我尚未與任何一個村民打過照面。

回到旅館的途中，我嚇了一大跳。在這個人煙稀少的地方，有隻醜陋無比的動物倏地跑到我面前，像極了恐怖電影中的怪物，我的背脊一陣發涼！牠的大小與狗一般，彷彿是狼、土狼、狗熊基因改造出的綜合體，這輩子沒見過這樣的生物！事實上，牠不過是隻胖得離譜的巨犬，但我仍然很害怕！遺憾的是，我沒有別條路可走，只能從這頭「怪物」的身旁經過。於是，我把右手伸向前，慢慢靠近牠，還裝出娃娃音，嗲聲嗲氣地對牠說：「你、你眞可……可愛啊！」我之所以對牠撒謊，是深怕牠無法接受殘酷的現實。沒想到，這怪物居然願意讓我摸牠。哦，牠摸起來的感覺還眞噁心，我不由得打了個寒顫。天啊！我怎麼會白痴到去摸牠呢？不過，這種土狼其實還滿溫馴的，我隱隱覺得牠對自己兇殘的外表，沒有半點自知之明，牠成年後一定不曾再被人撫摸過。瞧牠盯著看我的可愛眼神！

今天就到此爲止吧！我回到旅館看了一下電視，儘管身體還「持續發燙」，但我等會一定能睡著的。

希望晚上那對德國夫妻檔能安靜點。

本日感悟：嗯，平常也要試著接近一些怪異的事物。

德奧「三重奏」

二〇〇一年六月二十九日，薩阿古恩

早上六點起床後，立刻下樓到酒吧，沒想到它竟然還關著，八點才會開門。一早的胃口便決定了一天的好壞！

我無法忍受沒吃早餐，聊勝於無，寧可有一頓不怎樣的早餐，也好過什麼都不吃！肚子裡沒有早餐，我什麼都不是，什麼事也無法做！雖然背包內有兩根變黑的香蕉，瓶內也有足夠的溫水，但我仍想吃點實實在在的東西，順便再來杯香醇美味的咖啡。於是，情急之下，從旅館櫃臺順手牽羊拿了一塊大理石蛋糕，狼吞虎嚥地吃掉。奉公守法的人絕對不會有此等行徑。

在旅館門前，與一隻白色的貓咪耳鬢廝磨了一會之後，六點半便啓程出發。

然而，偷來吞下肚的不算什麼正式早餐，爲了沒吃早餐這個惱人的問題，我心裡直犯嘀咕。根據旅遊書的介紹，在往雷迪戈斯（Ledigos）的路上，得前進十公里之後，才會有歇腳處。腳下的每一公尺都讓我的心情變得更糟，最後幾乎無法前進，一邊踱步，一邊生悶氣。一切都教人火冒三丈。

周遭的風景引不起我的興趣，乏善可陳。我不禁納悶，田間的穀物可以讓西班牙人做多少個麵包啊？一路上愈走愈覺得眼前的景色與德國黑森邦（Hessen）相去不遠，我彷佛正在穿越南德一帶！但那裡的天氣肯定比較涼快，路線也不複雜。

不知怎麼回事，突然有股衝動，想毀掉沿路可見的扇貝指標。不過我暫時還需要朝聖枴杖，雖然勉強控制自我，卻再也忍不住連番咒罵起來。我眞的走不下去了。天哪！心情跌到谷底，眞是受夠了這趟愚蠢的朝聖之旅，我要立刻吃到我的早餐！

我的朝聖裝扮——舊牛仔襯衫和過大的帽子——讓我看起來很可笑，我不想再見到這身衣服，更無法忍受穿著它，畢竟手洗無法達到期待的效果。在洗臉槽內費勁扭絞的乾淨程度，自然比不上洗衣機的正常洗滌，還有強力脫水的過程。我想要穿整齊清潔的衣物啦！

我停下腳步，大聲喝斥自己：「好吧，眼前只有兩種選擇，不是哭哭啼啼地放棄，承認自己做了件蠢事，要不就繼續前進，相信會有小小的奇蹟發生，但也不要過於期待它。」

當我聽到這番自言自語，頓時驚覺到，眼看就要完成一半了，如果這時候放棄，恐怕會抱憾終生。於是，趕緊對自己下達命令：閉嘴，繼續前進！即使心裡反感，最後一絲理智仍讓我下定決心，繼續朝聖，等待奇蹟的來臨。

穿越小徑，來到旅遊書上介紹的農村雷迪戈斯，尋覓唯一的一間酒吧。在飢餓感的鞭策下，很快就找到了。從油膩的玻璃窗往內瞧，只見前一日營業留下的凌亂，而且今天還是公休日，沒有開張。我幾乎快爆炸了，氣得想敲破玻璃窗，但最終還是乖乖閉上嘴，停止怒罵，繼續往前走。

下一個目的地是特拉迪優斯德洛斯登柏拉里歐斯（Terradillos de los Templarios），遠在四公里外，我逐漸能明白，有人是出於什麼心態會想找人幹架。

接下來的路程沿著公路，將穿越安達魯西亞地區。途中，有四個形容枯槁的人迎面而來，他們前後保持距離，衣衫襤褸，赤腳踩著沉重的步伐，手裡拿著塑膠袋，個個面無表情，其中一人還拎著水桶。他們打算在這裡做什麼？採野菇、野莓嗎？還是搶劫朝聖者？在我離開的地方，他們是找不到任何東西的。

我又累又餓，全身髒兮兮，心情惡劣到了極點，終於抵達下一個村鎮。在特拉迪優斯，清一色都是土色泥造的房子。該地的地名有「泥土」的意思，其建築材料也可能混了牛糞，到處飄著一股酸甜又刺鼻的氣味，頗像是牛糞的臭味。這個小地方看起來一片荒涼死寂，絕對找不到什麼好吃的！我站在村落的中心，考慮採納昨天荷蘭人約絲的建議：你需要什麼東西，就直接向宇宙預訂。哈！哈！哈！結果，我便聽到自己大聲說：「宇宙啊，五分鐘後，請給我一份正規的早餐吧；若不成，那可眞是我的不幸啊！」

話剛一落，背後立即響起震耳欲聾的聲音：有許多人在大聲歡呼、唱歌、打鼓，其中還有人吹得一手爛笛子。我看了一下手錶，才早上九點。然後立刻轉過身來，隨著聲響來到一棟泥造屋前，只見六個喝得醉醺醺的青少年，頭上戴著色彩繽紛的帽子，手中拿著樂器。我以爲自己產生幻覺，當他們看到我時，想必也是這麼以爲吧。不過，我的健行帽眞的讓我看起來很可笑！一名少年將他的帽子伸向我，向我募捐，因爲今晚村子要舉辦慶典，紀念聖彼得，也就是這村子的守護神！今天是聖彼得節（天主教的宗教節日，紀念聖人）？那麼我又有了聖名日。於是默默祈禱了好一會。

不過呢，我今天只穿著醜陋的牛仔襯衫，實在擺不出闊大爺的架勢，只捐了一百比塞塔，並開口問道：「村內有酒吧嗎？」沒想到竟引起一陣哄然大笑。「這裡？怎麼可能會有酒吧呢？」一位爛醉如泥的青少年順便遞給我一塊啃過的火腿麵包。我差點就伸手接了下來，幸好最後即時打住，畢竟我又沒點這樣東西！我認爲當時自己表達得很明確，這不是我向宇宙預訂的美味早餐。

我又步履蹣跚地走過兩條街，穿過小村落，來到一間搖搖欲墜的投宿所。投宿所內通常不供應餐點，朝聖者只能在此睡一覺。我走過雜草叢生的花園，踏進投宿所內，穿越後門，直接來到有著低矮屋簷的廚房，只見一個身材圓滾、個子不高的西班牙婦女，身上繫著圍裙，看起來似乎心情不佳。當我踏入她的神聖殿堂時，她差點被我嚇死，於是我連忙對她說：「抱歉，女士，眞是抱歉，請問這裡有供應早餐嗎？我可以多付一點錢！」這位女士怒瞪我一眼，顯然從來不曾有人對她提出這種過分的要求。她無言地指著另一個房間，然後我聽到她不耐煩地咕噥道：「當然，這裡一直有供應早餐。」食堂耶！這間投宿所眞貼心，竟然有食堂！這一路上還沒見過有食堂的投宿所呢！

每張桌子都有幾位疲憊的朝聖者，空氣中瀰漫著現煮咖啡、荷包蛋和奶油土司的氣味，令人垂涎三尺，我毫不遲疑地點了一客超大分量的早餐！在明亮的空間中央有五張桌子，我先放好背包，然後找了位置坐下來，往右一瞧，猛吃了一驚。猜猜看，是誰坐在隔壁桌？是昨晚隔壁房一直大小聲的房客，之後我已幫他們冠上了「尖鳥嘴」和「老山羊」的名號！一時之間，驚魂未定，我不打算脫下帽子。千萬別被認出來，我可沒興趣聊天呀！

這時早餐送了上來，非常合我的胃口。

眞是掃興，沒想到那兩人也找到這裡來，而且還和我一樣在此大快朵頤。不過說眞的，一路上大多啃著乏味的乾糧，這是我目前吃過最可口的一頓早餐，絲毫沒有半點誇張之詞。

與「尖鳥嘴」和「老山羊」同桌的還有一位奧地利女子，我剛開始朝聖時老是遇到她，這一路上唯一一位來自奧地利的女子，身材有如竹竿一般瘦，膚色像煮熟的蝦子，紅通通的，一張臉總是咧嘴而笑。她戴著典型蒂羅爾（Triol，奧地利一邦）的帽子，上頭貼滿各地的彩色貼紙，代表她曾經走過，或因筋疲力盡而停留的地方，顯然她也和我一樣老牛拉破車，進度緩慢！這條路似乎讓其他朝聖者都消失不見，唯獨她陰魂不散地經常現身。不過，爲什麼直到此刻她才眞正引起我的注意？我早該意識到，這幾週以來，我們總是並肩而行。

她說著一口奧地利腔，不論出現在何時何地，逢人便問相同的話：「哪裡有小店？」我就曾經遇到過兩次，每次都讓她碰了軟釘子。

她給我的印象是個性強烈卻又十分膚淺，我並不想和她有進一步的接觸。

這三人聊得很盡興，正確來說，是那兩位女士談得很開心，因爲「老山羊」話不多。他赤裸的上半身淌滿汗水，實在不雅觀，他把塗滿果醬的土司對摺，一口氣塞滿嘴巴。而我的左手邊是一票年輕的美國美眉和一位德國女孩，她們正鬧成一團。德國女孩認出我之後，立刻站了起來，走到我這一桌，然後用英語問我：「你是從德國來的？」「嗨，是的。」我答道。她穿著一條短到不能再短的藍色短褲——或者是內褲？先是目不轉睛地盯了我一會，什麼話也沒說，然後又回到同伴身旁。這是怎樣？她太尊敬我了而說不出話來，還是藐視我而故意丟下我和我那句傻呼呼的回答，「嗨，是的。」

這群朝聖客還眞是有禮貌啊！人性的弱點再次浮了上來，我寧可傾聽「尖鳥嘴」大放厥詞，還比較快活。「尖鳥嘴」盡全力裝出好心情，但是她的眼神——我大概已無可救藥了——看起來很失望。我眞替她感到慚愧，她說話聲如洪鐘，讓人不想聽都不行。

我聽到她對奧地利女說：「可是維也納非常漂亮，我實在不懂妳耶。維也納是德語區的文化之都，所有好東西都來自維也納……就好比說，作曲家路德維希・希爾施（Ludwig Hirsch）啦。」

謝了，完全正確，我想到，希爾施寫過一首關於自殺的歌曲，歌名就叫做〈來吧！黑色巨鳥〉（Komm, großer schwarzer Vogel）。「尖鳥嘴」，這眞是發人深省的舉例啊！

奧地利女竟不甘示弱地說：「我也喜歡他。」

瞧瞧，這種應和！

「尖鳥嘴」繼續找人幫腔：「格爾德，維也納很棒，不是嗎？！」

原來「老山羊」叫做格爾德，不是鈞特！

格爾德心不在焉地回答：「嗯，維也納棒透了！」

奧地利女問：「你們去過？」

「尖鳥嘴」答道：「沒有，我們沒去過。」

絕妙透頂了，我差點大笑出來，這種沒大腦的對話可不是一般人想得出來的。

顯然，奧地利女居住在維也納，卻又厭惡維也納，但「尖鳥嘴」一點也不想了解那令人厭惡的一面，更別提她自己也有的那一部分了。「尖鳥嘴」啊「尖鳥嘴」，我敢肯定地說，妳就是我的陰影！我對她的高度興趣或許還會持續好一陣子。

奧地利女用彆腳的西班牙語，向忙碌煩悶的西班牙廚娘又點了杯咖啡，並且對我咧嘴而笑。格爾德正思索著在哪裡見過我，眞希望他得了健忘症，跟一般觀眾一樣看電視過目即忘。

食堂的牆壁上掛了一幅大型地圖，「尖鳥嘴」站在地圖前大聲計算她走了幾公里，還有多少公里的路要走。有那麼一刻，我還以為自己正在上地理課呢，並預見了「尖鳥嘴博士」將召喚我到講臺前，命令我在地圖上標示出當地的礦產。

這個女人非常獨裁，而我和這種人一向處不來。

她接著又說：「如果我們有看電視的話，大都是看文學評論節目『文學四重奏』（das Literarische Quartett）。」

奧地利女宣稱她不曉得這個節目，而我認為她是有技巧地轉移話題。或許，「尖鳥嘴」

認出我來了，而想不著痕跡地把話頭轉到我身上，我立刻繼續低頭猛吃早餐。

「尖鳥嘴」驚訝地表示：「不可能的，您一定知道這個節目，奧地利人都會收看這個文化性節目的。格爾德，不是嗎？她一定知道這個節目的。」

不曉得爲什麼她突然用「您」來尊稱奧地利女？

格爾德說：「她一定知道的。」

奧地利女：「我不曉得這個節目。」

語畢，一陣寂靜。

「尖鳥嘴」又開口：「但妳說得一口流利的西班牙語。」

她是指奧地利女，而奧地利女則中肯地回答：「還好啦！」

「尖鳥嘴」反駁：「才不是這樣，妳的西班牙語說得很溜，但我還是喜歡義大利話，聽起來比較優美。」

至此，我實在很想插嘴：親愛的奧地利女，妳竟然浪費寶貴的時間，學了一種難聽的語言！

就在此時，一對五十開外的南歐夫妻進入食堂，無巧不巧，朝我這桌走來。南歐太太客氣有禮地用義大利語問我，是否能夠同桌用餐。

我誠摯地邀請他們同坐，因爲我不想再聽到「尖鳥嘴」的聲音。

隨即，我和這對來自義大利東北部弗留利（Friuli）地區的夫妻聊得很愉快。今天，南歐太太似乎也愛發牢騷，她的情況跟我一樣，都走得不順利，也萌生放棄的念頭。跟這兩位開朗又有教養的人交流，眞是有益身心，惠我良多。他們以地中海地區的生活藝術激勵了我，這可是義大利媽媽的專長，她的先生也說了些鼓舞的話，甚至傾聽我的抱怨。我又點了杯咖啡，慶祝這聖名紀念日。

沒多久，一位友善但帶點憂鬱的英國青年加入了我們，這時，「尖鳥嘴」沉默地坐在鄰桌，流露出責難的眼光，卻也對我們的談話很感興趣。

然後我聽到她對格爾德說：「你聽，那位先生是西班牙人耶。」

她指的是我。

奧地利女隨即糾正她說：「不對！他用義大利語跟那對夫妻交談。」

沒錯，「尖鳥嘴」，如果無法區分這兩種語言，妳怎麼會覺得義大利語比西班牙語好聽呢？「尖鳥嘴」很有可能成爲今天跟我幹架一場的對象。

我們這一桌的人用義大利語、英語快樂地交談。席間，英國青年講了他救起一隻癩蝦蟆的荒謬故事，而義大利夫妻則不厭其煩地稱讚我的義大利語，撫慰了我的心靈。這種感覺眞是不壞！

儘管如此，我仍覺得自己與鄰桌的「尖鳥嘴」非常相像，她似乎不斷想要證明，她的朝聖之旅是多麼美好。

就這樣，我決定了，不論我走得完，或者走不下去，一切都無所謂；重點是，我能樂在

其中！

「尖鳥嘴」的臉部表情顯示，她對我們這桌人的愉快心情很反感。另一桌由德國、美國女孩組成的團體，開始塗抹起防曬乳液。對「尖鳥嘴」來說，這又是個可大肆發揮的話題。愈仔細觀察她，愈覺得她像極了麗芙．鄔曼（Liv Ullmann）的壞姊妹。「尖鳥嘴」語帶嘲諷地說：「看她們擦防曬乳液的樣子，一定非常要好。你看，連腳都塗上乳液，還有脖子……她們可眞會保養，又這麼相親相愛，對不對？嗯，格爾德？」

奧地利女終於提出了至高關鍵的問題：「哪裡有小店？」我實在無法理解，她眞的又問這句話。不過，這一次她很走運，「尖鳥嘴」告訴她，在這些泥造房子中剛好有一間是商店。

當年輕女子塗抹身體各個部位時，格爾

▲這裡難道沒有小店？

德在一旁看得比他老婆還要仔細。奧地利女、「尖鳥嘴」和「公山羊」又點了杯咖啡，並且決定要三人同行。

哎，終有一天，我們每個人都要踏上自己的道路。

前往薩阿古恩（Sahagún）的路上，我的狀況好得不得了，已經克服了上午的低潮危機。我知道自己容易對雞毛蒜皮小事，還有彼此不相干的事情，大動肝火。但只要心境上的小小轉變，就能減少發脾氣的次數。所以，我不禁自問，這條路眞的是頓悟之路嗎？爲什麼我仍一如往常在黑暗中摸索呢？

就這樣精神抖擻地走了一段時間，來到有如南德浪漫風景的山丘上，突然之間，遠方岔路口有人熱情洋溢地向我打招呼，還大喊著「嗨」、「喲呼」、「哈囉」。腦海中只閃過一個念頭，這些人肯定是喝醉酒或中暑……或者兩者皆是，而我也糊里糊塗地揮手回應，笑咪咪地朝這一大票人走去。後來我才認出，清風拂過的柳樹下，站在飼料槽旁等我的人是誰，竟然就是「尖鳥嘴」、格爾德、奧地利女，以及穿著藍色內褲的德國女孩，還有她那一群塗著防曬乳液的美國朋友！

在我抵達「球迷座位區」後，簡短、友善地跟大夥打招呼，彷彿之前在食堂時就這麼做了。穿著短褲的德國女孩熱情地邀請我一起野餐，彷彿是相識數十載的知心好友。然後，這位「低腰內褲小姐」便迫不急待地向眾人稟告，我是何許人也，從事什麼職業，又與哪些人交遊往來。好吧，妳就盡情宣洩吧！嗯，如果換成我是妳，我應該也會這麼做的。

由於朝聖一路上沒有發生聖母顯靈的事件，我的出現便造成轟動，連那群美國女孩也情緒高亢了起來，站在她們眼前的，似乎不是穿著破舊牛仔襯衫的我，而是西裝筆挺的喬治・克隆尼（George Clooney）；若能結識這位德國朝聖者，甚至還更有趣。從她們糾纏不休的程度來看，我儼然已晉升爲朝聖客中的領導級人物。然而，此時此地我毫無興趣扮演吹牛者的角色，格爾德和「尖鳥嘴」比較適合，肯定也更稱職。

在田間的泥土路上，我腳下的影子和「尖鳥嘴」的影子相互交錯，融合爲一團奇形怪狀的黑影，多麼駭人啊！這對夫妻目不轉睛地瞪著我，期待我身上能出現奇蹟。然而我能帶給他們的最大奇蹟就是，敏捷地抽出背包裡的日記本，大聲朗誦一段知名喜劇作家兼演員羅力歐（Loriot）嘲諷夫妻生活的經典白痴對話，但倘若我這麼做的話，就眞的太惡毒了！

朋友啊，朋友！我們都還沒有領悟。

當然，此時此刻我穿著骯髒的登山鞋，站在田間道路上的牲畜飼料槽旁，沉浸在自己的響亮名聲中……這只會顯得非常可笑。

眼前要面對的人是誰，已無關緊要。但這也不表示，就得擺出態度乖張、置之不理的模樣，如果這麼做，彷彿自己達到了人生的高峰，同樣也是過分的行爲。無論如何，在這個情況下，我的情緒不可能隨之起舞。

於是我舉起油膩膩的帽子向眾人致意，委婉拒絕了邀請，邁開大步繼續前進。我身後聚集的人群，彷彿陷入飽受屈辱的無聲音樂會中，頓時鴉雀無聲。我什麼都沒做，保持同樣的客氣親切，但也沒有承諾任何的希望。眞可惜！我倒想聽聽看「尖鳥嘴」對於我「下臺一鞠躬」所發表的評論。

這些朝聖者是我的小小考驗，而我也是他們的考驗。

如果只有「尖鳥嘴」和格爾德落單地在那裡，我也許會逗留一會。

對於他倆我感到十分抱歉。他們一路緊追著我不放，而我偷窺了他們的私生活，還有私領域外的「表演」。我有個類似耳朵的怪誕管道，可以聽聞他們的一切。我眞希望能有個機會，與他們一面瞎扯，一面啜飲西班牙頂級紅酒。尤其要感謝，他們就像一面鏡子，向我反映出自己不願正視的缺點。雖然我跟他們並非一模一樣，至少我是如此衷心希望，但這對我有所助益。我不會輕視任何人，只因爲他感到絕望！她的命運有如近親一般，牽動我的心，這或許是稱她爲「尖鳥嘴」的緣故吧，這樣我就比較能忍受她了！

其實，「尖鳥嘴」的綽號聽起來十分俏皮可愛，就像隻笨拙的鴨子，有張奇特的大嘴巴。

午後時分，當我從某個小山丘上眺望遠方的薩阿古恩，不禁激動地發出一聲長嘯。中場時間到了！

今天我走了二十四公里，完成全程的一半。

以後，我不會跟「尖鳥嘴」一樣，在眾人面前計算自己走了幾公里，今天要不是碰到她，我也有可能那麼做。

正當我出神地緩緩朝向這座偉大的城市邁進，突然有個長毛動物從左邊的灌木叢中竄出，朝我奔來，嚇了我一大跳。起初我以為有人要攻擊我，後來才看清楚，原來是個貌美的年輕女子，她坦承為了實現小時候的夢想才跑到麥田裡。拉蘿並非來自田野，而是加拿大的溫哥華——我心目中最美麗的城市。說到這裡，突然想起，腳上的登山鞋就是在溫哥華某間小鞋店買的。

拉蘿與我一起揮汗前進，我們聊到加拿大、旅途的艱辛與一路上的遭遇等話題。我有點懊惱地向她承認，自己曾經動過念頭，想打某個女朝聖者的屁股。她聽了哈哈大笑，因為她也遇見過那位女士。拉蘿也是從聖祥庇德波特出發的，於是她問我，到目前為止已長途跋涉了多少路，我回答：「今天剛好來到中場，已經走了一半，難道妳不曉得？」

她突然停下腳步，高聲歡呼，抱著我的脖子痛哭流涕。她沒有地圖和旅遊指南，只是隨意行走，完全不知何時將抵達何地、每日走了幾公里。這個女孩真是比我強太多了。

接著她又說：「你知道嗎？只有百分之十五的朝聖客能堅持到最後？每年發出的朝聖護照有上千本，但最後只有百分之十五的護照能在聖地牙哥蓋上戳印……這就是『開悟之道』，你認為呢？」

我看著她，然後說：「或許是吧！」

她說這一路上自己不照相，因爲每張照片上的她，打扮總是大同小異，看起來都一個樣，拍了一堆相片又有何用，一張便足夠了。我也是基於相同理由，停止爲自己拍照。

說來荒謬，在家時，外表每天看似不同，但內心幾乎一模一樣；但在這裡，外表總是同一副模樣，內心卻是瞬息萬變。

離薩阿古恩愈來愈近了。拉蘿的雙眼在鏡片後閃爍著智慧的光芒，我心中一直有個問題蠢蠢欲動，便開口問她：「妳認爲上帝是什麼？」她困惑地看著我，答道：「你眞的想知道我的看法？」我點點頭。

她噗哧笑出聲：「你眞的有時間？」我再次肯定地點點頭。

然後，她深深吸了一口氣，說道：「好吧……我一向不太愛談這點，雖然我知道自己的想法縝密，但在轉化爲文字和語言時，就會突然變得笨拙駑鈍。我想上帝大概在我的口中裝置了一個安全閥，每當我興高采烈想要說出眞心話的時候，出口的往往失眞走樣。我眞的不知道，這是怎麼一回事！

「在這趟朝聖的路途中，對於上帝或是如你所稱的唯一眞理，我理出一個相當天眞的看法。

「我認爲，數百萬年來只有黑暗的虛無，『祂』歷經恆久的等待，像是從長眠中醒來般，進入明亮的瞬間。好比是散發惡臭的一坨糞自燃了起來，發出熊熊火光。光之火花就此誕生了！

「這株火苗有如新生兒以害怕和喜悅的啼哭聲報到，進入這片虛無中，不斷擴展延伸到遠方，並且想像、發明、經歷、試驗一切，宛如幼兒。

「這道光追尋唯一明亮的目標，即是完全的幸福感。

「於是在所有的向度中進行實驗，我們便屬於這不斷擴展的光，是它的一部分，但因爲我們距離根源太遙遠了，已無法回想起源頭，只依稀記得『要全然幸福』的任務！

「沒多久，這火光發明了苦難，唯有苦難才能引導人通往眞正的感受意識。這光不僅想要無意識的幸福，就像小孩子沉浸在遊戲中一般，它還要有意識的幸福，而這只有親歷痛苦試煉的人才能得知。

「如果有人歷經重大手術，恢復了健康，對他而言，夏日陽光是加倍的燦爛。經過嚴苛考驗之後的晴天，不只美好，還是有意識的美妙而神聖。

「這個光無止盡地伸展，塡滿一切後，再度熄滅，然後逐漸平靜。眾所周知，全然的幸福無法持久，它會消散滅亡，因爲無止盡、有意識擴展的最終經驗是一次性、獨一無二的。在最終一刻享受幸福的喜悅，而忘卻所有歷經的痛苦。『祂』找到自我，感受到全然的幸福。之後，又漸漸停息，直到再度以自己的力量重新甦醒過來。」

「所以妳認爲痛苦是獲得幸福的關鍵？」我心生困惑地問。

「沒錯！……一切只爲了一個目標——上帝和帶給自己喜悅。你可以笑我，沒關係，我知道這種想法很幼稚，可是聖經上不是說：你們要像小孩一樣！」

一時，我爲之語塞，但不知怎麼，我陷入一種想法中。因爲上帝將所有的矛盾集於一身，若依據邏輯思考，祂勢必也有大限或者需要睡眠的時候，還是我在胡思亂想？我們的睡眠也屬於生命的一部分，不可能將它從中扣除。

我告訴拉蘿，就在聖雅各之路的中站，她的「痛苦是獲得幸福的關鍵」這種想法，給我出了一道難題。於是我問她，她是否認爲，如果人們訓練自己的感受能力，便比較能夠承受痛苦，或者免除痛苦。她笑開懷地說：「是的！看吧，黑暗可以完全不需要光的存在。倘若你在一個沒有窗戶、電燈的房間內，你看不見任何東西。但是沒有了黑暗，光就不存在。你瞧，在耀眼的豔陽下，我們的影子會一直與我們同在，這點大家都知道。只有在光源之處，才沒有一絲陰影！」哎

▲往聖徒之墓的朝聖路線。

呀，希望「尖鳥嘴」沒有在這附近出沒！

拉蘿和我很有默契地並肩走著，就像一對老夫妻似的，一同朝往薩阿古恩前進。她打算在大爆滿的朝聖之家過夜，而我不會勸阻她打消念頭，顯然她有辦法應付最糟的情況，並能毫無怨言地接受一切。我是無法做到這個地步，我想要住在有衛浴設備的單人房，因此在蒐集了朝聖旅館的戳章之後，我們便分道揚鑣。在此之前，我們也互相交換了聯絡電話與地址。

市中心有間價格公道的旅館，入口處以色彩繽紛、充滿中古世紀風格的馬賽克地磚，鋪成一條「朝聖之路」，讓我一眼可見還有多少公里的路程。今晚這間旅館就是我的家，我漸漸發現，愈來愈常遇見朝聖者在旅館過夜，我已經不再是少數的特例。

在看過許多塵土飛揚的村莊後，薩阿古恩令我印象深刻。城內有從古羅馬時代到巴洛克的重要建築，相當壯觀。而阿拉伯人統治時期遺留下的幾座紀念碑，更爲幾條街道增添些許「麥加」的色彩。繁華的薩阿古恩於十八世紀末期沒落，之後所興建的就顯得單調而貧乏。在完成一半的路程時，來到這座歷經數百年滄桑起伏的城市，再恰當不過了！

在旅館接待處的布告欄上，看到當地有一位物理治療師大衛，專爲朝聖客提供優惠的按摩服務，於是我立刻撥了電話，預約好時間。

這是何等地幸運，在跋涉了三百公里後，能夠享受到按摩。

先沖個冷水澡，再隨便塞個火腿麵包，便迅速趕往按摩店，大衛已經等在街上了。這個男人！我曾經在照片中看過他。

然後我向他問好：「嗨！大衛，你好。我去過卡斯托洛赫里茲的一間酒吧，有一隻名叫凱西的鸚鵡老愛到處亂飛，我在那裡看過你的照片！」他笑著跟我解釋，酒吧主人是他的好朋友。當時我坐的那張桌子面牆，上頭就掛著他的大照片，用餐時間我一直盯著看，相片中的他看起來很親切，便記住了他的長相。有時候，就有這樣巧合的事情。

一下子，我半裸地躺在按摩椅上，讓大衛揉捏我那紅腫的雙腳。當收音機發出震天價響的吵雜聲時，大衛告訴我，他走過兩趟朝聖之旅，其中一次結識了鸚鵡凱西的主人。後來我就不記得他說了什麼，因爲腳底穴道按摩已讓我進入完全放鬆、飄飄然的境界了。

酣睡之前，我冷不防地被自己的鼾聲驚醒，此時收音機流淌出英國搖滾女歌手凱特・布希（Kate Bush）的歌曲〈別放棄！你已在途中〉（Don't give up 'cause you're half way）。

我很喜歡這首歌，不自覺地想起歌詞，到了第二段的副歌時，突然察覺到自己也在哼唱。啊！對我而言，這又是個美妙的要求！

別放棄！你已在途中。

或許，因爲我希望這條路是美妙的，所以它也就變得很美妙。

大衛在開始腳底按摩並爲我紓解緊繃之前，曾問我是否一、兩天前才開始朝聖？

聽及此，我吃驚地回過神來，從躺椅上爬了起來，說道：「請再說一次？一、兩天前？

我已經走完一半的路程了！」他一臉疑惑地抓住我的腳，看得更仔細。「這是不可能的！」他冷靜地評趾論足。「這是眞的！」我仍堅持，儘管對我來說，他是否相信，並不重要。這位足部專家依然執著己見：「不，你的腳上沒有水泡或疤痕，這是不可能的！」「我曉得這是不太可能的，我也很訝異，因爲正常來說，穿新鞋的第一天就會起水泡，但這一路上並沒有發生。或許是因爲加拿大製登山鞋的品質世界首屈一指的緣故吧！」大衛乾笑了一下，然後又靜靜地替我按摩。

別放棄，因爲你已在途中！

按摩完畢，猶如新生，我又在廣場上的蔭涼迴廊內，享受了一杯必點的拿鐵咖啡，還有一塊平淡無奇的乳酪麵包。

回想起今天的那頓早餐，堪稱是朝聖以來最美味的一頓。一般說來，這條路上的餐點都不怎麼樣，「不怎麼樣」的意思不是指沒料、很糟，其實都是有營養的好食物，但是了無新意而且沒有用心。就朝聖之路來說，難道這才是正確的？飲食變成無關緊要的瑣事，朝聖者對此也沒有特別的期待，並能從中學會珍惜一個簡單的火腿麵包，這種食物讓人有體力，又不會太過刺激味蕾，更何況這畢竟是一趟朝聖之行，可不是美食饗宴之旅。

我吃掉最後一口麵包，正拿起餐巾紙來擦嘴，發現有一個人在街角探頭探腦，不知是何方神聖？原來是奧地利女！也許她正在確認，是否有小店營業，但此刻正値西班牙的午休時間，沒有人會出門逛街。不過，更大的驚喜就藏在街角後面，「尖鳥嘴」和格爾德也尾隨而至。然後，事情就這麼發生了。奧地利女向我攀談，打算坐到我身邊，我並不反對，立刻拉出椅子請她們坐下。然而「尖鳥嘴」並不想坐下來，格爾德倒是有意，儘管他可能又無話可說。也許上午我才賞了「尖鳥嘴」一個閉門羹，婉拒野餐之邀，讓她一直耿耿於懷。奧地利女也因此不敢坐下，深怕遭到「尖鳥嘴」的白眼對待。然而最不可思議的是，奧地利女竟然不死心地問我：「麵包店什麼時候才開門？」

我告訴她，西班牙商店在下午五點之後才會再度開門營業，也就是午休過後。如果走了三星期的朝聖之路，有用點心思注意的話，照理說，應該會知道商店的營業時間一向是在下午五點以後！

而奧地利女的反應，彷彿她是初來乍到，從來沒聽過。

她跳躍式的思考方式雖然有點創意，但十分混亂，她想要知道我會幾種語言，於是一一數道：「我已經聽過你說法語、西班牙語、義大利語和英語，你還會說哪種語言？」

我本想模仿她的維也納腔，調侃她一下，但想想還是不要太狂妄自大，就給一個令她滿意且中肯的答案，於是我補充說還會荷蘭語。在朝聖之前，我會認爲這種宣稱是吹牛，但既然純屬事實，我爲什麼不能說呢？

顯然，奧地利女觀察我，比我觀察她還要透徹，然而她似乎沒聽到我與荷蘭高達女士羅麗莎的對話。我察覺到，現在終於能好好認識這三人，自己感到興奮莫名，他們就像是我劇本或笑話短劇中的人物，我幾乎有種錯覺，他們是我杜撰出來的。

奧地利女的蒂羅爾帽和她那逢人便問「小店」的怪癖，非常有笑點。我尤其欣賞，有人老愛在不恰當的場合說著同樣的蠢話，就像他們自己一樣，老是在不對的時機，出現在不對的地方，場景最好還搬到一個鳥不拉屎的荒郊野外。說話經常顛三倒四的「尖鳥嘴」和格爾德這對夫婦，真是絕妙，也是絕配。另外，從對話中得知，他們來自雷姆沙德（Remscheid），原來和我是同一邦的老鄉。他們三人都不想坐下來，就杵在我身旁天南地北聊得很起勁。當我正陶醉在這幅畫面中，「尖鳥嘴」突然拔高她那難聽的嗓音。

「我現在也有一件事情要說！」她不乾脆直說，而喜歡先預告一下。如今會這麼做的人，大概只剩下英國女王或教宗了吧。

此時，格爾德將頭靠在自己的登山杖上，顯示她將敘述的故事會很長，我們迫不急待，洗耳恭聽。

我這麼好奇，真該羞愧得臉紅！

「尖鳥嘴」提高嗓音說：「三年前，我先生和我也來朝聖，但沒有走完。我們遇到兩位修士，兩個身強體健的年輕小伙子。」

她說話的方式和樣子，露出些許的輕浮。「我們從聖祥庇德波特一路走到龍塞斯瓦耶斯，晚上參加彌撒時，看見他們兩人居然相互攙扶，一拐一拐地走向祭壇，而我跟在他們後面，昂首闊步、抬頭挺胸地往前走。」她笑了，我無言，心裡想著，從他人的失敗中，牽扯出自己的成功，這算哪門子的勝利！當然了，全視看事情的角度而定。但我實在不知道，在這件事情上誰是贏家。然而，多少次我也有過類似的想法呢？「尖鳥嘴」透過她大膽突兀的表演，迫使我面對自己曾犯下最嚴重的錯誤！說實在的，我眞該對她心存感激。

「尖鳥嘴」仍沾沾自喜地繼續講述，我已沒有興趣聆聽，此時我又感覺到飢腸轆轆。自從抵達之後，我已經吃了一個油膩膩的漢堡和兩個巨無霸麵包……我突然明白，爲什麼「尖鳥嘴」不願坐下來，因爲她是我們之中塊頭最大的，如果她坐著，就不能睥睨他人了。

此時，街道另一邊有個如花似玉的女子正漫步而來，我目不轉睛地盯著她，她也察覺到我炙熱的目光，對我微笑並招了招手。但我不打算致意，決定表現酷一點，因爲我根本不認識她，所以不需要回應。然而，她卻直奔向我，用英語說道：「嗨，漢斯．彼得，我是拉蘿啦！」

哎呦，老天！這可尷尬了，我竟沒認出她來。

我立刻一躍而起，替她拉好椅子，請她坐下。剛梳洗過的拉蘿任由一頭金色長髮披肩，沒有眼鏡和帽子遮掩的清新模樣，儼然就是加拿大選美小姐。

「尖鳥嘴」向拉蘿打聲招呼後，爲了再次聚集眾人目光於一身，便開口說：「我很喜歡巴斯克地區的整潔乾淨，但我實在想不透巴斯克人爲什麼老是丟炸彈？他們都住在那麼漂亮的房子啊。」

她這席話令我毛骨悚然，我一點也不清楚「尖鳥嘴」的內心世界，但是她所說的，恰好也是我內心所想的。她會讀心術嗎？我在巴斯克地區時，也想過一模一樣的問題，甚至還記了下來。只是現在從「尖鳥嘴」的口中說出，乍聽之下，還眞有點尷尬又愚蠢。

我的想法依然不變，我認爲「尖鳥嘴」講得沒錯，我也向她清楚表達我的看法，這顯然讓她很高興。從拉蘿的表情看得出來，她一定也想著，謝天謝地，我不再嚴重自我懷疑了。拉蘿眞是教人打從心底喜歡。

我的想法和這位來自德國、金髮高大的「女武神」雷同，著實令我驚訝！看來，「尖鳥嘴」和我的相似度，比我樂意見到的還要高。

眼前，我亟欲擺脫這三號人物，然後與拉蘿共進晚餐。顯然，拉蘿也有意如此，她沒怎麼搭理這個德奧「三重奏」的組合。「尖鳥嘴」馬上察覺到這一點，便和她的跟班站到人行道邊緣，表明了立場。同樣，我和「尖鳥嘴」、格爾德與奧地利女之間的談話，也逐漸拉開了距離。我聽見自己說著關於膝蓋的無聊事，「尖鳥嘴」想知道是哪個膝蓋！她要這項訊息做什麼？當我回答「左邊」時，突然有股衝動，想知道「尖鳥嘴」的眞實姓名。烏澤爾、希爾德加德、英格……這類老式名字跟她滿配的，但是我不敢問她，深怕她會一屁股坐下，要與我促膝長談。有夠討厭的！這三人知道我的名字，卻都沒有自我介紹！看來，她只能繼續叫「尖鳥嘴」了。

現在奧地利女終於吐露，她覺得很困擾，這一路上一直被誤認爲是德國人！所以她才老是戴著那頂蒂羅爾的帽子嗎？但是在西班牙人的眼裡，它可是德國十月啤酒節的象徵啊。「尖鳥嘴」和格爾德的眼神洩漏了，苛責德國人的話在他們聽來很不順耳，而且下場肯定很慘。這三人組突然迅速消失，不排除格爾德把愛國的奧地利女架到下一個角落，讓「尖鳥嘴」對她海扁一頓，我有可能再也看不到她了。

拉蘿和我仍在咖啡館坐了好一會兒，吃了點東西，慵懶地曬著太陽，任思緒飛揚，沒有再聊很多，最重要的話題已經暢談過了。後來拉蘿也忍不住表示，她覺得那位年紀稍長的德國女士有點可怕，她爲她丈夫感到難過！這一點，我深有同感！

回到旅館後，我看了一會電視。德國的電視節目經常招致令人尷尬和小題大作的批評，然而在這兩方面，西班牙的電視節目有過之而無不及。

在眾多頻道中，一群僞專家坐在色彩鮮豔的布幔前，長達幾個小時，談論著挪威皇室繼承人、他的未婚妻和未婚妻的兒子。這是今天所有電視頻道討論的話題，無聊的畫面也一再地重播。某位白痴先是拍攝了皇位爭奪者及其黨羽，然後向世界各大媒體兜售這爛題材。「我們到底在做什麼？」沒有人探究這個問題，反而是狗仔隊所拍攝到貴族之子的照片，引起了轟動，並在各頻道大力播放。

西班牙名人似乎熱中接受襯衫廠商或是餅乾業者的邀請，站在商標之前，宣布自己即將接受抽脂手術或離婚的消息。當然囉，都是爲了錢！餅乾業者找名人站臺，名人拿到酬勞，也必須透露一些辛辣的個人隱私。這些秀顯然創下了高收視率，不然也不會有這麼多類似的節目，很難還有其他因素。

某名歌手的妻子留著一頭金色辮子髮，站在一家雪利酒的廣告看板前接受訪問，採訪者問：「懷孕期間，妳有吐嗎？」聽到這個問題，她沒有轉身就走，只見她笑答：「沒有，這次懷孕並沒有吐。」喔呀，原來她在懷第一胎時，孕吐情形十分嚴重。天啊，電視畫面究竟在播放些什麼，我實在不解，姑且一笑置之。

一位年約四十五歲、動過整型手術的女子，在原子筆製造商的廣告看板前敘述，她曾和新任的「西班牙先生」上床過兩次。接下來，「西班牙先生」在另一個場合中，於某化妝品的廣告海報前表示，不，他從未上過她的床，但他認識她，也知道她到處宣稱他倆做過什麼事。

現在，會有人因爲他們兩人是否有關係，而購買這牌子的原子筆或是香水嗎？

另一臺電視頻道的猜謎節目中，一位身材豐滿的金髮美女笑容可掬，向參賽者提出嚴肅的問題：「一九八二年德國殺人魔漢斯．丁恩基爾森（Hans Dingenskirchen）如何處理被害人的屍體？答案A：僞兔肉（絞肉做成的一道菜），答案B：酸奶豬腰子，還是答案C：肉餅？」然後由參賽者作答，獲勝者可得到豐厚的獎金。至於正確的解答，我就不洩漏了，答案肯定能夠滿足眾人原始偷窺嗜血的欲望。

最糟糕的是，我無法否認這確實有點娛樂性質，連我都捨不得關掉電視。

那些名人站在餅乾或雪利酒海報前，透露床上及嘔吐細節，覺得自己和派兵轟炸巴格達的美國總統一樣重要吧，但是他們剝奪了身而爲人的最重要特質——尊嚴。

在另一個電視節目中，我又看到一則沒有尊嚴的風波事件：英國黑人超級名模娜歐蜜・坎貝爾（Naomi Campbell）訪問馬德里醫院的白血病病童，標題為「娜歐蜜安慰白血病病童！」有十個攝影小組、保鏢，以及數百名新聞媒體人員群聚在醫院，現場閃光燈不停閃爍。從電視畫面中，觀眾可以看到一名罹患血癌的男童不知所措地坐在病床上，而娜歐蜜・坎貝爾站在一旁，周遭圍了一群攝影禿鷹，虎視眈眈盯著他們，有人對超級名模吼道：「妳坐到他身邊，握住他的手。」她乖乖照做，或者說試圖這麼做，但男孩做了唯一一件正確的事，他抵抗，不讓人碰他。

為什麼電視要播出這類報導？有什麼意義？誰從中得利？數百萬閱聽人為什麼要收看，難道不覺得做作得令人嘔吐？娜歐蜜的眼睛也清楚說明了一切。

此外，攝影棚內，在某種新聞舞臺的背景之前，有個不知動過什麼美容手術的女子，往超級大胖子身旁一坐，相較之下，胖子顯然該接受抽脂手術了。兩人就好整以暇地坐在沙發上，把娜歐蜜的生活批評得一無是處：企圖自殺、破裂的關係……我會稱此為「現世報」。剛才娜歐蜜還是個所謂的善心人士，一轉眼她的善行就被虛偽的競爭對手賞了一巴掌。這兩人在繽紛鮮豔、毫無品味的布景前，一搭一唱演了齣戲，顯然都該被賞耳光。

我想起那個血癌病童，一個勇敢的小男孩為生命而奮戰，但某個只會瘋狂地在鏡頭前面托高自己矽膠隆乳的時髦女子，拿著昂貴的 Gucci 配件，跳入這齣劇碼，淨說些蠢話，一切只是為了要「搏版面」。

我很生氣，也曉得自己爲什麼生氣。

接下來，我打算瀏覽一下新聞報導，看看薩阿古恩是否有謀殺案發生，來自雷姆沙德的德國夫婦殺害一名善良的奧地利女子，這麼一來，我便能得知「尖鳥嘴」的眞實姓名。可惜，沒有這等運氣！

希望回到家鄉後不會看到這類節目，這些垃圾只會造成一種結果：從過於重視名人轉而極度輕視他們，最後所謂的明星都會被打回凡人的原形。也許，我們可以把這類節目視爲一種「順勢療法」。在所有症狀消退之前，輕忽大意用藥治療，只會使病情更加惡化。就隨它去吧！

這股無從發洩的怒氣。每個人都有自己的問題，這一刻，我的問題似乎就是被壓抑的憤怒，無怪乎有種怒火中燒的感覺。但憤怒究竟是什麼？我本身就是憤怒的來源嗎？或是那讓我生氣的對象？還是說，憤怒就是我性格的一部分？

如果我生氣的對象是椅子，那麼我就拍打椅子；如果不是椅子，那麼它就不可能消解我的憤怒。

如果走了幾個小時的路，能夠坐在椅子上休息一下，那是多麼美好。順帶一提，我每天都會有這種情況，於是我會覺得椅子眞是個好東西。但椅子終歸只是椅子，如果我和椅子之間有問題的話，事實上是我和我自己產生了問題。

所以，如果我對如此愚蠢的電視節目感到憤怒，也就是我和我自己發生了問題！我不能對不認識而且與我無關的人生氣。難道說，我是在跟自己生氣，因爲我知道，自己做的好事太少了？

對於各種快速形成、氾濫成災的意見，眞的要小心面對。今天每個人隨時隨地都有意見，媒體也教導我們：「立刻表達你的意見！」意見分析、意見調查……這些東西到底說了什麼？什麼都沒說！完完全全的沒有！我們對於一件事物的意見，往往不會比事物本身來得重要！

我躺在床上，電視機仍開著，我問自己，對我來說，上帝究竟是什麼？

長久以來，許多朋友與教會漸行漸遠，對他們來說，教會代表了迷信、過時、老舊、停滯不前、刻板，甚至是缺乏人性，因此大部分的人也跟上帝疏遠了。上帝的子民處於這種氣氛中，祂該怎麼辦……如果祂眞的存在的話！「別對我談上帝！」可惜大部分的人會這麼說。我卻不這麼想。

無論上帝是人、客觀實體、原則、思想、一道光、計畫……不管祂是什麼，我相信祂的存在！

對我來說，上帝就像經典好片《甘地傳》一樣，獲得多項殊榮，很了不起！

而教會就是村子裡的電影院，播放經典名片。銀幕就是給上帝用的。可惜的是，銀幕掛斜了，起皺、發黃，甚至還有破洞，而音響喇叭霹啪作響，有時完全失靈，或者在電影放映時，觀眾還得忍受廣播通知，例如：「車牌號碼雷姆沙德SG345的車主，請立刻將車子移開。」觀眾坐在硬邦邦、不時發出尖銳聲響的木椅上，環境骯髒，前排的人擋住後排人的視線，不時有人在聊天，讓人無法投入電影情節中。

在這種情況下，觀看鉅片《甘地傳》毫無樂趣可言，許多人失望地離開，認為「這是部大爛片」！但是，誰若能靜心觀賞，進而體會其內涵，便會覺得這是部曠世傑作。電影放映過程雖然很糟糕，但這不會改變電影本身的偉大。銀幕和音響喇叭只能盡力而為，這就是人性。

上帝是電影，教堂是電影院，電影在電影院中播放。我希望有朝一日我們能夠以3D或立體聲的品質欣賞電影，並且看完全片。甚至還能夠親自參與演出！

我確定自己目前勇氣十足，我能承擔一切，而且到目前為止仍未放棄，當然這並不保證，最後所做的結果對自己是好的。

本日感悟：在令人訝異的地點和時間，可以看到曠世傑作。

輪迴的歷險，歷險的輪迴

二〇〇一年六月三十日，萊昂

全身四肢疼痛不已啊！

凌晨兩點半，一群乳臭未乾的西班牙青少年聚集在我下榻旅館的窗前，大聲喧鬧。在聖彼得紀念日，居民無不歡欣鼓舞。悶熱的盛夏之夜，整座城市因舉辦慶典而勁舞了起來。然而，疼痛的雙腳讓我無法一同歡慶，我選擇躺回床上，試圖進入夢鄉。

房間位於旅館二樓，敞開的大窗戶剛好緊鄰主要道路，於是我又聽到一齣西班牙語的「廣播劇」。幸好，這一次有好奇地仔細聆聽！

這群天真無邪的孩子中，有人竟握著一把裝了子彈的手槍，喝得微醺的少年部隊開玩笑地想開槍試試。然後他們開始認真計算，若是開槍射人，誰蹲牢籠的時間最短。有個十四歲大的少年雀屏中選！眾人商量要瞄準何處、朝何人開槍，討論的聲音愈來愈大，沒多久，這夥人達成了共識，決定朝我敞開的窗戶射擊。我一定是在作夢吧！他們想朝我房間開槍？真教人不敢置信，我還因此笑了出來！也許是我沒聽懂吧？

儘管如此，我小心翼翼爬下床，四肢伏地，緊貼著七〇年代風格的磁磚地板，朝著垃圾桶匍匐前進。雖然有點愚蠢，但心甘情願地在地板上爬，總比非自願地挨子彈，躺在地板上動彈不得來得好。

我已預見西班牙電視臺的報導：「尖鳥嘴」很得意地站在鏡頭前，說我是個好人，但……就是還不夠好之類的話。在全世界觀眾的面前，我身穿米老鼠T恤，渾身浴血陳屍在廉價旅館內，磁磚地板上血跡斑斑。我若有知，小命將絕於薩阿古恩的子彈下，事前一定會挑間高檔一點的旅館，穿件比較像樣的衣服！

如果薩阿古恩有少年法庭，法官應該會傾聽每句證詞，記錄下每句話，並重返現場，了解案發當時，這群血氣方剛的少年到底發生了什麼事。不過，審問紀錄最後獨缺了被害者的名字。

感謝上帝，這個有可能將我亂槍打死的年輕小伙子是個懦夫。當年紀稍大的同伴大聲教唆之際，他遲疑了一下。他就要動手了！槍已上膛，子彈即發，之後他肯定會後悔不已，極力聲明他絕對不是蓄意殺人，在被關禁閉一週之後，他又

▲薩阿古恩並非總是這樣和平寧靜的！

可以快快樂樂跟同伴買醉去了。我終於來到垃圾桶旁，抱住垃圾桶後，連滾帶爬躲進浴室，盡可能不弄出聲響，將垃圾桶裝滿水。然後邊爬邊推，再把垃圾桶慢慢挪到窗邊。就在我打算快速高舉垃圾桶，將冷水倒往這群莽撞、白痴小伙子的腦袋瓜時，眼前閃過自己葬禮的情景。

人們將我這個無名氏的屍骨，葬在薩阿古恩的羅曼式石砌教堂聖羅倫佐（San Lorenzo）的後面，葬禮上，按摩師大衛一本正經地與我道別，並告訴淚眼婆娑的拉蘿，我兩天前才開始朝聖之旅，竟然就發生這種不幸，眞是天道寧論！「尖鳥嘴」自以爲是地說著又臭又長的故事，格爾德則把頭靠在登山杖上，最後奧地利女隆重地將她的蒂羅爾帽丟向我的棺木，並大聲問道：「這裡的帽子小店在哪裡？」沒錯，我的葬禮一定會變成這般光景！

我火速舉起桶子，傾盆倒下，一時間柏油路面傳來「嘩啦、嘩啦」響，怒吼聲也隨之四起。當然啦，我已將敵軍全數殲滅了。

我可不想坐以待斃，立刻衝向櫃臺，喚醒正在呼呼大睡的夜間接待人員，請他打電話報警。當治安官駕著警車從遠方趕來時，這群小伙子早已逃之夭夭——希望沒有其他犧牲者。

哎，因情況失控而產生的憤怒，再度襲來。

碰到這種情況，要維持達賴喇嘛的冷靜鎮定、怡然自得，那也太難了。

五分鐘後，我開始覺得整件事情很可笑。最後關上了窗戶，也放下捲簾。如果城內施放煙火，我就會再錯過一次！

由於無法入睡，一段幾乎已遺忘的往事浮現腦海。

因爲曾經發生過一次中毒，讓我有機會嚐到踏入死亡門檻的滋味，過去所感受到的，如今在我眼前宛如拼圖一塊塊湊了起來。

死亡前的驚恐是最難熬的，可以活活吞噬一個人，但是如果眞的來到生命的盡頭，一切又不同了，當時醫生就在鬼門關前把我救了回來。

那一刻，我變得很平靜，能夠心平氣和地整理自己的思緒，其中有部分純屬瑣事，但在瀕臨死亡的過程中卻是無比重要，這些瑣事主要圍繞著一個問題：我爲別人做過什麼？別人爲我做過什麼？當然也包括動物在內。

這時，如果無法與外界溝通，整個情況更顯奇怪，知覺變得非常敏銳，同時卻也昏沉沉，彷彿開始膨脹擴張，同時卻也收縮集中；就在回歸自我的同時，也在脫離自我。整個人虛脫之前，突然冒出一道門或出口，雖然只有針眼般大小，但有著黑洞的容量，僅一步之遙，就可到達人生中最尋常，卻也是最隆重的時刻。

我試圖描述那感覺，就好像打開啤酒瓶蓋，發出「啵」聲的同時，又有兩個柏林交響樂團演奏著貝多芬的第九號交響曲，平庸且隆重，兼而有之。

我不會把這種體驗歸類爲「瀕死經歷」，我沒有抵達那陌生的彼岸，只是在死亡界線的附近徘迴，我沒有通過一扇門，也沒有看到光。

今早睡到九點，可是睡得極不安穩，整個人疲憊不堪。昨晚雖是安然無恙度過，但仍聽得見幾聲咆哮。日上三竿，氣溫逐漸高升，已經錯失上路的時機。還是實際點，直接搭乘火車前往萊昂（León），跳過兩段路程，然後在那裡停留兩天。拭目以待，在聖地牙哥之前的最後一座大城市會碰到什麼事。

今天無法步行朝聖，雖然精神上有些失落惆悵，但心靈和肉體狀況實在辦不到，權衡大局，我一定要步行完成最後的一百公里，才有資格成為朝聖者。拉蘿可能已經在路上了，我跳過這一段路，可能再也無法見到她，幸好我有她的電子郵件地址。

我終於擺脫了「尖鳥嘴」、格爾德和奧地利女三人。今天是星期天，奧地利女一定很傷心，因為所有小店都沒有營業。

到了火車站才曉得，前往萊昂的火車還要等一個半小時。

我沒興致四處亂晃，便坐在空蕩無人的月臺，看著以馬賽克拼成的薩阿古恩字體，出於無聊還將它拍照留念。薩阿古恩這個聽起來像阿拉伯語的奇特地名，有什麼含義呢？

接著，我拿出日記本開始書寫，不禁自問：為什麼在這裡我可以寫下一切事情？是為了自己？還是為了哪天有人會閱讀而寫？

或許是虛榮心作祟，我有一股想要寫書的慾望，並熱切期待出版的一天。雖然我從未有成為作家的野心，我仍仔細捕捉一切，好似我非這麼做不可，記錄的東西也愈來愈詳盡。就算有人期待我出書，恐怕也是關於其他主題，也許正因如此，目前的寫作反而讓我欲罷不能。

此外，大部分的朝聖者曾讀了莎莉・麥克琳和保羅・科爾賀（Paulo Coelho）的書，而嚮往這條古道。不論世人對他們的作品有何看法，無庸置疑地，他們的書啓發了許多人踏上這條路，堪稱是朝聖之路的敲門磚。

最令人驚訝的是，旅途中我所遇到的人，對朝聖之路的力量深信不疑，他們都相信偉大生物的存在，與其對世界神奇的影響力。

他們或許有點懷疑，但不想對陌生人透露這點，而我則直接表達出我的疑惑，而且每天產生新的疑問。

在這裡，我走對路了嗎？還是，我不過是數千名異想天開的人之一？在某些受神感召的時刻，我毫無存疑，然而一旦雙腿疲憊地站在自動售票機前，對我來說，世界又是另一番面貌了。或者，確切來說，是我看世界的眼光改變了。懷疑？或許我該像戒菸一樣戒掉它？

幾年前，兩位女性友人說服我參加輪迴轉世研習會。當時已有五位女性報名，但仍需第六位學員，週末的課程才開得成。

由於我實在太好奇了，自然接受了卡琳娜和克莉絲汀兩人的慫恿，相偕前往法蘭克福，和五位女性一同求助於輪迴轉世治療專家。

治療師卡斯騰這個人非常親切、有教養，個性有一點強，他為我們詳細解說各種問題，假使我們有看到什麼，或者什麼也看不到的話，要怎麼做會覺得比較好。最好的方式就是，全然放鬆，順其自然。

這五位女士和他都十分確信，他們曾經活過，並有前世。我可以接受這種想法的存在，但我無法相信。研討會主持人還保證，課程結束時，我們便可得知，五位女士和我的前世有何共通點，牽引我們來到這裡。上課前，卡斯騰要我們每個人寫下自己無緣無故厭惡的某個地點或國家。

課程的第一天非常有趣，滿吸引人的，也有些地方很古怪。我們練習冥想與專注的技巧，然後看見一些亂糟糟的畫面，但大致上都能保持不入我心，反而覺得很好玩。第二天的課程即將結束時，我們都經歷了某一場在中世紀或古代的前世，並且能夠坦然接受，沒有掀起情緒上的波瀾。一些細節似乎頗有價值，但也無法改變世界。整個團體相處得很融洽，從中獲得不少樂趣。

第三天，也是最後一天，卡斯騰向我們說明，他將個別帶領我們回到前世，要我們不用害怕。我沒有半點恐懼，因為情況肯定跟目前一樣，無足輕重。

在個別談話中，他要我們找出此生中最感困擾的事。我立刻知道答案是什麼，在此就不透露了。接著，卡斯騰請我從團體中挑出一位同伴，在我回到前世時，陪伴在身旁，如果有必要的話，也可以安撫我。什麼啊？拜託！儘管我認為這個要求有點多餘，好吧，如果一定要的話，就請跟我一起來參加冥想課程的卡琳娜陪我吧，畢竟她是位心理學博士。

此刻，屋內溫暖舒適，只有一盞燭光一明一滅地閃爍著。「好，就讓我們從此生出發，來看看你的前一世吧。」卡斯騰正襟危坐地說。當我好像搭乘雲霄飛車繞了兩圈之後，他問道：「你準備好了嗎？」我沒好氣地點點頭，這簡直有些囉唆了。

最後，我還是閉上眼，遵照指引，專心冥想了二十分鐘，當卡斯騰將手輕輕按著我的太陽神經叢（Solarplexus）時，沒有試圖影響我，只是任由事情自由發展。

然而，這次的冥想不同於已往的經驗，腦海中浮現的畫面非常鮮明，感受也更為強烈！對於那些觸動內心深處的事情，我根本無能為力去操縱它的發展，只覺得自己與浮現眼前的事情有很深的關連。

我住在修道院內，是個方濟會修士，時間為第二次世界大戰末期。遠眺可見布列斯勞（Breslau，波蘭地名，現更名為沃克勞〔Wroclaw〕）。時值秋天，應該剛下過一場大雨，放眼望去，巍峨修道院四周的鄉間道路和農田一片泥濘。雨後的修道院顯得有些灰濛濛，但我仍可辨識其細節。修道院內，除了我之外，還有六名修士和院長。

我認出自己來，並曉得自己的名字，儘管我也察覺到其他人是鮮明的獨立個體，然而，對我來說，他們彷彿沒有臉孔，輪廓模糊不清。令我震驚的是，我對修道院內部竟是那樣熟悉，能夠毫無困難地找到路。一位修女每天騎著老舊的腳踏車，從城內經過山隘，為我們帶來鄰近醫院剩下的伙食，我們就靠此過著清貧的生活。

小教堂內，我看到我的兄弟和我在望彌撒，一切宛如回到家中般自在。

我躺在法蘭克福雙併房屋的室內地毯上，突然間，卻見到自己在修道院院長辦公室，並且聽到自己大聲對院長和卡斯騰說：「今天煤炭商販會來，我會陪他到地下室去。」驀地，我被一種緊張到快要毀滅的感覺深深攫住。接下來的畫面是，煤炭商販推著裝滿煤炭的手推車，我陪他經過斜坡來到陰暗的地下室。

心臟幾乎要跳了出來，人在法蘭克福的我，躺在地毯上，卻呼吸不到空氣。

當煤炭商販在地下室卸貨時，我離他不到一公尺遠。我的任務是全程監視，並分散他的注意力，因爲在有一人高的甜菜堆後面，藏著一家四口的猶太人。

是一對年輕夫妻與一雙兒女。我的視線經常飄往他們藏身之處，我向上帝祈禱，不要讓煤販發現。無以名狀的恐懼襲來。

他卸下煤炭，便離去了。

藏匿猶太人是危險的行爲，因此我們都戰戰兢兢，深恐出了任何差錯。

然後我看見自己坐在陋室中，對著敞開的窗戶，因恐懼而聲嘶力竭地喊叫。這一切發生在清晨，我聽見兩輛貨車穿越山隘，穿著制服的德國人跳下車，衝進修道院。兩名士兵把我從陋室中拖出，拖到修道院後方的外牆前，其他修士都已在那裡。

絕望的猶太家庭痛哭失聲，被逼上貨車，然後載走了。

某個穿制服的傢伙以德語宣判我們的死刑，院長和其他兄弟都很平靜，唯獨我陷入了恐懼中。

我很清楚，自己活在世紀遞嬗之際，人就躺在法蘭克福某屋內的地毯上，但是全身顫抖不已。當我睜開雙眼後，仍無法脫離這個故事，卡斯騰和卡琳娜試著安撫我，卻是徒勞無功。

處決時，原本可以遮住眼睛，但院長告訴軍官，我們並不需要，然後就聽到副院長以拉丁文吟唱讚美詩，除了我，所有人都一同唱和〈主是我的牧人〉。

士兵把上了膛的步槍瞄準我們。我在祈禱，雙膝顫抖不止，背脊一片冰涼！我再也不相信上帝，我失去了我的信仰！我大喊：「我不要死！」我的一個兄弟大聲斥責我：「約翰內斯，我們正走著主的路，這路已來到盡頭。」我宛如風中的白楊木般，不停顫動，無法平靜下來。在法蘭克福，卡琳娜把我壓向地板。我完全失控了。

瞬間，槍聲響起，我被射殺了，電光火石之間，生命結束。我像盞燈在房間內忽明忽滅，其他七道光愈轉愈快，逐漸遠離，然後消失不見。但我沒有成功。然後，三個無法形容的模糊光體突然迎面而來，安撫我，其中一道光說：「你一生都深信不疑，爲什麼在這一刻卻不相信？爲什麼不相信？」

在我那張無來由不喜歡的地名的紙條上，寫著「波蘭」兩個字。

我還沒有去過布列斯勞，也許將來有一天會去那裡看看。不過，今天我的目的地暫且還是萊昂。

我眞的經歷過這一切？不知道，我從未如此宣稱，但是在法蘭克福某屋內的地毯上，我確實經歷了這一切，它深深觸動了我，並且繼續影響著我。至於，當時我們這個團體有什麼共通點？在回溯前世的過程中，我們都看到自己曾是法西斯主義下的犧牲者

現在，我正坐在薩阿古恩的火車站裡，繼續感到懷疑。如果說，我曾有過堅定的信仰，那麼我想要再度擁有它。

從薩阿古恩到萊昂不到一小時的車程中，我都站在走道上，堅定地望著聖雅各之路。在我心中，我正在走路，這段被我拋到後頭的路程，可是非常難走的，在身體虛弱的狀況下，三天內是無法完成的。偶爾，我會看見孤獨的朝聖者走在荒涼的山坡上，奮力向前邁進。我沒有步行這段路，而是飛躍越過，雖然省下不少力氣，但也錯過一些美麗的事物。

搭乘火車是項正確的決定，我沒有罪惡感，反而如釋重負，並能坦然面對。這條古道本身有種無法解釋的活力，吸引眾人踏上它。

走在朝聖古道上，內心世界的反覆轉折還眞讓人有點吃不消。在家時，我可不會這樣。現在，早上會覺得自己像一頭被車撞倒的麋鹿，起床氣始終是個大問題。接著到了中午，人就開朗了起來，感覺與世界協調一致，步履也變得輕盈。傍晚時分，不是思慮不清，心不在

▲萊昂城市的屋頂。

焉，就是累得半死，或者情緒高亢且筋疲力盡。所以讓身體休養生息一下，絕對是正確的決定，免得嚇壞身體，以爲得永遠這樣奔波下去。

在火車上，我搬出約絲教我的絕招，向宇宙預訂了萊昂市中心價格公道的舒適旅館，希望它能迅速出現在我眼前。

抵達萊昂火車站後，距離城內還有幾公里遠，一路上順便來趟市區導覽。萊昂是卡斯提亞省的首府，富麗堂皇的砂岩色彩，儼然是馬德里的姊妹市，但是沒有那麼一望無盡，也沒那麼優雅，卻散發著輕鬆活潑、引人入勝，而又不擺架子的首府魅力，是一座期待被征服，同時又能喚醒生命活力的城市。當我佇立於萊昂的國營頂級飯店（El parador）前，金碧輝煌的建築物讓我看得嘖嘖稱奇，折服於人類出神入化的巧思。

位於市中心的豪華旅館「阿方索五世」，櫥窗內正打著促銷廣告，住兩夜即享有六折優惠。面對此等「好康」，我渾身熱血澎湃，興奮不已，豈能輕易放過。

旅館大廳裝飾有摩登不銹鋼，門前臺階上，高掛著略微褪色的皇家徽章，但願他們願意收留穿著骯髒牛仔襯衫的人。我不費吹灰之力，得到了一間房間，看來服務人員對於邋遢的朝聖客，早已習以爲常。我想起背包裡的紳士襯衫，鐵定會讓旅館人員感動得說不出話來。

房間相當豪華，不僅可鳥瞰老城內童話般的巷弄，還有浴缸！在泡了熱水澡，洗好一堆衣物之後，我坐在書桌前打了通電話回家，也寫了明信片給眾親友。電話中，我對自己在薩阿古恩差點遭人射殺一事，做了詳盡的報導，大家希望我能盡早回去。當我開始認眞考慮，他們說的是否有道理，我是否該中斷旅程，這時檯燈突然嘶嘶作響，還發出咕嚕聲，我根本沒有開燈，它是關著的啊。然後，室內瞬間發出一道閃光，然後又滅了。嗯，我最好離開這個房間，而且愈快愈好。

無疑地，法律廣場（Plaza de la Regla）上的大教堂是整座城市的最高點，有人認爲它是西班牙最美麗的教堂，就風格來說，它屬於西班牙的早期哥德式建築。

驀然間，我看見艾薇和緹娜，兩個瑞典的熟人，就站在側廳的鐵鑄燈下對我微笑。我的老天，這兩人是何等健步如飛，此刻才能在這裡！我很高興見到她們兩人，她們亦然。大夥高興得互相擁抱，她們立刻邀請我共進晚餐，但今晚我只想一個人獨處。不知道她們能否理解，而她們注視我的眼神顯得相當失望。我自己也搞不清楚爲何想獨處，但今天就是想一個人靜一靜，最後便照著自己的意思做。

後來，我獨自一人漫無目的地在城內四處穿梭，並買了張電影票，觀賞約翰·屈伏塔（John Travolta）主演的電影《內神外鬼》（*Lucky Numbers*）；西班牙語片名爲 Combinación Ganadora，意涵「有利的組合」或「幸運關鍵」。整部電影詼諧有趣，但今天理解的程度遠不如上一回，對話的速度很快，也有可能是我太累了。

之後，坐在酒吧內，享用下酒菜，音樂頻道不斷播放震天價響的西班牙音樂。體驗過靜謐的徒步，偶爾再聽些熱鬧的音樂也是種極致的享受，畢竟走在朝聖古道上，相較之下一切都——這麼說吧——靜

▲萊昂大教堂內昏暗的光線。

悄悄。

由於天氣太熱，整間酒吧只有我一個客人，還沒有當地人闖進來。坐在吧檯的高腳椅上，點了杯飲料，整個人陷入茫然疲憊的思緒中。

當我把裹著火腿的椰棗往嘴裡送時，心裡想著，究竟在哪裡可以找到上帝？

我的視線在酒吧中慢慢游移，廁所門上，有兩個健康寶寶的圖片，一個男孩一個女孩，很討人喜歡；人行道上，一對表情僵硬且哀傷的老爺爺與老奶奶拄著枴杖蹣跚走過；酒保站在門口，緊張地抖著腳，環顧四周，似乎在等待會發生什麼事情。

高溫擁抱著萊昂。

小巷弄中有狀況發生：一名循環衰竭的老婦人被抬上救護車，救護車閃著警示燈，往醫院疾馳而去。此時，音樂頻道上，一位長相俊秀的墨西哥人唱起動人的抒情歌曲，歌名爲：「Imaginas me en ti」。我繼續緊盯著電視螢幕。歌名的意思是「想像我在你心中」，或者較恰當的說法是「將我清楚呈現在你心中」。

這是指誰？上帝？又是一首要告訴我什麼的歌曲？

我試著在心中想像上帝，而且感覺很好，這就是了嗎？

我只要在內心想像「祂」就好了？或許，我只要去想像自己眞正需要的東西？接下來的日子，我會試驗一下，朝聖的目的不就在此嗎？

夕陽西下，數百名當地民眾在廣場上跳著西班牙民族舞蹈，心手相連，多麼祥和的畫面。回旅館的路上，經過一家銀行，高掛的巨型看板上有一句醒目的廣告詞，它要我：「閉上眼睛，許個願望！」

好，好，那就恭敬不如從命囉。

過去幾天，有多少次我認爲：這一切都是錯的、我究竟在這裡做什麼、我走上完全相反的方向……當事後證明我果眞走錯了，彷彿自己一直就是這麼想的。也怪我經常都太篤定，以爲做的是唯一正確的事。儘管內心深處知道是錯的，但是扼殺內在聲音，比傾聽它更爲容易。或許我這次判斷正確了？把短波收音機中要找的頻道轉走，比將它調得更清楚精準，簡單得多。

在這趟朝聖之旅中，生命中曾發生過的事情再次浮現，許多瑣碎的枝節似乎全匯聚在此。我一再回憶起直接面對死亡的經驗，顯然有部分被我刻意遺忘了。

杜塞爾多夫的國王大道上有我最喜愛的咖啡館，我平日總喜歡耗在那裡，享用卡布奇諾和起司蛋糕，而好奇心旺盛的我，還可以順便傾聽鄰桌婦人談天說地，我的一些滑稽劇本便由此孕育而生。

某個陽光煦煦的午後，我又坐在咖啡館內，一名有點年紀的婦人在較年輕女子的陪同下，拄著枴杖緩緩拾階而上。在踏上最後一個階梯前，她那遲疑的眼神四下環顧，似乎在尋找些什麼。咖啡館內高朋滿座，只有年紀更大的老太太，當然還有我。而她的目光停留在我身上，然後她竭盡全力，踉踉蹌蹌地朝我走來，這之間，她撞翻了一張桌子，最後摔倒在我面前。她的同伴嚇呆了，束手無策，我雖然採取了急救措施，但仍因爲太緊張而不知該如何是好。這名婦人跌得很慘，我很擔心她摔斷了骨頭，或者情況更糟。

我解開她的領口，將她的頭靠在我的膝上，大聲喊：「快找醫生來！」然而，整間咖啡館一片死寂，沒人採取行動。當時是一九八五年，手機還未普及。服務生彎下腰來，以一口波蘭口音事不關己地說：「她已經走了！」我高聲怒罵這名女服務生，我從來沒有那樣大聲罵過人，她終於願意打電話，當時的我怒不可遏，垂死的婦人瞪大雙眼看著我。她的臉色慢慢發青，沒有半點聲音或呻吟，什麼都聽不到。她就這樣在我的膝蓋上走了。彷彿等到天荒地老，急診醫生才趕到，並確定她的死亡。這時陪伴她的女士顯得非常鎮靜，似乎與死者並不親。

我曾絕望地詢問急診醫生，當時我應該做什麼。他回答：「沒有，你什麼也不能做！」往後有十六年，我不曾再踏入那家咖啡館。後來，我又去時，仍不由自主凝視那位婦人氣絕的地方。

那個晚上我與朋友聚會，當年我以爲他們是朋友，今天我才明白，那不過是一群雖然認識，但沒有什麼交情的人而已。當時我心神不寧地赴會，敘述白天的遭遇，其中一人竟嘲笑我，並在酒館內大聲喧譁，取笑婦人的死，甚至模仿窒息的動作。見狀，我立刻大聲喝斥情緒高漲的同伴，並轉身離開酒館。兩年後，當時精準模仿死亡的人，死於窒息。

第二次和死亡邂逅也是古怪離奇的經驗。有一天，我和當時的經紀人坐在漢堡一位製片人的辦公室，商談某個計畫方案。我們才剛坐下來，喝了一口咖啡，突然聽到窗外傳來震耳欲聾的爆炸聲，由於會議室在一樓，可以看到整條大街的情況。

在離我們大約三公尺的地方，有個瘦骨嶙峋的男子拿把菜刀站在洗衣店外。再往右十公尺，有位警察拿著手槍瞄準他，並對他大喊：「放下刀子！」洗衣店老闆娘則站在櫥窗內嚎啕大哭。那名年紀較長的持刀男子精神恍惚地高舉雙手，顯然先前警察有鳴槍警告，但男子仍未拋下菜刀。於是，警察朝他的膝蓋開槍，他中彈後隨即踉蹌了一下。

我們在窗邊大叫：「不要啊，別開槍，別再打了！」警察又連開兩槍，一槍打中他的腹部，男子臉色逐漸發白，彷彿慢鏡頭般緩緩倒下，然後死去。

我永遠忘不了那人臨死前的表情，認命且如釋重擔地死去。之後，每次開車經過那個地方，我都會停下來。

槍擊事件發生的隔日，報載：「昨日，一名年輕警察正打算午休，卻見男子持刀闖入洗衣店，威脅老闆娘並搶走五十馬克。幸運的是，老闆娘毫髮無傷，而年輕警察火冒三丈，開槍射死搶匪。」幾週之後，刑事警察找我去作證。

這兩段經歷我幾乎徹底遺忘，有種未曾發生過的感覺，但此時此刻卻又想起。

第三次面對死亡的經歷則是參與一項名爲「夢想成眞」的活動，探視一位罹患癌症的少女。活動單位請這名少女許個願望，而她的願望是與我見面。於是，我前往醫院探視十七歲的亞莉山卓。她的情況很不好，我陪伴了她兩個小時，之後她便體力不支。其實，在五分鐘之後，我便無話可說，緊張得不得了，完全不曉得該跟她聊什麼，態度非常不自然。當我問她將來離開醫院後打算做什麼時，她說出自己的夢想：「拿到駕照，然後以時速兩百八十公里在高速公路上狂飆。」我開車時，經常想到亞莉山卓，便催緊油門，享受風馳電掣的快感。我相信，那項活動給了她力量，看穿我只不過是個平凡人；而她也給了我力量，因爲我在她身上見到眞正的生命鬥士。

還有一次獨特的經驗，我爲法蘭克福教學醫院的愛滋中心，主持夏日慶典的開幕儀式。之前我與醫院的牧師談過，並徵求他的意見，他對我說：「就按照你平常的方式去做吧！」一些尚有體力離開病房的病患，全都移師到布置溫馨的護理站交誼廳。那是一個美好的夏日，從廳內可見綠意盎然的公園。各種狀況的男女病患坐在我面前，其中有幾人已病入膏肓，而卡波西氏肉瘤（Kaposi）——一種肉瘤不斷增生的皮膚癌——也遍布全身。他們的臉及身體都被疾病所侵蝕，顯現出病徵。

我站在變成舞臺的階梯上，看著躺在輪椅與床上的病患，其中幾位有親朋好友陪伴，但大多數都是孤單一人。護理人員費心籌備，希望帶給大家一個愉快的午後時光。其中有位病患大聲嗚咽不絕，我的心都要讓他撕碎了，卻也只能像呆瓜般直楞楞地站在臺階上。

難道我要說：「上帝！我恨祢讓這些人遭受痛苦！」然而，我卻改而說些詼諧有趣的話，忘了是如何說出口的。一開始，我只敢看護士和醫生，不知何時起，便試著直視病人的雙眼，一種絕妙的氣氛油然而生，比我以往所熟悉的更為細緻貼心。

儘管如此，我還是覺得很糟糕，後來我和幾位病患談話，他們很高興我能夠前來，有位坐著輪椅的先生對我開個小玩笑，安慰說：「你一定不常有得這種病的觀眾，對不對？」

而讓我更高興的是兩位母親的說法，她們跟我說，我公開承認自己的同志身分，讓她們與兒子的關係重修舊好。我完全忘了這一天的事，現在突然又歷歷在目。

在這樣往事縈繞腦海的一天，我只想一個人獨處，試著釐清為什麼人要經歷這一切，又該如何將它融入生活中。

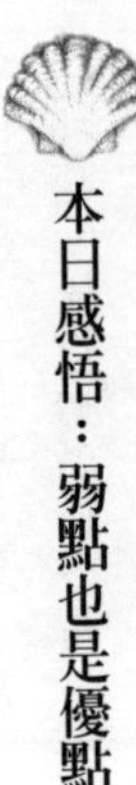

本日感悟：弱點也是優點。

柏拉圖式的一夜情

二〇〇一年七月一日，萊昂

今天早上在旅館的露臺，享用了一頓豐盛的早餐，卻因爲沒人能說說話而痛苦萬分。眞不知其他人是如何熬過的？要是不能在短時間內結識朝聖者並且同行，我恐怕會垂頭喪氣敗下陣來。依照目前的情況，接下來的三百多公里我是走不完的。我渴望認識眞正的朋友，與人好好聊天談心。活到今天，還沒有獨處過這麼久，就在幾天前，我陷入前所未有的孤單寂寞，覺得自己快要崩潰了。我需要與人交流，日記已經無法滿足我，它又不會開口跟我說話。雖然偶爾與人有一些美好且深入的交談，但畢竟只是片段，仍嫌不足。萊昂美得無與倫比，喚醒生命的蓬勃朝氣，但是我在這裡一個傢伙都不認識，眞教人沮喪！其實，昨天我應該和緹娜、艾薇一起去吃飯的，當時我完全提不起勁，現在卻更加如飢似渴。

這座城市在召喚我，懷著與人深情邂逅的渴望，在熱鬧的老城區踱步而行。天氣晴朗，沒有背包穿越行人徒步區，感覺如釋重負，輕鬆自在。其實在某種程度上，我已經習慣那肩上的沉重負擔。商店街逛了不到五百公尺，我就與艾薇不期而遇，我們又激動地擁抱在一起。天啊，我眞走運！爲了昨天拒絕邀請的事，我向她鄭重道歉，並立刻邀她一起喝杯咖啡。我們在徒步區中找到座位，屁股還沒碰到藤椅，艾薇的一個朝聖同伴就加入我們的陣營。他是來自德國美因茲（Mainz）的托比亞斯，身高有兩公尺，說著一口帶有可愛家鄉口音的蹩腳英語。

艾薇表示，她之所以滯留萊昂是因爲她的腳又出狀況。緹娜已經一個人繼續前行了。由於她很可能會中斷旅程，惱怒的表情明顯寫在臉上。艾薇今天必須一吐爲快，她回憶起很久以前的事，她曾在一艘斯堪的那維亞的豪華郵輪上擔任總務長，環遊世界十多年，直到她對那些有錢人厭倦不已，於是拋開一切跑到巴西，參與照顧街頭流浪兒的服務工作。一年前，她在朝聖路上摔斷了腿，不可能再回巴西重操舊業。現在，她在斯德哥爾摩攻讀社會教育學，並靠教英語來維持學業。朝聖之路吸引了她，讓她一頭栽了進來。

艾薇出生於拉普蘭（Lappland）的耶利瓦勒（Gällivare）。我知道這個位於北極圈的地方；十七歲時，我以「歐聯票」搭火車自助旅行，第一次到了那裡，那是我目前爲止到過最北的地方，我也是在那裡第一次經歷了夏至之夜。

艾薇問起我的確切職業時，托比亞斯幫我回答了這個問題，他說我是個「funny guy」（有趣的傢伙）。這小子看過我所有的演出，所以他說的話應該能相信吧！在佛羅米斯塔用晚餐時，我曾以「小型脫口秀演員」這類的模糊字眼，向艾薇和緹娜概述了我的職業。所以，艾薇顯得並不特別吃驚，她還說：「這一點我早就猜到了。」

彷彿爲了娛樂眾人，托比亞斯從背包最底層挖出了幾樣厲害玩意。他隨身都帶了些什麼東西啊！電擊棒、胡椒噴劑，還有超音波棍，這些工具全是他母親幫他準備的，爲了遇上野狗時能夠防身。我想，如果真有緊急狀況，等到他使出其中任何一樣道具，野獸早已狠狠咬住他了。

這位高大的巨人，有著一副奧運泳將的壯碩體格，卻和我一樣害怕野狗。幸運的是，我很少遇到，即便遇到也只是溫順的野狗。但是根據朝聖指南，在旅程後半段遇到兇猛野狗的危險性將明顯增加！據說有一位加拿大籍女性朝聖客，有一天在野外過夜，結果差一點就成了狼隻的獵物。應該不會是拉蘿吧！事發地點就在我遇到那條其醜無比大犬的附近，也有可能是牠幹的好事！但那條肥狗不會怎麼樣，牠只是想玩耍罷了！真可惜，我沒有把牠拍下來，動物學家一定會感興趣的。總之，據說這裡的確有狼，我還曾親眼看到老鷹呢。沒有什麼事情好驚訝的！

托比亞斯重新整理好他的「軍械庫」，然後一拐一拐地繼續前進，這時有一位來自德國卡斯魯爾（Karlsruhe）的朝聖者，滿臉通紅地停下腳步，他無法相信眼前的人果真是我！

在行人徒步區，我聽到有人大喊我的名字。轉過身去，一件紅藍相間的巴賽隆納足球隊T恤閃閃發光，是安妮！那一位接收了我的睡墊的英國女子。我們輕吻彼此的面頰，興奮地相擁，彷彿是相識幾世紀的老朋友。艾薇和安妮也認識對方；我早就說過：沒有什麼事情好驚訝的！

這位來自利物浦的女子理所當然和我們坐在一起，她說多虧有我的睡墊，她才能睡得安穩，不過她花了一星期才弄明白，如何正確地放掉空氣、捲起睡墊。什麼？之前我壓根不知道，原來這睡墊是要充氣的。

儘管安妮妙語如珠，但是看起來有點垂頭喪氣，當被問到時，她才吐露自己在卡札迪亞德拉古耶札附近，也就是據說有狼群嚎叫的地方，遭到投宿站負責人的性騷擾。當時安妮一個人孤零零地在通舖睡覺，那個下流的傢伙居然壓到她身上。她把這件事告訴了大衛，也就是薩阿古的按摩師。於是就在大衛的奔走協助下，那個傢伙被開除了。朋友之間這樣團結一心，眞好。

遺憾的是，艾薇也親身經歷相似的故事。有一次，她和緹娜一起走過杳無人煙的荒郊野外，一輛吉普車停在她們身邊，有個傢伙開始——這樣說好了——自娛自樂了起來。她們兩人嚇壞了，連忙逃之夭夭。

我憑什麼一直不停地發牢騷呢？與男人相比，女人的朝聖之路要辛苦、危險得多！爲了證明這項事實，安妮還展示她那雙飽受折磨的腳，眞是教人過目不忘。她的名牌健行涼鞋毀了她的玉足，導致行程大幅落後，只得暫且滯留此地。今晚她必須再換一家朝聖旅館，因爲根據規定，每一間都只能住一個晚上。

我們就這樣談天說地，太陽也繼續在頭頂上大放光芒。艾薇向我解釋「心靈導師」一詞，那是她想從事的職業；令人驚喜的是，在德語與瑞典語中這個詞彙非常相似。然而，就在此時此刻，來自阿姆斯特丹的約絲有如神賜般出現在我們面前；安妮與艾薇，她都認識。

今天約絲也想好好休息一天，於是加入我們的隊伍。

這一連串的偶遇實在令人難以置信！在此有必要說明一下，萊昂並非彈丸之地，它比德國的海德堡（Heidelberg）還要大。老城區像迷宮一樣向外延伸數公里，而我所在的位置屬於非朝聖區。儘管城內有數不清的飯店、旅館和民宿，約絲和艾薇卻碰巧住在同一家旅館。大夥就像一群老朋友似地有說有笑。晚餐約好八點半，在萊昂的著名景點聖馬丁廣場上見面。

為了盛裝出席晚宴，瑞典荷蘭的女子雙人組先返回旅館，我與安妮繼續小坐了一會。安妮認為在朝聖之前曾經看過我，她一直覺得我很面熟，但是想不起來在哪裡見過。

早在聖多明哥德拉卡薩達時，她就熱中於探問這件事了。

經過幾番推敲，突然靈光一現，我想到唯一的可能性！幾年前我的電視節目曾在BBC的晚間檔播出。「沒錯，你就是那個好笑的德國人！我很喜歡那個節目！」安妮脫口而出。

那些秀只有英文字幕，依然獲得安妮的青睞。能在這裡遇到我，她覺得非常奇怪，不可思議，我也這樣認為。我唯一的英國粉絲正在萊昂的老街與我相對而坐，一起喝咖啡。我感覺很熟悉，彷彿早已認識這位生物學博士。之前，安妮在尼加拉瓜進行為期半年的田鼠研究專案，才剛結束幾個月。我就知道，這位女性有獲得諾貝爾獎的潛力！

之後，安妮也一跛一跛地返回住所，她想先梳洗一番，然後輕輕爽爽地出席晚餐。

真是個美好的下午！今晚，我將與教人朝思暮想的朋友們歡聚一堂，回顧早餐時，這一切根本還就是不可能的事。

坐在藤椅上，正閉著雙眼浮想翩翩時，一個圓滾滾的年輕人跑來與我打招呼，他顯得相當無助的樣子。其實這一星期以來，我老是遇到他，他說著一口德國的方言。我們的對話通常很簡短，內容也無關宏旨，所以還未正式提到他。不過我已經給他取了一個外號：博登湖（Bodensee）朝聖客，因爲他來自那裡，此外他常不自覺說出一些沒道理的話。

博登湖朝聖客開門見山問道，在朝聖的過程中，我的體重是否增加了？這是什麼不倫不類的話題啊！這小子雖然比我年輕十歲，體重卻比我至少多上二十公斤。我問他，剛上路時就見過我嗎？他當然否認了，於是我追問，那麼他是如何得出這個無法證實的猜測，而認爲我變胖了？對此他聳了聳肩，仍然充滿期待地站在原地。我保持全然的沉默，不讓愚蠢的對話繼續下去。

儘管如此，這傢伙的話仍像把利刃，刺痛了傷口，或許我是眞的變胖了，太可怕了！怎麼可能呢，如此密集地運動，體重居然會增加！每天二十公里的行程不應該沒有效果的。我必須馬上量一下體重。

博登湖朝聖客依舊杵在那裡，文風不動，他的理由是：「我在等人！」這麼一來我倒非常好奇，他跟誰墜入愛河了！過沒多久，大驚喜便揭曉了。原來他的新旅伴就是「尖鳥嘴」和格爾德。「尖鳥嘴」的穿著變時髦了，情緒高昂，滿臉通紅；格爾德現在的膚色看上去就像是摩洛哥人。

「尖鳥嘴」訝異地盯著我，她想知道我怎麼這麼快就到這裡了？「坐火車！」我坦承不諱，這個答案讓她在人來人往的徒步區中驚聲尖叫了起來：「沒有這種事！不行，這不算數，不能這麼做！無論如何，這是無效的！」

博登湖朝聖客用譴責的目光看著我，而格爾德又把他的頭擱到朝聖枴杖上。

也許她大發議論是想製造一點幽默笑料，不過並沒有人笑！

她眞該向緹娜學習如何變得幽默。

我告訴她，這對我來說根本無所謂，除此之外，只有最後一百公里必須腳踏實地徒步走完。儘管她知道這一點，仍舊不滿意。全世界的法律都要遵照她的意見。她站在我眼前的姿態，教我想起當年阿根廷的第一夫人伊娃·裴隆（Eva Peron）。

「尖鳥嘴」問我，在薩阿古時是否也住在那家「半夜有青少年胡鬧」的旅館。我很樂意證明這點，並且告訴他們，那些小鬼還安排了何等荒唐的謀殺計畫，那也很可能發生在他們身上。

格爾德和「尖鳥嘴」非常專心聽我敘述，還爆出歇斯底里的笑聲。這兩人眞的有一種能耐，可以耗盡別人的精神力氣。原本我還興高采烈講起那段故事，突然間就感到極度疲倦。

問題到底出在哪裡？他們又如何纏上胖乎乎的博登湖朝聖客？也許兩人膝下無子，想從年輕的朝聖者中尋找寄託的對象。奧地利女沒有和他們在一起。不知他們對她做了什麼？烏忒是奧地利女的芳名，這會出現在失蹤人口的名單中嗎？艾薇告訴我，烏忒朝聖有一年了！

她之前在印度，現在她想去聖地牙哥。

當時如果能與烏忒長談，應該會很有意思。我卻錯失機緣，儘管她曾給了我足夠的機會。結果是，現在我又得忍受「尖鳥嘴」空洞的旅行軼事。

她還是站著，一次也沒有坐下。眞是夠了，但願這是最後一次與我的影子告別。我想我已經領會她帶給我的教訓，現在只要謹記在心，貫徹實行。

就在附近的一間藥房中，我踏上體重機，頓時心上一塊石頭落地，因爲自己明顯瘦了幾公斤。眞是喜出望外！

回到旅館，一場陣雨帶來舒適的涼意，這是六月十日以來第一次下雨。那位來自西雅圖、曾登上美塞塔隘口的豐腴女士，後來因爲脫水而住進了醫院。這也是約絲告訴我的。

在目前爲止的人生中，這趟旅行是我做過最「脫軌」的事。

八點半，神清氣爽的我，穿著筆挺的淺色襯衫，準時出現在聖馬丁廣場上。這是一個溫暖宜人、浪漫美好的夏夜，在火炬搖曳的光暈下，有上百位朝聖者與當地市民，坐在各式餐館前的木製長椅上。整座廣場籠罩在紅橙色的暮色中，閃爍動人，而跳著佛朗明哥的三人舞團，讓這幅世俗的畫面臻於完美。

我深深吸吐了一口氣，有人輕拍我的肩膀。是加拿大來的拉蘿，眞的就只缺她這一腳了，現在是全員到齊！

「我一路上都惦記著你！你到底去哪裡了？」她迫切想知道，我便向她透露，自己偶爾會坐坐火車、搭搭汽車，調劑一下徒步朝聖的辛勞。現在我放心了，她不是那個差點被狼吃掉的加拿大女子。

此時，約絲、艾薇與安妮也翩然來到廣場。瑞典荷蘭的女子雙人組是一襲色彩豔麗的洋裝，而爲了慶祝這個夜晚，安妮也是一身質料光滑的巴賽隆納足球隊T恤。女士們由內而外光采煥發，魅力四射；小憩後的安妮心情好得簡直有些亢奮。這裡似乎沒有必要再補充說明，艾薇和約絲早就認識拉蘿了。

幸運地，我們五人在一家海鮮餐廳門前找到座位，先點了一瓶濃郁醇厚的紅酒，接著是一頓正式的晚餐。輕鬆愉快的西班牙之夜於焉展開。

艾薇鄭重宣布，她已決定今天就結束朝聖之旅，明天將乘火車前往聖地牙哥！她的腳無法再配合下去了。

「這裡就是終點，朋友們！」她裝出十分惋惜的樣子，高舉一杯滿滿的拉里奧哈紅酒敬大家。我們其他人還在尋找的東西，她已經找到了，所以我相信，明天她能夠安心地搭乘快車前往聖地牙哥。

今天艾薇想要玩個通宵，徵詢志同道合的夥伴。一時之間，我也找不出任何藉口，便表示自己準備好了，要做她朝聖路上柏拉圖式的一夜情人，爲此她在我額頭上親下響亮的一吻。

晚餐讓人翹首盼望許久，當大份的鮮魚盤終於上桌時，安妮和拉蘿顧不了形象，就像兩頭海豹般狼吞虎嚥，因爲十點整，她們容納了六十張床的大寢室就會關門！

很可惜，安妮眞的很風趣，氣氛也正融洽。她對於一些虔誠天主教朝聖者的評語堪稱一絕，簡直就像一場脫口秀。安妮對許多事情抱持懷疑的態度，也與朝聖本身和大部分的朝聖客保持距離，這一點與我相似，甚至是有過之而無不及。她的評語很嚴厲：「一切不過都是垃圾！」但是她沒有透露，自己爲何踏上朝聖之路。

爲了確保往後的行程能有床位，從明天起拉蘿將加入夜行軍的隊伍，之後與她相遇的機會便十分渺茫了。大家很隆重地與她道別後，她便與安妮匆忙趕回朝聖住所了。

現在，安靜的約絲有機會聊一點自己的事。她在大學讀的是政治學，獲得博士學位後，突然覺得整個學習生涯是多餘的，經過一番掙扎，她決定投入護士的工作。通過培訓後，目前她在阿姆斯特丹一家醫院的癌症中心，照護癌症末期病患。現在她很幸福，而她全身的毛細孔都散發出這種感受。當我告訴她，她的「許願技巧」在我身上應驗了兩次時，她大笑說：「你還懷疑嗎？我可沒說謊喲。」

我實在憋不住，便告訴艾薇和約絲，關於「尖鳥嘴」和格爾德的恐怖經歷，她們聽得津津有味。「你會把這些寫下來嗎？」艾薇很好奇。

我說自己每天寫日記，看來這回答令她很滿意，於是她緊追不放，問我是爲了誰而寫。「不知道！就是想寫罷了。」我據實以報。

「你會知道是爲了誰！」艾薇咧嘴而笑說道。

我漸漸習慣萊昂這裡絡繹不絕的人潮，並發現有一位女士正向艾薇打招呼，她略顯疲憊，在人山人海的廣場上找不到空位，似乎有些暈頭轉向了。

這位女士獨自一人，四十五歲上下，一頭紅色長髮，裝扮頗時髦，身穿類似軍服的卡其色登山裝，正堅定地朝我們走來。艾薇認識她，向我們介紹這是安妮的朝聖旅伴席拉。這位紐西蘭女子坐了下來，目光巡視一圈問道：「安妮在哪裡？」

我的上帝啊，她的聲音眞是好聽，既明亮又溫柔。或許她是紐西蘭電視臺的新聞主播。

當她知道安妮已經躺在柵欄床上睡覺時，歎息地說：「可憐的安妮！永遠都學不乖！」

毫無疑問，紐西蘭女士非常幽默，而且很能喝，不知何時我們四人已醺醺然地坐在空蕩蕩的聖馬丁廣場上。陸陸續續有酒館打烊，佛朗明哥三人團也早已不再舞動。

艾薇清了清嗓子，提出一個大膽的問題：「這一路上，上帝到底有沒有與你們說過話？」

我們彼此審視，過了一會才有人回答。席拉是第一個發難的，她語氣堅定地說：「當然！」顯然上帝與她交談過。

約絲回答：「嗯……有過。」

我猶豫了一下，說：「我想……應該有吧。」

艾薇笑容滿面看著我們：「是的，當上帝與我們說話時，我們先是整個人充滿喜悅……然後就開始懷疑：難道我瘋了，是我在幻想，自認爲與眾不同嗎？但是，如果我們能接受這一切，將會發生難以置信的事！奇蹟！」

桌旁的我感到有些不自在，我一定正處於那個「難道我瘋了？」的階段。現在究竟在討論什麼啊？有誰真的敢宣稱上帝與自己說過話？這倒可以成爲我下一場秀極具殺傷力的開場白。「晚安，各位女士各位先生，我將不再與電視臺商定節目內容，而是直接越級與上帝討論……，現在您也可以這麼做喲！」

然而，這幾位美妙聰慧的女人聊起自己與上帝時，所流露的自然與自信並非瘋狂，而是具有感染力、令人動容的。席拉似乎察覺到我的懷疑和不自在：「你要有信心，相信自己並相信上帝，因爲這是祂對你唯一的要求。你的信任！」

爲了舒緩話題帶來的緊張氣氛，席拉從褲子口袋裡掏出一副印有天使、超級俗氣的袖珍紙牌，這是她下午在萊昂的一家小店買的。從今天起，她每天都會請朝聖之路上的有緣人抽一張牌。在到達聖地牙哥的那一天，她會攤開最後一張牌，也就是她自己的那一張。

席拉把紙牌擺成扇形，牌面朝下。直到此刻，我們才把紅酒暫擱一邊。

艾薇的朝聖之旅明天就要結束了，她可以抽第一張牌。她的天使紙牌是「光」。沒有什麼比這個更適合來自北極圈、淡金髮色的瑞典女子，她就像是光。

約絲抽到了「熱情」。我不知道這對她來說代表了什麼。難道她缺少熱情？但是顯而易見，她被感動了。我懷著騷動的不安，抽了一張牌。我有些膽怯，不知要從這麼多張牌中選哪一張，然後這張牌就攤開在我面前：「勇氣。」勇氣！一點也沒錯，它是我當下所缺少的。就連剛才抽牌時，我也欠缺勇氣。勇氣！在接下來的朝聖路上，只要一想到馮瑟巴東（Foncebadón）的野狗，我就需要勇氣！

眞是個美妙的夜晚！深夜了，席拉與約絲略有醉意地道了聲再見，朝各自的旅館走去。一言既出，駟馬難追，我與艾薇繼續流連於萊昂的酒吧，讓黑夜變成了白晝。在她旅途的終點，我們又乾了一整瓶的拉里奧哈紅酒。這個女人彷彿是智慧的化身，在我看來她一點也不瘋狂，即使她堅信能與上帝對話。也許這眞的需要勇氣？

在此要補充說明，艾薇聽到的並非狹義的「聲音」，比較像是一道能從唇齒間解讀的「內在之光」。

午夜時分，艾薇向我吐露了一些事，對此我必須守口如瓶，因爲我向她承諾過，絕對不會寫進日記中。她倒是非常肯定，我的朝聖之行會成爲一本書。我問她怎麼知道的，幾乎一直微笑的她在我耳邊輕聲細語地說：「你看不到，但是我看到了！」

對我來說，與艾薇的交流有某種特殊意義，而她願意與我一起慶祝旅行的結束，也是我的無上光榮。

最後，我心滿意足地回到旅館，躺在床上試圖入睡時，一陣嬰兒的哭啼聲響徹雲霄，這也讓我有機會再次思考這趟旅程。是的，它是美妙的，有時也很討厭，甚至太吵。沿途的城市美不勝收，教人印象深刻，一路上的風景更是無與倫比，令人心曠神怡。但是，沒有任何一樣東西會讓人神魂顚倒，以至於止步不前。沒錯，聖多明哥德拉卡薩達是值得一遊，這條路又如此地美，讓人歡喜一路走下去，然而沒有哪個地方，沒有哪處風景，美到讓人流連忘返、樂不思蜀。這不愧是一條眞正的道路。

羅馬曾經令我癡迷瘋狂，永生難忘；當我揮別加拿大的洛磯山脈時，椎心刺骨的傷痛，讓肉體幾乎無法承受：聽過澳洲鳥兒的婉轉歌聲，直到生命盡頭，我都無法停止思念。在這些地方旅行，之後的感受就像戒毒一樣。然而眼前的一切剛剛好，相聚是好事，離別也不成問題。如果換作是羅馬的洛磯山脈，耳邊再傳來澳洲的鳥鳴，那可能會要了我的命。但願不會再遇到「尖鳥嘴」和格爾德了！下一次我恐怕會和他們大吵一架。

今天我覺得自己被愛團團包圍。

勇氣！爲什麼我需要勇氣？假如把德語「憤怒」（Wut）一詞的W顚倒一下，W變成M，憤怒就變成了「勇氣」（Mut）。我能將憤怒轉化爲勇氣嗎？

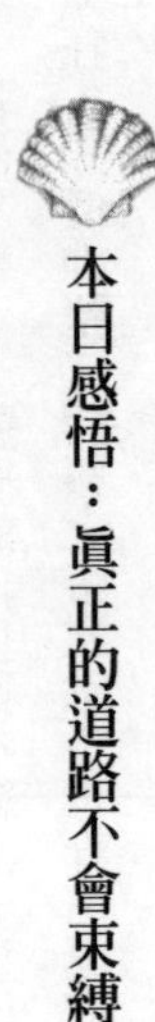

本日感悟：眞正的道路不會束縛人。

怪人、瘋子、薩滿師

二〇〇一年七月二日，離開萊昂後的某地

艾薇告別派對的翌日，我幾乎爬不起床，十一點半時，才離開旅館踏上旅程。在穿越萊昂市將近一公里的途中，清晰的朝聖標誌隨處可見。即將離開市中心時，突然非常渴望來一杯香醇的咖啡，並抽上一根菸，於是違反了原本的行程計畫，轉進一條多蔭的小巷裡，一屁股坐在小旅館門前鮮紅色的塑膠椅上。還坐不到五分鐘，艾薇翩翩然自那家旅館中走了出來！原來，我就坐在她旅館的門口。只要多跑一條巷子，我們就不會再相逢。又過了五分鐘，約絲也現身了，這顯然已是定律！我們三人重溫前一晚的快樂時光，然後彌補一下還沒做的事——拍照。昨天大家都沒帶照相機，現在開始互拍、合拍，還有獨拍，彷彿想要證明我們確實存在，不知怎麼，難道我們不敢相信這一點？

艾薇很好奇，她委婉地問我，是否有興趣朗讀一段日記的內容給大家聽聽。老實說，做這類的表演，我絲毫不會怯場，畢竟這是我的本行，但是這次的表演內容對我來說，有一些心理因素需要克服。儘管如此，我還是勇敢地拿出皺巴巴的橙色日記本，將「我的影子『尖鳥嘴』」這一段翻成英文。她們兩人聽得很開心，之後也無任何評論，艾薇倒是嚴肅地說：「這一路上你一定還會遇到更瘋狂的事。拿出勇氣，相信自己！也要傾聽你內心的聲音，未

必一切都是美好或正確的，但現在的你已經準備好了，能夠面對各種稀奇古怪的遭遇。」

我也坦承，預計自己將會與「尖鳥嘴」有一番對峙，雖然打死我都不想再見到她，但是我們之間顯然還有一段未了結的前世冤孽。約絲也認識「尖鳥嘴」和格爾德，之後就一直躲著他們，她覺得這兩人是朝聖黑暗勢力派來的間諜。我與艾薇都覺得這想法滑稽極了。

喝到第二杯咖啡時，艾薇和約絲一臉正經地要求我，繼續詳實記錄一路上的經歷。然而，爲了不孚眾望完成此一大業，勢必得忍痛分離。兩個半小時之後，我帶著沉重的心情告別二姝，再次踏上旅程。

這段行程展露了朝聖之路無情的一面！沿途經過許多工業區，橫越無止盡的荒蕪土地，讓人只想盡快遠離。天氣又變熱了，而且每隔十分鐘，斑駁的廣告看板上張牙舞爪的老虎，就會作勢要向我撲來。地勢愈來愈傾斜，一路上都是乾涸的黃土地，房子彷彿建在地上的洞穴。沒過多久只有滿目荒涼，偶爾出現幾間無人居住的廢棄小屋，此外什麼也沒有。

在這片「科幻般」荒郊野外的中央，一塊高地略微突起。午後陽光曬得我皮膚發燙，這時迎面走來一個戴著眼鏡、皮膚曬得古銅、一臉白鬍子的老男人。他穿白襯衫，配著黑長褲，有點好笑，也十分怪異，看上去不像無家可歸的流浪漢，比較像失憶老人，迷失在杳無人煙之地。當他步伐不穩地朝我走來，我立刻預感到：這傢伙會向我搭訕。果不其然，他開口對我說話，是西班牙語。

「哈囉，朋友，哪裡能找到睡覺的好地方？」

毫無疑問，這是一個怪問題，而他並沒有喝醉！我看著他沒穿襪子的雙腳，都已經走到流血受傷了，一雙名牌鞋子髒兮兮的，鞋帶也完全鬆脫。他的嘴唇龜裂，長滿水泡，嘴巴裡幾乎沒有牙齒。

「那麼你想去哪裡？」我小心翼翼地問。

「聖地牙哥。」他的回答很簡短。

「但是聖地牙哥在另一個方向！」我驚訝地回答，並用手指向西邊。

「我知道。」他說完後，咧嘴而笑，彷彿有意往我身上捅一刀。

「你從哪裡來？」我繼續探問。他說他在距離這裡十公里的旅館過了可怕的一夜，現在只想找個地方睡覺。只要有一張簡單的床就行了。

我告訴他，往萊昂的路上有許多投宿所和旅館，他一定能找到合適的。他反過來問我要去哪裡。任何一個傻瓜都能從我的裝束看出，我要去哪裡！儘管如此，我還是告訴他我朝聖之旅的目的地，其實也就是他的目的地——聖地牙哥。他用銳利的目光盯著我，腦袋中似乎興起瘋狂念頭。聽到他接下來的大膽決定，我差點沒暈倒：「這樣好了，我跟你一起走。你今天要到哪裡？」

我沉默了一會，鎮定下來之後我告訴他，今天要馬不停蹄地趕二十公里，一路上都不會休息——暗自希望能藉此逼退他。然而我的恫嚇策略沒有奏效，他僅僅說了一聲：「好吧。」

表示願意同行。

怎麼會這樣？眞是始料未及，於是我又把這個男人好好打量了一番。他乍看之下似乎衣衫襤褸，但是仔細一瞧，骯髒的鞋子頗新，而且價格昂貴；黑色的牛仔褲也是名牌，還非常合身；滿是污漬的襯衫皺巴巴地垂在褲子上，竟然是高檔貨；連眼鏡也屬於設計師款！這傢伙到底是何方神聖？

我想起艾薇。信任你內心的聲音！我的直覺告訴我：「可能有點意思。」於是，我清楚聽見自己說：「好吧，我沒意見，一起走吧。」接著腦袋瓜就發難了：「你活得不耐煩了嗎？這傢伙是個不折不扣的瘋子，他會把你洗劫一空，然後殺人滅屍。」

爲時已晚！我們正並肩往西而行，他與我一起走回了來時路。視線範圍之內，我們是這塊不毛之地上唯一行進中的生物。沒有汽車，沒有人煙，只有我倆。

這個傢伙氣喘吁吁，大顆的汗珠從粗糙的毛孔中滲出來。我問他叫什麼名字。亞美利哥・蒙提內茲・德・拉……什麼之類的，五十六歲，祕魯人。看起來並不太像祕魯人，不過根據口音判斷應該來自南美洲。

「你來這裡做什麼？」我問。

「度假。」眞是個令人驚訝的答案。

「度假？沒有行李箱，也沒有背包？」我反問。

「我不需要，」他說：「我身上帶了很多、很多的錢，需要什麼，就買什麼。」

這傢伙絕非五十六歲，他的外表要蒼老得多，實際上也應該沒有那麼討人厭吧。他還想在西班牙做些什麼呢？針對這個問題，亞美利哥先生的答案實在太勁爆了。「我想採集一種非常特殊植物的葉片，只有西班牙才找得到，這種植物生長在馬德里郊外的西耶拉（Sierra），但是竟然被一個天主教的祕密組織『主業會』（Opus Dei）給剷除了，對此我非常生氣！」

好吧，謝謝，到此結束，我受夠了！我對著自己的直覺喊停。這人是個十足的瘋子！只要一逮到機會，我會立刻把他給甩了。

目前暫且維持交談，以免讓他啓疑竇，於是我小心謹愼地說，僅僅是爲了這種植物大老遠跑來歐洲，這有點不合常理吧？

他瞪著我看的樣子，彷彿想要立刻掐死我。火山即將爆發！

他十分激動地說，他的妻子和女兒也是以爲他瘋了。我深深吸了一口氣。她們說得很有道理。

但是他覺得無所謂。

我問他來自祕魯哪裡，從事什麼職業。然而，除了我的名字和國家，他不向我探問什麼。儘管如此，我還是覺得，他對我異常感興趣。

亞美利哥來自祕魯的庫斯科（Cusco），他說他是當地印地安人的薩滿師，他們稱他爲魯可・烏可。他專門研究植物，爲了一位罹患癌症的朋友，他來尋找西班牙植物的葉子，既然這種植物已不存在，他打算去聖地牙哥朝聖。

相較之前，這番話似乎言之有理，但依然很詭異，我還是覺得這傢伙是個瘋子，尤其他原本竟然走相反的方向。在這一點上「尖鳥嘴」要比他靠譜多了！我向他指出，憑著他腳上那雙都市流行的時髦鞋子是走不到聖地牙哥的。他爽朗地大笑，非常感動地看著我，並以天眞無邪的口吻說：「可以，可以，一定可以，我有那……麼多的時間。」令人驚訝的是，這個老男人居然跟得上我的步伐。有一段時間我們沉默不語並肩前行，他什麼也不問，只要我不開口，他就不吭一聲，教人難以捉摸。

路上突然冒出一條溫馴的小牧羊犬，牠走到我腳邊磨來蹭去。我撫摸這隻小動物，以德語脫口說出：「哎啊，你是誰呀，小寶貝？」還不自覺地哼起一首幼稚的兒歌。亞美利哥，或者說魯可．烏可，他也轉向小狗，然後就像一臺錄音機，精準無差地依照我的語調，把剛才的句子以一口純正德語重複了一遍，就彷彿一隻老鸚鵡。然後，他銜著我笑，好像在等待我的反應。我愣住，頓時起了一身雞皮疙瘩。「你會說德語？」我的聲音變得沙啞。「是的。」他反倒不多秀幾句了。接下來的半個小時，我們又沉默地並肩前行。我感到恐懼不安，怎樣才能甩掉他呢？我想要擺脫他，最好是立刻。即使他比我年長，如果他以暴力襲擊我，我未必有能力自衛，背上重達十一公斤的背包立刻就能把我拖垮在地。

突然他又開口說話，告訴我有人偷了他的護照。我問他，爲什麼不去祕魯大使館請求協助。他說：「爲什麼？」我說：「沒有護照你就回不了祕魯。」

魯可．烏可又笑了起來，他說回程前就會去取他的護照。

我很想知道，他是否相信上帝。

「當然不信！我只信仰大地、空氣、水、植物、動物和太陽……。」他逐一列舉，張口而笑的模樣，不復存在的牙齒似乎也在閃閃發光。

我覺察到，亞美利哥的頸部肌肉抽搐了起來，而且十分明顯。我也有一模一樣的症狀，尤其當我過度勞累時。如果不小心跌跤，也會出現這種輕微的失調，只不過我的抽搐沒有他那麼明顯。

這種毛病雖然稱不上嚴重，但是也會帶來疼痛與不適。在某種程度上，屬於肌肉張力不全。

我還沒有在別人身上看過這種情形。我們走得愈久，他的肌肉痙攣就愈明顯。我提醒他注意，並說：「告訴你，我也有相同的狀況，和你的一模一樣。如果我過度勞累的話，我的肌肉就會抽搐。」遇到有同樣罕見症狀者的機率並不高。他說，他覺得沒有什麼大問題，今天的狀況之所以特別嚴重，是因爲他很累，不過有時他也能夠讓它好幾個月不發作。

好吧，既然他是薩滿師，那麼我就來請教他，應該怎麼應付這種症狀。他不可能再說什麼蠢話了吧。他似乎是全神貫注地聆聽，然後對我說：「你呼吸的方式是錯的。你只是把空氣吸入肺部，因此有時你會透不過氣來。你必須通過鼻子把空氣吸入臍下四指的地方，然後全身放鬆下來，漸漸地，非常緩慢地放鬆。」

令人驚訝。兩年前，一位專攻自然醫學的醫生也對我說過一模一樣的話，然而這方法並沒有奏效。我告訴魯可·烏可，我知道這個方法，但是對我不起作用。他說：「那是因爲你沒有完全用鼻子呼氣吐氣的緣故，而把肺部弄得太緊張了。你只需要透過鼻子把氣送到那個位置。」我問他那個位置代表什麼。就是正確的位置，他向我解釋。

然後他進一步說明：「你必須非常仔細地觀察自己，什麼時候肌肉的運動變差了，什麼時候又變好了。要有耐性，把握放鬆的好時機，慢慢延長那狀態。」

他懇切地看著我：「你必須仔細觀察，並注意你的牙齒。」他開口而笑，露出五顆黃板牙。我們大笑了起來。「其實，」他認爲：「只要去觀察你的貓咪是怎麼呼吸的，然後就像牠一樣。牠會教你呼吸的。」

喔唷！我什麼時候說起貓的事了？根本就沒有。都三個星期了，我完全沒有提到我的貓，就是爲了不要想起牠，不要太思念牠。不過現在我要搞清楚是怎麼回事，於是我假裝自己是笨蛋外國人，沒聽懂他的話。

「所以我應該觀察貓咪？」

他立刻糾正我：「不，不，就觀察你的貓咪。」

他怎麼會有這種智慧，我沒追問下去，可能他認爲所有德國人的家裡除了一臺電視、一個冰箱之外，還有一條狗和一隻貓吧？

我們沉默許久，他也不再主動開口說話。步行了幾公里之後，我們來到朝聖之路上一座荒僻小鎮，一條四線道的大馬路硬生生地將小鎮攔腰截開。

天熱得像蒸籠一樣，老男人呼吸急促，流汗浹背。我很高興，終於再度踏入文明之地，儘管四周看不到半個人影，也許是酷熱把大家都逼回屋子裡。我邀請亞美利哥到此地唯一的酒吧喝一杯。

在貌似墨西哥酒店的櫃檯後面，站著一位身材豐腴的女人，五十多歲，一襲豔紅色的洋裝，風韻猶存。我們是她唯一的客人。我問老男人想喝點什麼，他要自來水。「要不要來一杯咖啡？」我又問。亞美利哥似乎總是語不驚人死不休。「只有當有人過世的時候，我才喝咖啡。」原來如此！

不管怎樣，我還是給自己點了一杯咖啡，因爲我今天差點就熱死了。女酒保顯然也經歷過類似的行軍，在明白了顧客的要求之後，她就無精打采地給我們端來了咖啡和自來水。亞美利哥滿臉興奮，幸福得像個小嬰兒。「這水太棒了。不可思議！」

我覺得這沒什麼好大驚小怪的，繼續靜靜地喝著我的咖啡。

「你知道歐洲哪裡最好？」他問道。我徘徊在「阿爾卑斯山」和「地中海」之間，猶豫不決，薩滿師在我之前迅速搶答：「就是可以喝水龍頭的水，這在祕魯是無法想像的。」他馬上又給自己點了一杯「水龍頭牌」礦泉水，像喝香檳似地享受。

他突然變得健談起來，彷彿剛喝下的是「饒舌水」。「除此之外，我認爲世界上最好的書出自德國，例如鈞特・葛拉斯（Günter Grass）的《錫鼓》（*Die Blechtrommel*）、麥可・安迪

（Michael Ende）的《默默》（*Momo*）。」

在我眼裡，舉止怪異的印地安薩滿師變得愈來愈可愛了，他如數家珍道出自己欣賞的世界文學作品，直到他以毫無品味、教人跌破眼鏡的方式結束這一切：「還有，希特勒的《我的奮鬥》（*Mein Kampf*）。」

我努力克制，不要噴出嘴裡的咖啡，希望自己是被酒吧的酷熱悶昏了頭，所以聽錯了；如果不是這樣的話，祕魯男人可就欠揍了！我已經放下礙手礙腳的背包，而朝聖枴杖就靠在椅子邊，唾手可得。

根據女酒保厭惡的表情判斷，我沒聽錯任何一個字。別急，先吸口氣，之後再出手還不遲。女酒保的眼神也暗示了，她會助我一臂之力，幫我押住他的。

於是，我故作鎮定地說，之前提到的兩本書是否爲世界上最好的作品，純屬個人品味，見仁見智，在我看來《默默》與《錫鼓》各有其獨特風格。但是，《我的奮鬥》——我站了起來，杵在他面前，這一點是從「尖鳥嘴」那裡學來的——無庸置疑，則是世界上最爛的！

怒氣如火山爆發，一發不可收拾，我大聲喝斥他，振振有詞地發表長篇演說。我很激動，滔滔不絕，而他的嘴卻咧得愈來愈開了。我怒不可遏，說自己簡直愚蠢到了極點，還向他解釋這些，有點頭腦的人絕不會碰那破爛，把寶貴的時間浪費在思想垃圾上。

老傢伙略帶笑意靜靜看著我，他厚顏無恥地宣稱，希特勒所想的事情並沒有錯，不是嗎？這個糟老頭太過分了！我告訴他，這些沒大腦的話，對我而言是人身攻擊和嚴重侮辱，再胡說八道下去，只會以激烈的爭吵收場。我非常生氣，他最好給我閉嘴！

我喘著氣，一屁股坐回椅子上，眼睛盯著牆上馬戲團的海報，一隻兇猛的老虎正向我撲來。滿腔怒火難以平息，於是我又站起來，舉起食指，對著亞美利哥大吼，在德國這種觀點可是會讓他進監獄的，而且我將舉雙手雙腳表示贊同。每個生命都是自由的，這是地球上最重要的寶藏，無論何時何地我都堅持這個觀點！我被自己洪亮的聲音嚇到了，不再吭聲。

老傢伙倒是不減幽默，仍然衝著我笑。我義憤塡膺的激動模樣似乎頗討他歡心。我滿頭大汗，整張臉鐵定像女酒保的洋裝一樣鮮紅。

女酒保又爲我端上一杯咖啡。「這傢伙瘋了。」魯可・烏可自始至終不爲所動，還大言不慚地說道：「假如德國人入侵並解放祕魯的話，那不是好極了嗎？」我驚愕不已。這男人令我憎惡至極！他繼續心平氣和地胡言亂語。「要不然ＥＴＡ好了？假如ＥＴＡ來轟炸祕魯的話，那也不錯啊？我們祕魯就需要這個。」此時女酒保也受到良心的召喚，爲了祖國的尊嚴，她從櫃檯對著瘋狂薩滿師大聲咒罵了起來。「ＥＴＡ，一群豬狗！」她喊道。薩滿師仍一派輕鬆自在。「是什麼讓妳如此激動？」於是英格娜——女酒保向我們透露了芳名——娓娓道來她一生的故事，以及ＥＴＡ帶給她的創傷，在幾次恐怖襲擊中她失去了家人。我聽得傻了眼，她所敘述的內容就足夠寫一本書，在此無法三言兩語帶過。

不知何時我看了一下鐘，驚覺自己與亞美利哥已相處三個多小時了。我一言不發站起身，使出吃奶的力氣把背包甩到肩上，走到門口。魯可．烏可說了一句話，讓我鬆了口氣：「我留在這裡，一路順風！」他「無齒」地笑著，我揮了揮手，什麼也沒說。

英格娜迅速走到門口，用力握了握我的手，表示默默的祝福，她低聲對我說：「希特勒連豬狗都不如，他是糞便！」

當我離開了酒館，轉身回望，竟然瞥見英格娜坐到魯可．烏可的桌邊，兩人湊到一塊，就像兄妹般在商量事情；英格娜在我原先的座位上，很像要與薩滿師促膝長談。

我在灼人的陽光下緩步前行，即將離開偏僻的小鎮前，我意識到，這個瘋狂的祕魯人讓我開竅了，而且就在肚臍下四指的位置！他故意與我爭吵，還挑選最敏感的話題，大膽向我挑釁。因爲在很多事情上，我是一個好商量的人，可以妥協，有時甚至會屈服。但是，只要涉及法西斯主義，我的觀點堅若磐石，絕不動搖；誰不接受我的看法，我就會大發雷霆。

怎麼能將鈞特．葛拉斯、麥可．安迪與希特勒相提並論呢？這種荒謬的對比讓衝突更顯尖銳。《默默》、《錫鼓》的寫作態度與觀點，我十分認同，而這與第三本無法形容的拙劣作品形成極大的落差。即便有人眞的很瘋狂，也不可能同時喜歡上這三本書。

所以，結論是二比一，好書不寂寞。

在酒館時我的憤怒一下子轉化成了勇氣！這是行得通的！

亞美利哥決定不與我同行，還眞教人惋惜呢。

如果我能夠釋放憤怒，將它適時疏導出來，並轉化爲勇氣，或許就能減輕脖子上偶發肌肉痙攣的症狀。在接下來的路途上，我要朝這個方向前進。也難怪，我以前會有膽石絞痛，壓抑憤怒的結果，反而導致肝火妄動。這個奇怪的祕魯人就是故意要激怒我。

他到底是怎麼做到的？

我想起了艾薇。「這一路上你一定還會遇到更瘋狂的事。拿出勇氣，相信自己！」

我拿出勇氣，相信自己，但根本不知道今天走了多少公里，不過眞的是走了很多路！

本日感悟：有時，不顧一切地發瘋是最理智的。

不可言說的「我和你」

二〇〇一年七月三日，阿斯托加

我稀里糊塗在路邊一家汽車旅館過了夜。這裡，西班牙變得很像墨西哥，天氣愈來愈乾燥，有些莊園的前面長著比人還高、綠得發亮的仙人掌。昨天離開酒吧後，我心甘情願又走了十五公里。

今天早上下樓吃早餐時已經十點了，昨天消耗我太多的精力，非常需要長時間的睡眠，所以早餐時我又成爲餐廳裡唯一的客人。

這時服務生向我走來，問說：「您是來自德國的漢斯·彼得？」

我困惑地回答：「是的。」然後他不發一言，把一張仔細折疊好的紙條塞到我手中。上面用西班牙語寫著：「來自德國的漢斯·彼得收。非常感謝，《默默》萬歲！你的魯可·烏可。」我問服務生：「是誰交給你這張紙條的？」

「不知道，那位男士連個背包都沒有，他的鞋子髒極了，鞋帶也沒繫好。」

是亞美利哥，我瘋狂的祕魯朋友！服務生告訴我，昨天深夜時，他也在此投宿，房間就在我隔壁。今晨六點左右他又出發了，臨行前給我留了這張字條。「魯可·烏可」，我把這個名字又讀了一遍，不禁啞然失笑。聽上去很像麥可·安迪書中人物的名字。

今天我打算讓飽受折騰的雙腳和膝蓋，再次發揮最高的效能。謝天謝地，氣溫驟然下降。外面是十五度，吹著習習微風，有點像春天的波羅的海，非常適合健行。我頭腦清醒，很有趕路的興致，計畫再次締造非比尋常的紀錄，還要放聲高唱自一九七三年以來，歐洲歌唱大獎賽所有的獲勝曲目。歌聲將伴我走過十五公里的田間小路，然後再踏上公路，接著是筆直的二十公里，一直到阿斯托加（Astorga）。唱歌帶給我許多樂趣，即使半路遇到其他朝聖者，我也不會閉上嘴巴，畢竟這也是我的「假期」，想做什麼就放手去做吧。

一個來自德國南部烏爾姆（Ulm）活潑的女子朝聖團認出了我，她們覺得我奇怪的歌聲很好笑，因此立刻認定，我是帶著隱藏攝影機來朝聖。我證實了這個說法，並讓女士們摸不著頭腦地站在扇貝指示牌旁，等待跟隨我的電視轉播車。我一邊唱歌一邊愉快地繼續前行，心中卻冒出一個問題：難道朝聖的意義就在於熟記〈為我保留你的吻！〉（Save your kisses for me），然後一路上引吭高歌嗎？這雖然令人心情振奮，但是除此之外，還能帶來什麼呢？然而，能夠讓自己心情振奮不也是一樁偉大的事嗎？

那麼低落的心情又是怎麼一回事？或許是我腦袋瓜中那些難聽的歌曲造成的？我的大腦裡演奏著十二音列音樂嗎？即便如此，我也不是刻意而為的。

剩下的路程我決定保持沉默，不再思考。這是在萊昂時席拉給我的建議：「假如一個人不思考，不說話，只是走路並讓身體向前推進，他將無法預料身體會發生什麼事。什麼都不要想！聽起來簡單，做起來卻很困難複雜，然後就會有奇蹟出現！試試看！」我一定會試試的。

不久，我穿過一個小地方，外圍有一所古老的小學，牆上有小孩子歪歪扭扭的字跡，寫著：「我和你。」

我和你。顯然有一個小學生在此用彩色粉筆練習寫字。這聽起來是個主題！我仍保持沉默，不去思考，只是專心走路，而主題就是：「我和你。」我很快又忘了它，嘗試在田間小路上心無雜念地繼續前行，這條路緩緩向上攀升，一時之間不知通向何處。

沉默很簡單，我也差不多習慣了。我從正在田裡工作農夫的身邊走過，無言地向他們問候致意，他們也以相同的方式待我。他們似乎很尊重我的沉默。但是要我停止妄想，幾乎是不可能的。我的念頭總是在哼唱某一首歌曲，或者想著一些毫無關聯的瑣事：「我的房門鑰匙在哪裡？買香菸，腳快斷了，我想吃馬鈴薯沙拉。」

不知何時，我果眞斷了腦中的紛飛妄念，什麼也不想了。然而，心無念頭時走過的路，幾乎不可能去描述它，因爲這時對於事物的感受，是未經過濾，也不做任何評價的。沒有被賦予任何意義或價值的感受，日後很難透過文字表達出來。

所有的一切變成一件事：我的呼吸、我的步伐、風、鳥的歌唱、麥田的波浪，以及皮膚上的清涼感。我在寂靜中行走。行路時，究竟是我的腳在踩著路，還是路在踏著我的腳？沒有念頭的我就沒有了表達，於是乎，景色、聲音和清風都無法讓我留下深刻印象。就連路上一頭死貓的駭人模樣，或是坎塔布連山頭上美麗的皚皚白雪，也是來無影去無蹤，不留痕

跡。這種全然的無壓力狀態是慈悲的境遇，既不會帶來快樂，也沒有感到痛苦。

在這段路的終點，我確定一點：如果不能透過言語與思想來表達，就沒有東西能觸動我！風不行，雨也不能。如果一個人不能偶爾停止去表達他的思考、行爲、溝通、唱歌、跳舞的話，他就會變得自主而孤立，結果是引發源源不斷的壓力。

每個人的表達都會在他人身上留下印象，他人又會在內心形成新的表達，並反過來觸動自己。誰不停地表達，誰就會一直被觸動，這樣就產生了婚姻危機和世界大戰吧，而不知何時這種持續的壓力會讓人變得麻木。寧靜裡沒有壓力，就算我什麼也不想，什麼也不表達，我依然是存在的。

其實走在這條路上，我只是不斷遇到一件事：

▲四處可見寂寞的小狗。

我自己。未來，我不論要表達什麼，都會比過去更加三思而後行。

然後，我完全迷路了。腦海一片寧靜，心中也無念頭，這樣走了十四公里之後，便偏離了朝聖之路。因爲我也沒有留意箭頭或扇貝路標，某一刻，當我又開啓念頭時，已不知自己身在何方。這裡雖然美極了，卻不是我要來的地方。後來我才搞清楚，迷路並沒有讓我多走冤枉路，反而少走了至少兩公里。有一位農夫帶領我穿越人那麼高的麥田，我才回到正確的道路上。想想眞是好笑！一時疏忽導致迷路，結果反而抄了近路。之後，我差不多又這樣心無雜念地走了二十公里，今天沒有平時那樣疲憊，可能是因爲天氣狀況和德國差不多。

快到阿斯托加時，遠處有一條大狗正以沙啞的吠聲迎接我。這是一隻混種的聖伯納，外型非常漂亮，卻因主人疏於照料，神情憂傷地坐在柵欄後面，看守這棟無人居住的度假屋。缺乏維護的空屋大門深鎖，四周圍著柵欄。游泳池裡沒有水，花園內也沒看到像樣的狗窩。牠似乎沒東西吃。當我靠近大門時，這條狗連吼叫趕我走的力氣都沒有。牠一次次絕望地想用流血的狗爪把門打開，十分可憐，讓人看了心裡難過。我透過柵欄撫摸牠，並與牠交談了二十分鐘。然後牠又躺回草地上，用力地喘了一口氣，同意我朝向目標繼續前行。

今天我總共走了差不多三十四公里。晚上抵達阿斯托加時，已經吹起涼颼颼的風了。

本日感悟：可以留到明天再說，事實上它是不可言喻的。我遇見了上帝！

愛的速成班

二〇〇一年七月四日，阿斯托加

或許是因爲昨天多走了十四公里的關係，身體指望能夠好好休息一下。如果一天步行超過二十公里，第二天差不多就報廢了，但是爲了體驗重要的事物，有時候必須把自己搞得筋疲力盡！

來到阿斯托加，我就住在主教宮（Palacio Episcopal）對面的「高第飯店」。主教宮由安東尼．高第（Antonio Gaudí）所設計，建於一八八九到一九一三年間，是座新哥德式建築。這座主教宮展現了想像力之美，鬼斧神工，從五面中任何一面看去，都能給人大異其趣的感受，宛如童話的新天鵝堡（Neuschwanstein）與吸血鬼宮殿的結合。當時，天空正下著濛濛細雨，添加了一股詭譎氣氛。進入建築物內部，造訪者將驚豔於，光線在穿透了圓拱形的鑲嵌彩繪玻璃後，所灑下的奢華光影。

我一面享用早餐，一面欣賞深藍色的堡壘，心中盤算著也許今天可以繼續趕路。此時，史帝夫．汪達（Stevie Wonder）的〈別走得太早〉（Don't go too soon）從收音機裡流淌而出，這分明是對著我唱的嘛！硬是把某項決定與偶然播放的歌曲牽連在一起，雖然有點瘋狂，但是那又怎樣？我就遵照指示留下來，這沒什麼大不了，反正我的時間還很充裕。我相信自己

▲濛濛細雨中，揉合多種建築風格的阿斯托加主教宮，教人驚豔。

做了正確的決定，我要在阿斯托加多待上一天，房間也可以多保留一晚了。

我無法說出或寫下昨天的經歷，它仍是不可言說。不過，我可以向各位大力推薦，不去思考、沒有任何念頭，默默地走上十二公里。

在葛拉尼翁時，我曾對羅麗莎的話嗤之以鼻，她說：「走在這條路上，每個人都會嚎啕大哭一場。不知何時，你只覺得路途遙遙，永無止盡，而站在原地痛哭流涕。」

昨天我一度覺得朝聖之路太漫長了，就站在葡萄園中痛哭失聲。至於爲什麼而哭，我也說不上來。

是因爲疲憊，喜悅？還是兩者都有？在葡萄園中嚎啕大哭！現在不禁覺得好笑。

是的，事情就這麼發生了！我體驗到與上帝相遇。

「我和你」是這趟朝聖之旅的主題，對我來說，也像是沉默的封印。實際上，在那裡發生的，只關於我和祂。儘管小學牆壁上有「我和你」這三個字，但是我和祂之間的聯繫是獨一無二的。

要遇見上帝，必須先對祂提出邀請，不然祂不會不請自來，這也是有禮貌的行爲。我們有自由選擇權，祂會與每個人建立個別的關係。只有眞正懂得愛人的人，才做得到這樣。

在這裡，我一天比一天自由，一路上我的感覺世界反覆無常、陰晴不定，突然間一切有了清楚的意義。我慢慢地將各種情緒調到單一頻率上，於是產生了絕佳的接收效果。全然放空可以形成一種眞空狀態，而上帝會塡滿它。請注意！感受到身心皆空的人，要好好把握人生中這千載難逢的機會。昨天某種感觸敲響了我內心那口洪鐘，它仍在迴響。這條路遲早會讓人動搖根基，震撼一切。我知道，內心的鐘聲將逐漸微弱，但是只要豎耳聆聽，依舊是餘音嫋嫋，不絕如縷。

其實，我的朝聖之路在這裡結束了，因爲心中的疑惑已解。從此刻起，這條路將只會帶給我喜悅。

今天當我注視著連綿陰雨中的阿斯托加時，一直聞到肉桂的味道，甜膩的胡椒透過潮濕的空氣瀰漫了整座城。我最喜歡肉桂的香氣，於是聞香尋覓氣味的源頭。一開始我以爲是麵包坊的飄香，當我踏進店內，卻聞到截然不同的香氣。我猜想高第在蓋主教宮時，曾將肉桂皮填入牆壁的接縫處，因爲氣味正是從這個方向傳來的。主教宮飄散著淡淡的肉桂香氣。

在市議會前的廣場上，我遇到芬蘭人賽皮，我們已經認識彼此，昨天在我沉默行走一段路之後，還與他一起喝了杯咖啡。實際上只有我在喝咖啡，他則是灌了半公升的啤酒。賽皮來自赫爾辛基，年約四十出頭，是個運動健將，個性開朗樂觀，留著一個大光頭。他昨天告訴我，他一天可走四十公里，而他的同鄉朋友沒有人跟得上，所以早在六天前他就把大家遠遠拋在後面了。我問他是如何堅持下去的，他向我透露，自己一路上不停唱歌、暢飲啤酒，晚上在朝聖旅館時偶爾也會大肆慶祝一番，然後唱更多的歌，目前是他人生中最歡樂的時光。然後，賽皮就喝到酩酊大醉，一邊搖搖晃晃走回朝聖旅館，一邊荒腔走板唱著〈再會歌〉（Hasta luego），一陣風吹來，掀走了他的帽子。他離開後，我暗忖著：繼續前進的決定是否正確，他是怎樣做到的？把整段路途視爲狂歡之旅？

今天我又在廣場上碰到他。他站在市議會十七世紀宮殿建築的階梯上，全身濕透，鬱悶地抽著無濾嘴的香菸。

「嗨，賽皮，怎麼了？心事重重的樣子。」我急於知道他的情況。

他一語不發，指了指自己裹著厚厚紗布的右腳，然後才開口說道：「我今天摔了一跤，被一顆小石頭絆倒，我沒有看好路，眞是太不小心了，我怎麼會這麼笨呢？也算我走運，五分鐘後，有一位德國護士剛好經過，她隨身攜帶齊全的急救用品，從藥膏到繃帶一應俱全。眞是不可思議，不是嗎？」

我不以為意地看著他，這在朝聖之路上很尋常啊！如果沒人幫助他，我才會奇怪。親愛的上帝似乎把帶著一堆包紮用品和藥膏的護士，送到這條路上，約絲就是其中一個！

我的反應不如預期，所以他又重複：「眞是不可思議，不是嗎？我很幸運，一整天都沒瞧見半個人影，結果一跌倒，馬上就有帶著急救箱的護士出現。」

「那你現在打算怎麼辦？」我問他。他盡可能展現自己的長處，就是保持愉悅的好心情，並說：「無論如何，明天我會繼續前進。」

我仔細觀察他腫脹的腳，心想：「情況可能不太妙。」我拍了拍他被雨淋濕的肩膀，隨即緩步離開。

對賽皮來說，朝聖的樂趣不再，就像在玩「你別生氣」的棋戲一樣，即將抵達終點前，卻慘遭出局或停賽。如果我們勝券在握，以為可以打敗對手、贏得勝利，正為此歡欣鼓舞之際，突然被踢出賽局，那麼應該繼續玩下去，還是就此打住？

總是這樣，我們必須自己做出決定，在下一盤棋賽中改變態度，以免變成失敗者而永遠離開戰場。遊戲規則不會改變。從來都不是他人打敗了我們，而是個人態度的問題。輸或贏並不重要。如果贏了，就是知道自己贏了。這段期間，我的小腿肚已鍛鍊成兩塊結實的肌肉，希望聖雅各之路別把我踢出局。艾薇雖然出局，但她是個有風度的失敗者；安妮是否眞的能靠腫脹的腳走到聖地牙哥？緹娜還是孤單一人嗎？

昨天我在酒館認識一個西班牙人，當時他非常沮喪，泫然欲泣：「我受不了了，一點都不好玩。我覺得好累，走不下去了。」我問他：「你不喜歡這條路？」他先是沉默不語，接著嘆了一口氣說：「喜歡……但我就是無法再繼續了。」

後來，我繼續前行，看見他坐在一輛巴士上，神色黯然地向我揮了揮手。

賽皮不需要樂趣，他可以自己創造。如今這位風趣的運動健將被困在阿斯托加，只能一跛一跛地行走。我相信，他會再打起了精神來的！

這條朝聖古道之於我有如學校，可以開開心心學到不少事情。運氣好的話，也會遇到令人激賞的好老師。至於那些太艱難或根本不適合我的科目，譬如我無法理解，或是授課的老師教人難以忍受，就逐漸爲我所遺忘。

艾薇是我最喜歡的老師，從她的「信賴」課程中，我學到很多東西；緹娜教我的是「幽默」，一想到她就忍俊不禁；而安妮傳授的「懷疑」是我最感興趣的科目。亞美利哥讓我明白「錯置」造成的傷害，我要學習注意自己憤怒的情緒。帶著十字架、來自安達魯西亞的安東尼，指導我「把握當下」；帽店老闆負責的科目是「誠懇」。格爾德令人傷心又無聊的專業科目是「斷念」；「尖鳥嘴」和「老山羊」的臨時小跟班奧地利女烏忒，她在「穩定性」方面可是位專家。開著標緻車的三個法國人，指導我加強自己的「注意力」。穿著藍色低腰褲的德國女孩，幫我上了一堂「冷靜」的課；羅麗莎在一小時的授課中，告訴我什麼是「奉獻」；維多加強了我的「堅持」；史戴方諾很擅長「自重」。拉蘿傳授我「放鬆」的祕訣；席拉的課程則是「勇氣」；約絲是「改變」的箇中翹楚。酒館老闆維多里歐將「無所謂」發揮得淋漓盡致；巴西女子克勞蒂亞是「自尊」課的老師；芬蘭人賽皮傳授我「歡樂」。沒錯，「尖鳥嘴」，我的影子，很糟糕的學習經驗！都怪我太不專心，我不知道除了地理之外，她還教什麼科目，那些剛好都是我的弱項，而且她還是位嚴厲的校長！

還有很多動物教會我「關懷他人」，昨天十四公里的健行是愛的速成課。一路上，我不斷自問「痛苦」究竟爲何物，我想痛苦就是「無法理解」吧。如果有些事情讓人無法理解，那麼應該要有信心。有時候是我們的態度，讓我們感到痛苦。

明天又有一段艱苦的路程，要慢慢穿越貧瘠的馬拉蓋特利亞（Maragatería）丘陵，到達海拔一千五百公尺高的地方，然後朝向拉巴那（Rabanal）前進。可惜，從萊昂山沒有路可以經過馮瑟巴東！不管樂意與否，我都必須完成這段路。不少人警告過我，到了荒涼的山村要提高警覺，據說那裡有野狗流竄，經常群聚攻擊路人。在這個地區，盡量不要單獨行走，身上也不要攜帶食物。可惜賽皮突然退出，昨天我還相中這位身強體健的芬蘭人當旅伴。現在只能走著瞧了！

本日感悟：心永遠是對的。

安妮，妳聽好喔……

二〇〇一年七月五日，拉巴那

今天早上我到旅館附設的餐廳吃早餐時，有個驚喜正等著我，因爲餐廳內唯一的客人就是安妮和席拉！她們相約在我下榻的旅館喝咖啡，現在我終於明白爲什麼昨天史帝夫・汪達要對我唱「別走得太早」了。

然而席拉一副心神不寧的模樣，顯然剛哭過。她告訴我，她有兩位好友爲紐西蘭的紅十字會工作，結果在斐濟群島遭叛亂份子斬首。

我們趕緊打開電視，收看美國的電視新聞頻道，結果卻傳來另一則噩耗——韓娜羅爾・柯爾（Hannelore Kohl）自殺身亡了。

雖然我對這位德國前任總理的妻子只有粗淺的認識，但對我來說，這則新聞有如晴天霹靂。我只能呆呆盯著電視螢幕。

席拉覺得自己今天無法繼續走下去，打算在阿斯托加多待一天，並透過網路聯繫遠在紐西蘭威靈頓的朋友們。根據旅遊書的說法，明天的路段非常危險，因此我試著說服席拉，與我和安妮一起前行。席拉則淡淡地笑了一下，揮揮手表示拒絕：「別擔心，我有信心！」

我和安妮決定了，從現在開始我們就是一個團隊，大家要結伴同行，我們會先抵達山村拉巴那或艾拉瑟博（El Acebo），然後在那裡等待席拉的到來。沒多久，我與安妮便出發了，朝著山上的方向前進。

我與這位英國女子很快就熟稔了起來，腳下的速度也幾乎相同。眞令人訝異，我們很快就找到共同的節奏，走起來毫不費勁，彷彿是天經地義的一件事。不過剛開始的時候，她對我仍有戒心，似乎又把我的友善解讀爲另有企圖，她以爲我還沒死心，走了幾公里之後，我只好拜託她停下來，然後發表鄭重聲明：「安妮，妳聽好喔！我並不想跟妳發生關係，我是同志！」話一落地，安妮楞了一下，然後瞪大眼睛，開始狂笑，完全沒有想要停下來的意思。她笑到整個人站不住，雙手攀趴在路邊的大石頭上，口中不斷高呼：「喔！……喔！喔！」然後又捧著肚子，笑到前俯後仰。當她終於能舉步前行時，還上氣不接下氣地說：「抱歉，漢斯，我一直以爲你這麼友善，是因爲對我有意思！」

我假裝生氣了起來，要她快快拋開錯誤想法，因爲她根本就不是我喜歡的那一型！這又讓她笑到花枝亂顫，原先刻意裝出來的保留態度也瞬間消失融解。

就這樣，我們兩人都鬆了一口氣。現在，安妮在我面前就像一本攤開的書，她滔滔不絕地訴說，從朝聖之旅的起點開始，一路上碰到的都是恐怖男人，教人不敢領教，而她開放、坦率的個性讓她三次差點陷入險境。這也是爲什麼儘管我看起來很親切，她對我的態度始終很糟，因爲她不想再失望一次了。

她在潘普洛納遇到了第一個怪胎，兩人相偕走了快一星期。這個西班牙男人自稱為「聖雅各古道上首席官方朝聖者」，甚至在名片上印了上述頭銜，還到處亂發，他的名片幾乎散落在每間朝聖旅館裡。我的天啊，真是有毛病！就像米老鼠是迪士尼樂園的招牌人物一樣，難道他想成為朝聖古道上的卡通人物嗎？他穿著棕色的中古世紀修士袍，身上帶著一大堆朝聖者的象徵飾物，如寬邊軟呢帽、扇貝、十字架、山羊皮袋子，以及自製的朝聖者手杖，在朝聖古道上來回往返；然而他的目標並不是聖地牙哥，而是誘騙獨自朝聖的女子到路邊的廉價旅館。當他開始糾纏不休，安妮趕緊擺脫他。這個棕色的「吉祥物」竟然以為安妮跟他跳上床，作為答謝他這些日子的陪伴，是理所當然的。

「妳怎麼有辦法和這種人一起走，即使只是一天呢？」我不禁脫口而出。

安妮也很氣自己：「天哪，我想我是笨蛋！」

在那之後，安妮遇到兩名倫敦的男同志。

更誇張的是，兩人一路上總是在找機會獵豔，這讓安妮十分惱怒。所以當他們決定中斷沒有性生活的朝聖之旅，飛到馬德里去尋歡找樂時，安妮內心還真有說不出的高興。

「你該不會也是在找樂子吧？」她最後一次嚴厲打探，我則以「今天不想」回覆她，讓她稍感安心。

接下來，有兩位年紀略長、來自蘭斯（Reims）的法國男子，一直緊緊尾隨著她，一個名叫雷內，另一個叫賈克，他們老是出其不意地輕撫她的短髮與足球T恤，還說要請她喝

「coffee or tea」，因爲那是他們會說的少數幾個英文詞彙。除此之外，他們也經常比手畫腳地向嬌小的英國女子提出一起過夜的建議。沒想到，居然也有這種人！當然啦，朝聖之路並非無慾望地帶，在某些朝聖旅館難免也會打得如火如荼。

在後來的路上，我們談到不少有趣的話題，諸如夜行的朝聖者、數人頭的修女、瘋狂的祕魯薩滿師，以及其他朝聖客所發生的奇聞軼事。我們的對話難免有許多加油添醋的地方，也經常出現意想不到的笑點，非常有趣，逗得彼此開懷大笑，就這樣我們聊得十分盡興。很自然地，我們也卸下了心防，談到許多私事，由於眞的很私密，所以天知、地知、我倆知，就行了。安妮是利物浦人，風趣又有愛心，個性直率，感覺敏銳，有點容易相信他人，學識豐富，見聞廣博。

她曾在印度北方達蘭薩拉（Dharamsala）待了八個月，那裡是達賴喇嘛流亡的所在地，她在那裡爲僧侶上英語課，同時仁波切也爲她講授佛學。相較於她大方與我分享的寶貴經驗，我從書上得知的佛學知識簡直是小兒科，眞的是與君一席話勝讀十年書。然而，她在八個月中學到最重要的佛法，就是達賴喇嘛簡單的一句話：「拋開雜念！」

「只要在工作上或任何地方有煩惱，拋開雜念，不要反覆咀嚼它，唯有如此才能脫離煩惱！」

安妮因爲工作的關係先後待過尼泊爾、阿富汗、中美洲、佛羅里達、加拿大等地。一九八九年時，她曾於東柏林的大學實習了幾個月，並在克萊馬赫諾夫（Kleinmachnow）住上一陣子。當她以沙啞的嗓音與濃厚的英國腔說出這個地名時，我笑得差點尿褲子，好個「可雷妹克奇古尼烏」！

她的德語還不至於糟得離譜，但畢竟十二年沒用了，在理解方面還是有很大的障礙。但是只要我慢慢說，她仍然聽得懂。

我告訴安妮，我一路上都有寫日記，今天已經寫到三百五十七頁了，她的名字也出現在裡面。安妮非常興奮，迫不及待想知道我是怎麼描述她的。我據實稟報，她搖頭抱怨說：「怎麼都這樣！剛認識我的人，都覺得我不友善！我有那樣粗魯無理嗎？」

我遲疑地點點頭，她嘆了一口氣。其實，安妮也很想寫本書，但她覺得自己缺乏毅力，這倒讓我非常訝異：「妳如果沒有毅力，怎麼可能走了這麼遠的路！就為自己寫點東西吧！」安妮的詼諧幽默與獨到見解，都讓我想打包偷走。此外，她為了一件很重要的事情前來朝聖，她的姊姊罹患克隆氏症，一種嚴重的慢性胃腸疾病，由於目前醫學上尚未有足夠的研究，治療的成果不太樂觀。

為了募集相關研究的資金，伯明罕一家報社藉由每週報導安妮的朝聖之旅，呼籲社會大眾踴躍捐款，以協助成立研究克隆氏症的基金會。當然，安妮也立刻拍了張我倆的合照，下星期就會刊登在伯明罕的報紙上。

這段漫遊路程真是樂趣無窮，我們愈爬愈高，視野也愈來愈開闊壯觀。安妮曾有段時間在溫哥華英屬哥倫比亞大學工作，她和我一樣，都覺得恍若置身於加拿大的山林世界，儘管山峰的高度不及那裡的一半。就這樣，我們緩緩走向令人屏息的大自然景色。

向晚時分，疲憊不堪的我們來到了拉巴那。對於西藏，我的粗淺認識全來自照片，我大膽假設此處風光與想像中的西藏相去不遠。足跡踏遍許多國家的安妮，在一旁語出驚人，她倒認爲這裡與尼泊爾非常相像。於是我們宣稱：拉巴那看起來很像尼泊爾，只不過這裡的海拔較低，遠遠低於尼泊爾！

我決定住進充滿鄉村風味、幾乎客滿的小旅店，安妮則選擇在灰色石砌小教堂旁、也同樣爆滿的朝聖旅館過夜。

本日感悟：獨自漫遊雖然不錯，但是我已厭倦！

說曹操，曹操就到

二〇〇一年七月六日，拉巴那

昨晚，我和安妮在我下榻的旅店隨意用了朝聖餐，這間燈光昏暗、走蒂羅爾風格的附設餐廳座無虛席，幾杯紅酒下肚後，這低矮厚實的拱頂地窖內，氣氛酣暢無比。此刻我卻下定決心，直到朝聖之旅結束前，要保持滴酒不沾。安妮覺得很遺憾，但這項決定對我來說有百益而無一害。

有兩對來自德國施瓦本地區的年輕夫妻坐在鄰桌，整個晚上都很友善，但他們老是盯著我瞧，還不停地咯咯笑，我很難假裝沒看到，也有點受窘。安妮感到疑惑，她不解地問我：「是我的錯覺，還是他們眞的一直在看我們？怎麼回事啊？有什麼值得他們猛盯著我們傻笑？」我聳了聳肩表示也不清楚。我沒有興趣跟她解釋，她在英國的深夜節目偶然看到我的秀，然而在德國不但是熱門的播出時段，還有數百萬觀眾準時收看。也許，她認為我是德國鄉下來的有志青年，而我也就不去辯駁了。有朝一日，她會發現我所做的好事，到那時我們還有時間可以多了解一下彼此。

當安妮去化妝室、留下我一人時，這群南德人趁機跑來，客氣有禮地向我索取簽名照。我並沒有把簽名照一起打包帶上路，於是趁著安妮回來前，趕緊在啤酒杯墊上畫幾個漫畫圖案、簽上名字，眼看即將大功告成。就在我飛快簽上潦草的名字之際，安妮突然站到我身邊，瞪大了眼睛。幾位事主立刻向安妮道謝，並與我握手，接著井然有序回到他們那一桌。安妮看著他們的背影，好奇問道：「他們想要做什麼？」我繼續撒謊：「沒什麼，只是問個路而已！」她的臉部表情又跟上次在聖多明哥一樣垮了下來：「問什麼路？你對這裡根本就不熟，難道你曾經來過？」情急之下，我的謊話愈扯愈荒唐：「不是的，他們在問德國的路！他們是德國人，不過這無關緊要，重點是他們很友善。」安妮全然不信：「很友善？如果握手道別，然後又坐到三公尺外的地方去，這未免也太友善了吧，還是你們在德國都這麼做？」這個話題算是結束了，勉強逃過一劫。

今晨，我們又碰面吃早餐，對於出發上路，安妮和我都顯得意興闌珊。想想看，在拉巴那一千一百公尺的高山上，有一座袖珍版的中國長城，美輪美奐，我們兩人由衷歡迎任何暫停健行的計畫。然而到目前為止，沒有人願意先開口，只是懶洋洋地拖延早餐，不斷抱怨走路這件事，把它說得很糟，對於「停留」隻字未提。

安妮有如勤勞的工蜂，每日完成既定行程，這種態度也對我產生影響。昨日的戒酒宣言更讓安妮視我為苦行僧，懂得朝聖計畫嚴謹的重要性。

我抬頭望著萬里無雲的天空，大言不慚地說道：「嗯！今天看來會下大雨！」一場由我先起頭的各說各話於焉展開。在英國恐怕沒有人會像安妮一樣，毫不給人面子，她回嗆：「你在鬼扯什麼？下雨？今天我們可能會熱死在路上，天氣變得愈來愈熱了！」

我們就這樣你來我往地瞎扯，直到點了第四杯拿鐵咖啡，終於異口同聲說出：「拜託！我們就待下來吧！」由於朝聖旅館住過一晚就必須離開，所以安妮立刻換到另一間位於村界的朝聖旅館，我則將房間再延一晚。這一天風和日麗，我們恣意晃蕩，欣賞風景，消磨美好時光。席拉或許也會趕到，她若見到我們肯定會很開心。

我突然想到，昨天在路上，我跟安妮提到祕魯薩滿師魯可．烏可的故事。安妮一直以懷疑的眼神看著我，最後還下結論說：「漢斯，很抱歉！我喜歡你這個人，整個故事也很有趣，但是沒有半點可信度。」

我知道自己句句屬實，因此態度堅決地告訴她：「不！請相信我，眞的有這號人物，一切都是千眞萬確，絕無虛假！」

面對安妮，我突然覺得自己太天眞了，換成是我聽到這故事，也會以爲是憑空杜撰的，要不是親身經歷過，我絕對不可能相信！我也有點氣自己，爲何要對安妮說呢？現在她或許認爲我頭腦不清，一定是這樣的。何況我也知道，她喜歡質疑一切。當時我眞該閉緊嘴巴的！

今天我們共進下午茶時，她又再次提及這個話題：「你眞的相信魯可．烏可的故事？」

我該否認嗎？不，我把故事又說了一遍，但是我愈想澄清，聽起來就愈瘋狂。於是我告訴安妮，不要再談這個話題比較好。拋開雜念！

天啊，眞希望那個「無齒」之徒立刻現身，我就有活生生的證據，能向安妮證明自己所言不假。就因爲這個荒謬的故事，讓我們兩人一整天都有些不自在。

傍晚時分，鄉村小教堂的鐘聲響起，呼喚朝聖者前來做彌撒。我和安妮為了祈求一路平安，拖著疲憊的身軀，走向這座深色外牆的中世紀教堂。朝聖者也紛紛湧進，只剩下前後一兩排還有幾個空位。個頭嬌小的安妮想要坐到前面，因為前面有許多德國人，我寧可與當地的一些老人家坐在後面，所以我們便分開坐。之後陸續前來的朝聖者逐漸填滿了空位。

正當眾信徒開始吟詠讚美詩之際，教堂的古老木門嘎地一聲開啓，然後又彈回原地，發出砰然巨響。我怒氣沖沖回頭看，頓時，我還以為自己出現幻覺。

魯可・烏可一拐一拐地走進教堂，受傷腳上的設計師鞋款早已開口笑，他蹣跚地穿過教堂大廳，想直接走向祭壇。不可能！他是怎麼辦到的？突然間，我全身冒起雞皮疙瘩，觸電似地跳了起來，胡亂比著手勢跟安妮示意，並指著這名奇男子，大力放送我的輕聲細語：「就是他！」

安妮似乎沒有理解，還舉起食指放在嘴前，警告地說：「噓！」

此時，亞美利哥四處張望尋找空位，正在猶豫是否該離開教堂，於是我發出聲音：「喂！喂！」喚他過來，還拜託旁邊已經非常瘦小的西班牙阿嬤再擠一下，好挪出一點空位來。魯可・烏可認出了我，滿臉欣喜，像個小孩尋獲失蹤已久的父親，立刻朝我這一排奔來。當阿嬤發現我以誇張的手勢招來的是何方神聖之後，當下目瞪口呆，從這表情研判，她應該也以為自己出現幻覺。

魯可・烏可蹲在我旁邊，他不僅渾身汗臭，而且酒氣沖天，我也只能硬著頭皮擁抱他，一旁的阿嬤示威性地猛搖扇子，想藉此驅除異味。亞美利哥突然以低沉的嗓音加入吟唱的行列。吟唱結束之後，神父開始佈道，亞美利哥因醉意而不時發出輕微的打嗝聲，我故意以西班牙語嚴肅地說：「你不能醉醺醺地跑來望彌撒！」

他卻用極為流利的德語回答：「我只是微醺而已！」

「你說德語嘛！」我終於可以用母語追問他，然而他卻神遊去了，好像從未用德語跟我交談過，並恍惚地以西班牙語咕噥道：「我不會說！」

彌撒結束後，我和他一起快步走到教堂前鋪著石板的廣場上，我抓著他那有點骯髒的襯衫袖子，力道溫柔，但絕不鬆手。在安妮還沒有認識他，而他也還未把整個故事說清楚之前，我絕不會讓他溜走的，就這樣我們杵在小小的教堂門口。忽然間，魯可．烏可開始像個小孩般哭泣，不停地對我說：「我的天使！你是我的天使！」並將這項振奮人心的消息，昭告陸陸續續從教堂出來經過我們身旁的信眾。

當安妮終於步出教堂大門時，我用英語對她大喊：「就是他！這就是他！魯可．烏可！」還忍不住露出一臉得意的神情，彷彿自己剛釣上一尾大魚。安妮站在他面前，宛如腳底生了根，我還以為這是她驚訝的反應，卻見她冷冷地說：「這人不是魯可．烏可！他叫做霍赫，是厄瓜多人。」

這下可有趣了！

我隨即補上完整的資料，說道：「這位先生來自祕魯，大名是魯可．烏可，已婚，育有二女。」

「這也不對！」安妮嘲笑說：「他有個兒子！是他親口告訴我的。」

這個兼具亞美利哥、魯可・烏可或霍赫三重身分的南美人，正千方百計想要擺脫眼前的窘境，他堅稱關於他的資料都是正確的。他跟現任妻子有兩個女兒，住在祕魯，與前妻所生的兒子住在厄瓜多；他本人在厄瓜多出生，後來才搬到祕魯庫斯科的印第安部落。由此可見，一個人可以多麼狡猾。

「你究竟是誰？」似乎是最恰當的問題。安妮偷偷用英語跟我說，她和霍赫曾在路上因爲巴塞隆納T恤而大起爭執，但她並不想告訴我，當時究竟發生了什麼事，因爲那也跟我的故事一樣怪異。啊！看吧！

這時，這個南美人——這樣稱呼他並無惡意，因爲從他的口音聽來，他肯定是來自南美洲——站在我們面前又開始痛哭失聲，他抱怨自己遭到朝聖旅館的拒絕，只因爲他身上沒有背包，所以被當成遊民，而不是朝聖者。他像剛入學的小一生，驕傲地把金色朝聖護照秀給我看。這本護照是他聽了我的建議之後申請的，上面清楚印著「霍赫」的名字與其出生地厄瓜多。

「朝聖旅館不能以無床位爲由，拒絕擁有朝聖護照的人。」我跟他解釋。

「沒錯，」安妮說著流利的西班牙語，支持我的說法，然後要我們跟她一起到朝聖旅館。就在「Let's go!」的號令下，她將我們領至灰色石屋。在那裡，安妮當著朝聖旅館負責人的面，以純正的西班牙語大聲抗議，並像軍隊班長般下達命令，要求遵照規定安置這名南美人。此時，同感憤慨的我也以西班牙語大發議論，疏導怒氣，並運用西班牙語的送氣音和強勁的舌尖顫音「R」，暢快地痛罵了一番。

朝聖旅館的神父很快就讓步，給了霍赫一個床位。隨後在教堂廣場上，老淚縱橫的南美人想要回報安妮一個熱情的擁抱，但被安妮技巧性地閃避了。「我該如何報答你們？」他哭著說。「那就跟我們一起去用餐吧！」我隨口說出。安妮惡狠狠地瞪著我，彷彿要賞我一記火辣辣的耳光，於是我安撫她說：「當然，你們都是我的座上賓！」

安妮邊發牢騷，邊跟我和霍赫走到教堂下方的一間小酒館。我們幾乎還沒坐下來，就點好菜了。我請我的客人敘述「魯可．烏可」故事的版本，名字不同並不會改變事實內容，霍赫卻無意於此，他一副雲淡風清的模樣，絕口不提。他啜飲著紅酒，想要閒談其他事，我則完全不能苟同，仍想探究原因：爲何他要拿希特勒來做比較？他哈哈大笑說，那是個很糟的玩笑，我可能無法體會，但至少對我有益，讓我把怒氣發洩出來，我應當感到高興，不該再追究了。「你從哪裡知道我有養貓？你一定認爲在德國每個人都有寵物吧！」「所以呢？」他友善地注視著我，接著問：「在德國眞的是這樣嗎？」我遲疑了片刻，回答說：「當然不是這樣！」他淡淡一笑，說：「那就是了！」

我還想解開最後一道謎題，於是我轉以母語發言。「請用德語說點什麼吧！」我挑釁地高聲說道。霍赫不解地看著我，還死皮賴臉地表示，除了西班牙語，他不會其他語言。安妮在一旁以英語對我竊竊私語，他只是個可憐的人，喜歡亂扯，我們應該盡快用完餐，然後打發他走。

好的，沒問題！逝去的夜晚時光已無法挽回，於是我開始加快進食的速度。

安妮穿著巴塞隆納足球隊的T恤，霍赫因而想知道安妮是不是巴塞隆納足球隊的球迷？安妮顯然沒興趣談論這個話題，於是跟他解釋：「不是！你已經問過我了，這件T恤是我唯一能找到有著半長寬大袖子的衣服，這樣我的皮膚才不會曬傷，這就是我穿它的原因。」她是否意識到自己正穿著一件衣服，表明著不是她的意見的意見，霍赫以輕鬆的方式想要讓她明白這一點。這頓飯和話題不怎麼合安妮的胃口，她開始變得有些焦慮。霍赫仍窮追猛打足球的話題，頭腦突然間變得很清醒。他十分有技巧地誘導安妮，與他進行一場媲美足球專家的對談。他跟安妮一樣對英國足球聯賽極為熟稔，安妮也開門見山坦承了，她是里茲（Leeds）某支隊伍的忠誠支持者，兩人的談話愈趨專業，不時穿插著西班牙語的足球術語，而我不再感興趣，暫時退場，安妮卻更顯焦慮。在一旁聽著兩人爭論，似乎有點愚蠢，於是我樂得放空，輕鬆片刻。

等我回過神來時，兩人正為了某場比賽的分數爭執不休，安妮用西班牙語大聲責罵他，並在激辯喘息的空檔，撇了我一眼，說：「他還會說英語！」

眞的愈來愈有意思！我吃力地聽著兩人的對話內容，儘管有太多不懂的足球協會名稱和比賽裁決，但反而能更仔細觀察爭論的過程，並從臉部表情及聲音來判斷雙方的情況。顯然安妮的問題是容易激動，不太能控制情緒，而魯可．烏可看起來雖然也有些激動，然而神情卻是全然放鬆。這位利物浦女子幾乎瀕臨爆發點，差點沒把紅酒潑到對方臉上。

霍赫看出安妮的弱點，想盡一切辦法要點醒她。安妮對足球話題的反應過於激烈，此外，她很容易動怒，往往一發不可收拾，失去自制力。霍赫又說了一句話，立刻被她摑掌，而這記耳光原本是要賞給我的。安妮認爲他太蠻橫無理，也是個好管閒事的騙子。難道說，這就是他向我們致謝的方式？先對我們進行性格剖析，然後送上他的研究報告。沒錯，他給人一種胡言亂語、招搖撞騙的感覺。他大概也不清楚自己招惹了什麼，不論他爲何這麼做，他幫助了安妮，而安妮遲早會察覺這點的。

整個晚上氣氛愈來愈僵，於是我建議不點餐後甜品了，儘管我心裡對餐廳自製的加泰隆尼亞烤布丁「哈」得不得了。

在教堂前，我們與魯可．烏可道別，他篤定地說：「你們一定很高興終於能夠耳根清靜了，對不對？」然後帶著笑容，搖搖晃晃地走向他的床位。我和安妮繼續散步，在山村中進行這一天第五趟的巡禮，途中我們沒有聊很多，安妮只是隨口提了一下：「那傢伙是個江湖騙子……儘管如此，我還是太激動了！」

本日感悟：有時愛煩人的人是想幫助我們。

不怕惡犬，只恐虐犬

二〇〇一年七月七日，馮瑟巴東與艾拉瑟博

今天早上，我與英國健行伙伴很早就動身出發了，一路上心情快活。想想眞是有緣，我們剛好從這段路程開始結伴同行，其實早在踏上朝聖之路時，我就對這段路心存恐懼，很怕到時要孤單一人去面對馮瑟巴東鬼鎭上四處流竄的野狗。打從一開始起，我就不想獨自走這段路，任何人陪我都好，如今我有安妮作伴，眞是太幸運了！

逐漸接近馮瑟巴東時，我們兩人緊握朝聖楞杖嚴陣以待，彷彿四周埋伏了數百條兇猛的野狗，對我們虎視眈眈，只要牠們群起而攻，我們絕對招架不住。早期這裡經常有成群的狼和土匪出沒，在我的想像中，卡札迪亞德拉古耶札那隻醜陋的野狗，就是他們無所畏懼的大頭目！感覺上已經是風聲鶴唳、草木皆兵了，還要吃力地爬著上坡路，穿越一座偏僻、茂密的森林之後，就到達必須提高警覺的目的地。不過如果是兩人同行的話，一切就可以忍受了。在步行了一個半小時之後，我們來到山丘上，遠眺馮瑟巴東的深色石頭廢墟。

當我們終於來到這座幽靈聚落的中央時，一隻灰色、瘦弱、梗犬般大小的狗遲疑地走向我們，牠又病又弱，渴望人們的撫摸。

其他幾隻狗害怕地蜷縮在角落裡，都只是無害、渴望關注的動物，想要尋求庇護。有一

隻漂亮的混血狗意圖良善地邊跑邊叫，興奮地繞著我們打轉，不時用力搖著尾巴。馮瑟巴東鬼鎮上的惡犬故事想必是個謠傳！至少安妮和我並沒有遇上，不知道牠們會怎麼對待心生恐懼的夜間朝聖者。

在一個有如洞穴的廢墟中，出乎意外有一間很特別的餐廳，才開張了一星期。店名是蓋亞餐廳，專門烹調中世紀的菜色，食材都非常新鮮，甚至連水也是汲取自井水。一對身穿中世紀服裝的母女，就站在老舊的壁爐前烹煮豐盛的餐點。我們與這對母女閒聊了起來，這讓我確定了一點，與英國博士優雅有程度的西班牙語相較，我淺薄的日常用語完全不值得一提。安娜確實充分利用了她在尼加拉瓜作田鼠研究的時期！

餐後稍作休息，我們繼續邁開大步，朝向坎塔布里亞山區的下一個頂點艾拉瑟博（El Acebo）。在舒適宜人的天氣下健行，還算享受，中途我們停下腳步，欣賞壯麗雄偉的景色。我著迷地聽著安妮解說藏傳佛教，並感到全然地放鬆，因爲她的解說和大自然是如此相得益彰。

一路上很寧靜，除了我們似乎沒有其他朝聖客。走了三分之一的路程之後，來到一座山丘上的朝聖民宿。我們人還沒到，就響起了陣陣鐘聲。後來才知道，每當有朝聖客接近時，那裡便會敲鐘預告。路邊還可以看到色彩繽紛的木製指示牌，指引朝聖者前往歇腳處。此外，許多自製的手繪指示牌標示著柏林、耶路撒冷、羅馬、紐約、布宜諾斯艾利斯、雪梨等世界各地的方向，格外引人注目。

一對年輕的嬉皮夫妻歡迎朝聖客的蒞臨，並虔誠地獻上祝福，希望在這條路上，每個人心中的上帝都能甦醒。這個可能性可能很低吧，我心想。因爲小屋後方有隻牧羊幼犬，被他們拴在只有一公尺長的鐵鍊上，烈日之下，牠就快要渴死餓死了，絕望地舔著眼前生鏽的罐頭，但願裡面還有什麼可以吃的。見此狀，我內心的上帝立即甦醒過來而且是滿腔怒火，我面容一整，正色地向那位太太要一個塑膠碗，而她一臉納悶地把塑膠碗遞給我。我走到水槽邊，將碗裝滿水，然後放到痛苦等待許久的狗兒面前。這隻幼犬喝了一碗又一碗的水。我問今天這隻小傢伙是否吃過東西，針對這個問題，嬉皮太太簡潔地回說：「沒有！目前沒有東西給牠吃！」我追根究柢問小狗要拴在鐵鍊上的原因。「不這麼做，牠會跑掉的！」好一個驚

▲如果朝聖者想確定更遠一點的方向，這裡有世界各地的方向指示牌。

人的理由。沒錯，如果牠夠聰明的話！

這對夫妻根本就是僞君子，怎麼有人會對痛苦絕望並發出哀鳴的動物置若罔聞，與此同時，還口口聲聲祝福朝聖者能夠發現內心的上帝，他們肯定沒有發現自己心中的上帝。雖然屋內隨處可見十字架和聖母馬利亞肖像的擺設，卻是間道貌岸然的木屋。這些都令我作嘔！後來在小屋前遇到一位美國人和澳洲人，他們對花園內造型簡單的陶製人偶讚嘆不已，我問他們是否看到小狗因飢渴而哀鳴？「有啊，牠好可愛喔！」膚淺的業餘朝聖者認爲小狗很可愛、這地方很優美、當地人很友善。眞是荒唐！但願有人會同情這隻幼犬，帶牠脫離這裡。最好是由我來執行這任務，但我不能在光天化日之下偷走牠。

一小時之後，安妮和我準備動身上路，這隻狗傷心欲絕，在我們背後不停哀嚎。等到我從悲傷的情緒中恢復神智，相信自己把牠留在那裡是個錯誤時，我們已經默默地走了好一陣子。

我應該屈服於一時的衝動，那樣的話，忙得焦頭爛額的嬉皮夫妻保證很高興，能夠擺脫哀鳴不已的狗兒，而我會高興自己多了個機靈的伙伴。現在卻只能徒呼負負。

安妮對我曉以大義，帶著狗兒朝聖是行不通的，我做的才是正確無誤的決定。我向她解釋，我期許自己每日都能履行朝聖之路上出現的要求，基本上今天的任務非常簡單：把小狗帶走！

如果，貫徹這項原則意味著必須中斷旅程，那麼我也會這麼做。

我的錯誤之舉純粹出於自私自利，我無法爲自己找理由，太多的朝聖者都在這麼做。我果斷地告訴安妮：「下次再遇到相同狀況，我一定會把狗帶走！」

「我敢打賭，你不會這麼做！」安妮調皮地向我挑釁。

我們到達聖雅各之路的著名據點：橡木樁上的鐵十字架（Curz de Ferro），它豎立於海拔一千五百公尺的山上。來到這裡，朝聖者都會朝十字架丟擲從家裡帶來的石頭，我和安妮也不能免俗地這麼做了。這項傳統流傳千年之久，朝聖者藉由扔擲石頭象徵拋掉自身的煩惱。我爲這個已有數公尺高的石堆送上一塊青金石。

站在伊拉格山（Monte Irago）峰頂的十字架前，了解到自己是憑著一己之力走上來的，感覺無比振奮。正當我和安妮在這片孤獨的山林世界中，默默注視著太陽下閃閃發光的十字架時，一輛掛著德國車牌的福斯Passat汽車，就在這條狹窄的山路上停了下來。一對男女下車走向我們，女子認出我後，便問我是否眞的是徒步走上來的？我據實以答，是的，但有那麼一瞬間，我也不禁自問，我眞的不是那個開著 Passat 上來這裡的人？這名女士拜託安妮爲我和她拍張照片，這舉動讓安妮困惑不已。兩人很快又離去了，安妮於是問我：「爲什麼他們想要跟你合照？」我解釋說，那名女士想跟眞正的朝聖客合影留念，而聰明的她並不相信我說的話，她認爲那位女士也可以跟她合照，而且我的同胞在我面前的舉止很幼稚，是不是有其他原因？

今天我還沒有精神跟她解釋我是做什麼的，於是沉默有如鐵十字架。雖然我真的熱愛我的工作，但是關於我的職業，現在我還不想透露隻字半語。

我曾與非德語地區的人發生過一起「肉丸子」誤會事件。有一次在柏林，我受邀參加戲劇的首演，結束後有個小型宴會，我被安排坐在幾位法國文化部代表的旁邊。我的法語還說得過去，但若要一整晚以法語進行正式的社交談話，就會稍嫌生硬粗淺，而席間法國方面的負責人僅以母語交談，我也只能努力硬撐。

當晚坐在我旁邊的是位女祕書長，關於她的職業，我好不容易從她冗長的解釋中得出結論，而她亟

▲伊拉格山的鐵十字架默默豎立著，腳下聚集了來自世界各地的石頭。

欲進一步了解我的職務，我則簡潔地說：「喜劇演員！」對這位女士來說，我似乎不再是個聊天的好對象，因爲她驕傲地表示：「這樣啊，喜劇演員！您一定不怎麼有名吧，否則我應該認得您！」席間其他賓客似乎也覺得這話頗具「娛樂性」。剛好我嘴裡塞進了一顆肉丸子，也沒心思回應她，反正這位女士的舉止並不算得體。「那麼您認識哪些德國喜劇演員？」我靠近她耳邊，嘖嘖有聲地說。她倒抽一口氣，然後又緩緩吐了出來。其實，她只認識一位德國喜劇演員，可惜並不知道他的名字，但是那人很傑出，又有機智……，她霹哩啪啦說了一堆。「他做過什麼演出呢？」儘管咀嚼著肉丸子，幾乎是口齒不清，我仍然很想知道。她立刻誇耀地說：「您一定知道這個人的！他扮演過荷蘭女王的角色，甚至還在法國上了新聞！」瞧！這可不是在說我嘛！我感到受寵若驚，於是向她保證，今天是她的幸運日，因爲她尋找的人就近在眼前，然而她的反應卻是火速跳開，彷彿我是掠人之美以自誇、惡名昭彰的大騙子。對我來說，那一晚並不重要，儘管發生了這樁軼事趣聞。

安妮和我懷著虔誠的心，默默注視著十字架。我的上帝，我居然能夠堅持到今天，安然度過了危機，不再有中途放棄的念頭。安妮與我大聲自問，目前爲止我們學到了什麼。

我試著向安妮描述我的想法：「如果想像自己心中有光亮，而我的心也接受這件事，並升起一股愉悅、悲天憫人的情懷，這感覺眞的很好。但是當我腦子又開始運作並想到，我的天啊，這有夠瘋狂的，趕緊停下來吧！人應該還是要冷靜、理性地觀察人生，別再胡思亂想了。這時，感覺就不太好，因爲疑惑又來折磨我了。」

安妮簡單地下了評論：「拋開雜念！」

我們最重要的領悟就是繼續前進！此外，我還學會了去質疑自己的判斷，以便在仔細推敲之後，能夠信任它。對我而言，在信與不信之間取得平衡，或許是個重要的課題。基本上：要相信自己的判斷，而小小的測試並不會有害。從現在開始，我要以對待新車的方式對待自己，基本上人們可以信賴新車，因爲它才剛出廠。但偶爾進廠維修檢查，可減少故障的發生。

只要你不是爲了好玩而闖入銀行，並挾持銀行職員，大可憑感覺行事，否則，最後就是「不信任投票」的時刻。只要你覺得好，沒有人因而感覺不好的話，請相信你自己。安妮的看法則是釋放，放手一切！

好了，現在石頭扔了，這只是個象徵而已！等到回去時，我將知道當初扔擲的石塊，是否安然地躺在十字架腳下的石堆中。在接下來的路程，我還拋棄了一雙襪子。不記得自己穿了多久、洗了多少次，總之它已破舊不堪，無法再穿了。我在途中一家商店，買了雙漂亮的天藍色毛襪。

無疑的，艾拉瑟博是此趟旅程的重頭戲之一。這座童話世界般的山中小村，有如燕窩高懸在一千公尺的山峰上，眺望傳說中綿延無垠的克爾特風景。

我說服安妮和我共住一間，這樣我們就能分享廣場上一間古老旅社的三人房，那房間擁有遠眺山脈的絕佳視野。在連續近三十個晚上，安妮不是睡在擠滿人的大廳，就是冷冰冰的帳棚，現在她也很想重返私人空間，而我很樂意與她共享這個大房間。無論如何我都必須支付這最後一間空房的費用，所以我邀她同住，畢竟我們稱得上是朋友了。我有種感覺，好像認識她幾百年了。我們是否眞的能一起走到最後，且拭目以待。

抵達村落後，安妮的夢想是好好睡一覺，而我希望來杯咖啡。於是我坐在這間中世紀小客棧的荒蕪花園裡，在搖晃的桌面上，努力寫我的日記。花園圍籬另一邊的芳鄰，雖然沒有佯裝有虔誠信仰，但也有條不快樂的狗，一隻成年的哈士奇。大太陽下，牠在骯髒、沒有遮蔭的鐵籠裡無助地喘氣。這是怎麼回事？疏於整理的花園相當大，四周也圍有籬笆，狗兒根本不可能跑掉的啊。我實在寫不下去了，因爲這隻狗哀嚎、嗚咽個不停，整整兩個小時都未曾中斷。屋內不時傳來女主人的斥責聲：「印卡，別叫了！」其他鄰居似乎也對這無情的場面司空見慣，不見隔壁有任何具體行動。

我無法理解如此與其他生物相處的人，難道這些人也把自己銬在鍊子上，不然怎麼有辦法整天忍受狗兒絕望的叫聲。還是，那能掩蓋他們自己靈魂絕望的痛哭？

我越過籬笆，試著安撫印卡，此種少量的關注讓印卡更瘋狂，我忍不住滿腔怒火，用西班牙語對著鄰舍吼叫：「這是怎麼回事？住在這裡的人都沒有愛心嗎？」

語畢，不到十秒鐘，有個膽怯男子從屋內走出來，沉默地打開鐵籠，解開鍊子，讓印卡在大花園內盡情自由地奔跑。

印卡非常興奮，就像脫韁的野馬，立刻跑到花園另一側有遮蔭的地方，還在草皮上打了幾個滾，最後便安靜了下來。就這麼簡單！

我心中的石頭總算落下。這隻母狗看起來十分茫然，似乎不能理解自己爲何突然不用再忍受痛苦了。

現在我覺得好多了，印卡亦然！

安妮整個下午覺得很疲累，不想有太多的活動。傍晚時，我們就在這個充滿童話魅力的小地方悠閒地散步。在朝聖古道通往曠野的入口處，有一座小小的紀念碑，以藝術的形式，結合了一位德國朝聖者變形的腳踏車，頗令人難忘。該名腳踏車騎士在行經艾拉瑟博時，不幸摔車喪命，於是村民協力興建了這座紀念碑。不幸的是，他並不是唯一在這條古道上失去生命的人，一路上經常可以看到刻有名字的小小十字架，並且有許多鮮花。這些十字架提醒著過客，此地曾有朝聖者不幸喪生，他們有的是因過於疲憊，心臟衰竭致死，有的則是被車撞或摔車。在這些紀念往生者的地方，讓人嚴肅地意識到自己正面對著什麼樣的挑戰。

距離聖地牙哥還有兩百二十公里。

本日感悟：我只說重要的事，其餘的不必費脣舌。

嗨！肚子裡的寶寶好嗎？

二〇〇一年七月八日，艾拉瑟博

昨夜安妮鼾聲大作。只要有人打鼾，我就無法入睡，於是大膽地向「宇宙」祈禱：「聽好！你一定有辦法在五分鐘之內停止這鼾聲，而且不會讓這可憐人的腦袋受損！」

幾分鐘後，安妮果然停止打呼，安靜無聲地一覺睡到天明，眞是太了不起了！我要向偉大的宇宙致敬！

不再孤單一人走路，一切變得輕鬆多了。安妮很幽默，總是讓我笑口常開，時間也因而過得特別快。在阿斯托加，這個對的時間點上，我們再度相遇。獨自壯遊是一種重要的體驗，但與朋友結伴而行，可以實際應用從理論上學到的東西。我們同行的時間愈長，愈是樂在其中。

起床後的安妮一副一蹶不振的模樣，整個人無精打采，加上我也沒有動身出發的心情，因此我們決定在艾拉瑟博待一天，也是爲了等待席拉的到來，否則我們可能會與她失去聯繫。倘若她趕到的話，我們甚至還有一張空床位。安妮又躺了下來，沒一會就睡得不省人事。

忍不住大清早飢腸轆轆的催促，我來到一樓的餐廳，並向櫃檯說明要多住一晚，儘管牛眼窗上已掛著「客滿」的牌子，但很幸運地我可以再延一晚。現在，想要立刻找到空房，可不是那麼理所當然的一件事。這裡的早餐除了乾澀的蛋糕、餅乾和咖啡之外，就沒有其他餐點了，不過我已經習慣了。

我細細品嚐著清淡的早餐，而餐廳內來自世界各地的朝聖者熙來攘往，好不熱鬧，其中有一個阿根廷的朝聖團，正在為一名壽星歡慶生日。這時，一位汗流浹背朝聖者走了進來，豐腴的臉龐讓我覺得很眼熟，原來是博登湖朝聖客，他疲憊不堪地站在門檻上喘氣。沒想到會在這裡遇到他，「尖鳥嘴」和格爾德該不會隨後就到？

餐廳內已沒有多餘的空位，我用德語招呼他到這桌來。當然，我劈頭就問他，格爾德和「尖……」，噢，不，他太太在哪裡？「她叫做英博格，」相識不久的朝聖者向我吐露了這個天大的祕密。對了，博登湖朝聖客叫做湯瑪斯。

原來「尖鳥嘴」的芳名是英博格！我很好奇，湯瑪斯是在哪裡拋下她的，他聳肩答說：「不記得了。有一次那兩人的爭執實在讓人受不了，我就撇下他們不管了！」

之後，博登湖朝聖客又展開他慣有的奇怪對話，可見他是個非常忠於自我的人。喝咖啡時，他亟欲知道，我與最近在路上認識的小男孩都在做什麼？

「什麼小男孩啊？」我摸不著頭腦地問道。

「就是那個一頭紅髮、身穿足球T恤的小男孩！」他記得小男孩是這模樣，最多才十二歲，不是嗎？

不會吧！他指的是安妮！從遠處看，安妮確實很像小男生。這下可好！現在所有人都認爲我帶著一個小孩子朝聖了。博登湖朝聖客用懷疑的眼光打量我，我連忙解釋：「你是說她啊！她是跟我交情不錯的女性友人。」女……女人？一個女人怎麼可能看起來像個小孩子，他堅持己見。

「沒錯，是女人，」我有點神經質地重複：「而且這個女人已經四十三歲了。」無論如何他都不肯相信我，他認爲自己絕對沒有看走眼。

多虧了安妮天賦異稟，總能掌握最佳時間點，適時出現。未幾，她就來到我們面前，同時身上穿著她最喜愛的運動衫，於是我指著她說：「請看！這就是你口中的小男孩！」湯瑪斯的反應則是漲紅了臉，立刻起身走人。我跟安妮敘述這個滑稽的故事，她

▲朝聖之路上的同伴。

笑到停不下來，捧腹彎腰，還岔了氣，頭也差點敲到結實的桌面。這件插曲爲今晨劃下完美的句點；此外，接連不斷的精闢妙句也爲這美好的一天製造不少笑料。我曉得，天底下最無聊的事莫過於向人解釋笑話了，但我仍要嘗試一下，想了解這則笑話的箇中奧妙，理想狀況是通曉西班牙語和英語。

嗯，話說有位曬得紅通通的美國女子，拖著疲憊的身軀踏入朝聖餐廳，阿根廷團很高興這位女子的到來，其中一位立刻奔向前迎接她。美國女子顯然會說一點西班牙語，而阿根廷女子用英語也勉強能溝通，因此接下來的對話夾雜了兩種語言，現在就讓我們來慢慢欣賞吧！

阿根廷女子溫柔地撫摸美國女子的腹部，以英語問道：「寶寶的情況如何？」

此時，美國女子完全摸不著頭緒，回問：「什麼寶寶？」

阿根廷女子說：「妳用西班牙語對我說，妳懷孕（embarazada）了啊！」

美國女子立刻以西班牙語承認，說道：「沒錯！我的確有說，我懷孕了（embarazada）。」

阿根廷女子有點困惑，於是又以英語問說：「So you are embarassed?」她是想問：妳懷孕了？然而英文「embarassed」的意思卻是「尷尬」。

美國女子終於恍然大悟，表情開始有些扭曲，說道：「啊！我以爲embarazada是尷尬的意思！」

阿根廷女子當然以爲embarazada就叫做懷孕！自然也沒察覺到自己的誤解，而免不了要覺得美國女子莫名其妙了。

於是兩人各自散去，不再交談了。

這個偶發事件饒富興味，直到中午，我和安妮都在上頭大作文章，一直笑個不停，還延伸出精采的「笑點橋段」。眞是有趣極了！那個詞彙在兩種語言中肯定是個爆點。接著，安妮和我輪流講述自己經歷過最荒謬的事，又咯咯地笑到驚呼、咳嗽、岔氣、呼天喊地！就在這一刻，席拉滿臉通紅，氣喘吁吁地佇立在門檻上，我與安妮齊聲對她大喊：「嗨，席拉，寶寶的情況如何？」她丈二金剛摸不著頭腦地說：「寶寶？什麼寶寶？」笑點達陣。

這一天席拉清晨六點就出發了，一路上歷盡千辛萬苦，她很高興能遇到我們。她也語帶沮喪地表示，整座村子都沒有空床位了，她詢問我們的落腳處，安妮和我默契十足，不約而同想跟垂頭喪氣的席拉開個小玩笑。安妮宣稱，我們很走運，找到了全村最後的一間雙人房。席拉想要安靜度過一晚的美夢瞬間破滅。我緊接著說：「來吧，我帶妳參觀一下我們的雙人房！」當她踏進三人房時，當場呆立，好一會才開口說：「咦……三張床？但你們才兩人而已！」我回說：「現在就不只兩人了！」

這一天接下來的時光，我們三人就在旅館的庭園中洗衣服、喝咖啡、晾衣服、吃餅乾、玩牌和聊天。隔壁的花園中，擅長拉雪橇的印卡沒有被拴在鍊子上，牠也豎起耳朵聽我們說故事。所以牠知道，席拉任職於紐西蘭首都威靈頓的政府機關，負責都市規畫，她有兩個聰明伶俐、正值青春期的女兒。這個母親深深以女兒為榮。

本日感悟：語言之間存在著細微的差異。

皮皮奇遇記

二〇〇一年七月九日，蓬費拉達

起床後，席拉堅持要付住宿費，我可不接受，因爲是我主動提出邀請的。她相當大方，請我們在好一點的飯店吃頓豐盛的早餐。吃吃喝喝的結果竟然與住房費用一樣高。每個人都喝了四到五杯的拿鐵咖啡與等量礦泉水，之後我們便離開這個前所未見的市儈地。

如果沒有走路，我想安妮就會精力過剩，因爲昨晚她幾乎沒睡，一直找人聊天，而我完全無法奉陪，光是洗衣服就讓我疲憊不堪。於是席拉找到一個折衷辦法，她像母親一樣爲我們講緊張懸疑的鬼故事，據說是發生在她威靈頓老家的眞實事件，如此更增添幾分刺激。

一八六〇年，席拉來自威爾斯的祖先定居於紐西蘭北島荒涼的西南方，在那裡蓋了一座維多利亞式鄉村屋舍，從事馬匹畜養。這位農家祖先指定一名馬童照料他最心愛的動物——一匹性情暴躁的公馬。

馬童經常在晚上背著主人踢打這頭野馬，迫使牠屈服聽話。不久之後，馬的性情變得很不安，只要一聽到馬童沉重的腳步聲接近馬廄，就會大聲嘶鳴，原地亂踹。

飼主對於牠不尋常的行爲雖然感到訝異，但未聯想到是照顧牠的馬童所造成的，因爲馬童在他面前總是表現良好。有次，馬童夜裡溜到馬廄打算折磨這匹馬，他忘記關緊柵欄，這匹趾高氣昂的駿馬趁機逃脫，踏上石版路，消失在夜色裡，後來不知何故離奇墜落死亡。

當天夜裡主人便質問馬童，馬童承認是他所爲，立即遭到解雇。這件意外事故發生之後，飼主每夜都無法安睡，經常不安地在房間來回踱步，整棟屋子的人都能聽到他房間木頭地板傳來的咯吱聲。沒多久，可憐的馬主就因無法走出痛失愛馬的悲傷而去世。

今日，那棟屋子每到夜裡，都會聽到庭院傳來馬童沉重的腳步聲，然後是石版路上凌亂的達達馬蹄，儘管石版路早已不存在了，最後還有主人房間裡的踱步與地板的咯吱聲。讓整棟屋子的人都無法安穩睡上一覺！紐西蘭電視臺甚至還拍攝了一部紀錄片。

哇！席拉的聲音具有磁性，敘事生動，還能維妙維肖地模仿石版路上的馬蹄和木頭地板上的聲響，讓聽故事的人一陣毛骨悚然。

安妮伴著故事安穩進入夢鄉，而我聽完後反而睡意全消。席拉承諾接下來幾個晚上，還會再講幾則精采的紐西蘭鬼故事。

今早，享用了豐盛的早餐後，我們才緩緩出發，氣溫已經高升。席拉認爲，老與我和安妮混在一起並不好，我們只會彼此縱容，雖然這帶來許多樂趣，但她也有可能染上此「惡習」，因此她打算從現在起，要與我們持相反的意見。席拉就是這樣，像我們的媽媽一樣！

今天一路上的氣氛絕佳，歡樂洋溢。我們三人的步調居然一致，眞是不可思議！席拉和安妮是我夢寐以求的遊伴，兩人詼諧幽默、心胸開闊，又非常親切眞誠。在自然而然的情況下，我們了解彼此生活的情形，席拉和安妮並不會堅持要知道我的職業，我便以幾個無趣、空洞的說詞搪塞過去。席拉心平氣和看待這一切，唯一的評論是：「每個人都有自己的節奏！只要你有心，自然會透露更多，不過光聽你現在的暗示，就夠讓人期待了！」

一路上的景色美得令人屏息。我們花了幾個小時，穿越有野生動物的蓊鬱山林，我不再斤斤計較自己走了幾公里，或許先前的里程計算是一種職能治療吧！現在我完全不在乎一天走了多少路，只要沒有什麼撼動世界的大事，我們三人就活在當下的時間框架中。

席拉想要從我這裡認識德國的風景，因爲她尚未去過德國，很難想像那裡，甚至是阿爾卑斯山地區的景色。對我來說，要透過語言在別人的想像中，勾勒出自己熟悉的環境，這眞是一大挑戰。由於我也未曾到過紐西蘭，無法援引比較的例子，而席拉迄今大多在東南亞旅行。在描述柏林時，安妮還幫忙補充說明。我試圖將心目中的家鄉、敘爾特島（Sylt）、呂根島（Rügen）、漢堡、德勒斯登（Dresden）、慕尼黑、黑森林地區以及萊茵河谷複製給席拉，在她腦海中轉化爲豐富生動的幻燈片，並且極力建議，背景音樂要播放鐘響交織的旋律，因爲德國幾乎處處有鐘聲。

當然我也熱情介紹了德國麵包的多樣性！我不僅讓席拉和安妮產生興趣，有意在此充滿異國情調、景觀饒富變化的國家進行一趟深度之旅，而我也在描述這個美麗地區的同時，首次意識到自己對於它的深刻依戀。

眞是一舉數得！朝聖客能爲寒冷家鄉一蹶不振的觀光業，創造一線生機。相對的，紐西蘭人也試圖讓我對這顆海中珍珠留下深刻印象，那是一首由各式各樣熱帶鳥鳴譜成的美妙旋律，令我恨不得立刻搭機飛往紐西蘭。

之後，走過一大段的下坡路，我們望見莫里納瑟卡（Molinaseca）村落，美瑞洛河（Río Meruelo）的河水清澈，大彎道貫穿了整座村子，河岸兩旁的緩坡上種滿葡萄樹。

巧的是，除了山巒上少了碉堡之外，此地從自然風光到斜簷木製桁架屋的建築物，無處不像萊茵蘭法耳次（Rheinland-Pfalz）。愈接近莫里納瑟卡村，愈是驚訝它與阿爾河谷（Ahrtal）葡萄園的高度相似性。當教堂鐘聲響起時，宛如置身德國。於是，我跟席拉說：「席拉，妳一定要看看。歡迎來到德國！」

實際上，席拉和安妮也認爲，此地風光偏離了西班牙北部的典型。小河裡傳來歌聲，有幾個孩童在戲水，安妮受到鼓舞，換上了泳衣跑去游泳。而我的游泳用品不知塞在雜亂無章背包的何處，況且在酷熱的天氣下，我已無力追隨她們，便懶得下水了。安妮在戲水之後，精神振奮，兩位女士心血來潮，繼續參觀這座有著不凡歷史的小鎮。

對我而言，置身壺底般的河谷中實在是炙熱難耐，我決定先前往下一站，不過我走得很慢，讓還在玩耍的兩人隨後可以趕上。在我們三人之間一切都好說，凡事順其自然，這段路走起來也可以很輕鬆，沒有人受委屈或生悶氣。今天的目的地是蓬費拉達（Ponferrada），距離此地只有兩小時、最多三小時的路程。短暫道別之後，我頂著午後陽光從容不迫地向前邁進，而通往蓬費拉達的路愈來愈陡峭。

▲在旅途中交到朋友是彌足珍貴的收穫。

走著走著，我突然想起了唐娜・桑瑪（Donna Summer）的一首老歌，於是哼唱了起來：「你可以徹夜把頭靠在我肩上，你可以與我的心纏綿，假如你感覺到神奇，請不要害怕。」這首有點濫情的歌曲，讓我的心情更加愉快。

走了幾公里，來到一個名爲坎坡（Campo）的小鎭，直接穿越灰撲撲的地區後，不再行經自然風景區，而是沿著有許多車輛行駛的單調省道。走了數百公尺遠，還有最後一次機會可以向左彎，然後踏上寧靜的田間小路上，前方的轉道似乎通往蓬費拉達。小路上沒有看到箭頭或扇貝標誌的指示牌，這又意味著，眼前的小徑可能不是官方的聖雅各之路，但是若要從背包中翻找出地圖，我又嫌費事。在正常情況下，我從未偏離古道——至少都不是故意的，但是落在後頭的兩名女士還沒追上來，如果我發現這條路是錯的，仍有充裕的時間可以回頭。在兩週前，我肯定不會這麼做，但目前的情況容許我大膽嘗試一下，況且人行道緊鄰著車水馬龍的柏油路，又亟待修葺，寧靜的自然步道還是比較吸引人的。

於是我轉入自然步道，心情輕鬆愉悅，也許根本就偏離了聖雅各之路。眞不知自己爲什麼要故意這麼做。

唐娜·桑瑪的歌曲仍縈繞在腦海中，我就這樣前進了大約一公里，繞過第二個彎道後，小徑明顯將通往我原先來的地方，也就是山裡。我環顧四周，沒什麼可看的，正想回頭時，就在最後一刻眼尖地發現，在遠方岔路口一面被撞凹的交通號誌牌下面，一團紅色的毛球正發出嗚咽聲。有人把一隻狗遺棄在荒郊野外，而且還綁在柱子上？太遲了，我無法裝作沒看見，那隻小狗坐在那裡喊叫，牠察覺到我的存在。今天除了我之外，其他人路過此地的機率等於零，於是我朝著錯誤的方向疾步而行，到了生鏽的號誌牌旁，上頭的「停止」幾乎無法辨識。一隻紅毛小狗被舊繩索綁在柱子上，奄奄一息。牠是隻可愛的混血狗，有狐狸狗和臘腸狗的血統，脖子被過緊的細繩磨出傷口。從來沒有哪個人會因爲我的到來如此欣喜若狂，除了母親生下我的那一刻，大概就屬這個小傢伙了。

牠有好幾天沒看到人，沒有朝聖者偏離路線，只有我這個白痴正事不做，四處亂晃，才會發現這隻小狗在嗚咽。繩子一下就解開了，然後再快步返回官方古道上。太好了，現在我眞的和一隻狗一起朝聖！安妮一定會很興奮，我可以想像她的表情：「這是行不通的，我敢打賭，你不會帶狗走的！」

安妮一定會這樣說！這隻反應機靈的小狗很可愛，回到偏僻的小路上，牠目不轉睛地看著我。我仔細一瞧，牠看起來跟安妮一樣容易緊張且缺乏自制力，但我相信，小狗和我都覺得彼此不錯，也因而相當興奮。由於牠的毛髮有如紅胡椒子，加上牠有可能是西班牙人飼養的，所以我把牠取名爲皮皮。喔！人們只要爲動物取名，很快就會建立起感情，從此難分難捨……。我叫了幾次牠的名字之後，牠甚至會回應我。由此可見這隻狐狸狗相當聰明伶俐，可是牠卻不懂西班牙語「坐下」、「趴下」的指令，反倒又像笨拙的臘腸狗。

我回到小鎭上，一遇見當地人便展開調查，不停問道：「您看過這隻狗嗎？」「您知道牠的主人是誰嗎？」結果是毫無線索，沒有人認識皮皮，也沒有人想要養牠，一位老先生還建議我把狗綁回原來的地方。我也問過麵包店、理髮店、花店，沒有人見過這隻狗，也對牠沒有興趣。皮皮跟我一樣對這裡很陌生，牠似乎未認出任何事物。當我呆呆站立街頭時，牠也跟著站好；我鬆開了繩子，牠還是不肯離去。來到酒吧才有水喝，牠稀里呼嚕灌下不少水。看牠骨瘦如柴，我從肉舖買了三根肥厚的香腸餵牠，牠高興地一掃而光，且仍然一副飢腸轆轆的樣子。

商店街的盡頭有間小小的寵物店，我領著牠到那裡，但是沒有人想要牠。反正已經來到店內，就順便買了溜狗繩和與牠毛色相配的火紅項圈。

好吧！看來在這個小地方繼續探索不會有結果，也不可能擺脫這個小東西，乾脆就快步朝蓬費拉達奔去。蓬費拉達比較大，肯定能獲得比較多的協助。安妮和席拉應該早就趕上我了，一定是走在我們前面。這隻狗顯然對於維持一絲不苟的步行速度感到很有趣，亦步亦趨地跟隨著我。我很擔心，恐怕沒有投宿所、朝聖旅館或飯店會允許帶寵物過夜，如果被迫露宿外面，牠應該比我還能適應吧。

在天色將黑之前，終於抵達蓬費拉達廣場，雖然是座美麗的廣場，此刻卻變得不重要，幸好市議會尚未關門，我帶著皮皮昂首闊步走進去。穿著長統靴的行政人員費力地向我解釋，絕對不能將小狗留給市議會。我已事先想過，如果碰到這種情況，就把牠拴在市議會外頭，不過這樣牠可能會被捕狗大隊抓走，然後遭到撲殺。所以，碩果僅存的機會就是私人的流浪動物收養所，起碼牠可以待到找到新主人為止。或者我也可以留下牠，牠跟我很合得來，而且已經習慣我了。

流浪動物收養所並不在市議會的監督範圍內，因此市議會無法提供相關資訊。

晚一點再去找席拉和安妮了，我們兩個必須先找到過夜的地方。

依序從最高等級的旅館開始，跑遍了一間又一間，沒有人願意接受我們兩個。我的牛仔襯衫雖然有些髒污，旅館還願意讓我住，就是不准小狗一起。有一間簡陋的旅社，隱身於巷弄破舊的建築物中，出租的套房便宜得令人起疑。由於這間旅社可能是最後的住宿機會，於是我狠下心來，把皮皮綁在一百公尺外的路燈下。儘管過往的恐怖經驗，皮皮仍不敢反抗，牠乖乖坐著，頭微微垂低，並抬起批判的眼神看著我。狗是否能這麼快與人建立信任感，我並不清楚，但顯然皮皮是這樣的。

旅社給我的套房在建築物的側翼，擁有獨立的出入口。在此下榻的房客似乎不想被人撞見，而我欣然接受了，並依照要求立即付現。如果之後有人發現我把皮皮帶進來，我可以宣稱牠是我朋友的小狗，或者牠是在我租了房間之後自己跑來的。

皮皮應該沒有搭過電梯，牠很不安，我有點擔心牠會大吼大叫，吵到整棟屋子的房客，但牠壓抑著沒叫出來，十分勇敢。

把小狗偷渡到套房內，還算是輕而易舉的一件事。進入房間後，我有一種感覺，彷彿可以讀出牠腦袋裡的想法。喔！天啊！牠一定認爲這間簡陋的小房間是我的家，從現在起，也是牠安身立命的窩。牠逐一檢視迷你套房內的擺設，轉眼間牠已坐在潔白的床鋪上，火紅色的狗臉堆滿了問號，看來牠和我一樣對這間套房不甚滿意。

儘管如此，牠仍宣告床上的白色毯子是牠的財產，並熟練地用土紅色的狗爪子把它弄得一塌糊塗。旅社清潔人員恐怕無法想像，這房間是住了怎樣癲狂的房客。

先把背包放妥，再讓皮皮飽餐一頓，然後我又將牠偷渡出去。安妮和席拉一定很擔心我，因爲我已經遲到了好幾個小時。我在城內打聽到了她們有可能投宿的朝聖旅館的地址，步行了半個小時之後，我與新朋友來到了蓬費拉達中世紀古城外的朝聖旅館，這一帶都是現代化的預鑄混凝土建築。

這間朝聖旅館建於七〇年代，外表稱不上美觀，我帶著小狗不能進去，只好懇求一位西班牙朝聖者，好心地幫我在這座大型建築物中找尋席拉和安妮的下落，然後請她們到外面的水泥廣場與我會面。在等待的空檔，皮皮吸引了來自各國的朝聖者，大家圍著牠，逗著牠玩。當安妮和席拉從朝聖旅館衝出來時，她們沒看到皮皮，只看到我鶴立雞群，周遭圍著一圈身子向下彎的人。

安妮立即大喊：「喔！天哪！漢斯，你跑到哪裡去了？發生了什麼事？」由於有一群人圍著我，席拉理所當然聯想到我的腳受傷了。當她們赫然發現我的西班牙小朋友時，兩人的表情瞬間垮了下來。

安妮震驚地說：「喔！不！你從哪裡偷來的？」

我一五一十地敘述了自己走錯路和發現「小太陽」的經過。她們是否能夠理解我的行爲，事實上我並不在意，我自己清楚就夠了。雖然她們說我瘋了，卻又不可自拔地愛上正在尖叫的皮皮，並對牠付出關心。安妮第一個發現牠的焦慮不安，對此她有獨特的洞察力，然後她提出了一個關鍵問題：「說吧，你沒有想要留下牠吧？」

我跟她們解釋，唯有保證小狗能夠平安無事，我才願意不留下牠。

我們的下一站是蓬費拉達的警察局。幸好安妮的西班牙語不但不錯，而且還是相當完美，她在警察局發揮了處理危機的能力，兩名警察很熱心地提供援助，贊同我爲保護動物投注的心力。在我認眞考慮領養皮皮的可能性之後，有位警察向我解釋，領養小狗要花許多時間處理文件，可憐的皮皮也會先被隔離一段時間，因此他建議將皮皮寄養在有優先收養名額的私人流浪動物之家，我向他問了好幾次，他是否能保證動物不會被撲殺。我已耳聞一些虐待動物的故事，我拯救動物不是爲了讓牠們的生命結束！那位官員向我保證我可以相信他。過了一個小時，我終於點頭答應他打電話，聯絡一切事項。

沒多久，西班牙動物保護協會的箱型車來到警察局。協會組織的榮譽代表是位純樸、和藹可親的先生，他對狗很有一套，因爲皮皮一見到他便很興奮，寸步不離他的身邊，這位先生不斷向我保證，會細心呵護皮皮。他遞給我一張名片，我同意他把小皮皮帶上車。等到皮皮滿心期待地坐上車，安妮和席拉才大喘了一口氣，並露出滿意的笑容。由於皮皮沒有要留在我身邊的意思，我才能平靜地與牠道別。箱型車關上了門，朝著不知名的地點揚長而去，我則像個小男孩站在原地大聲呼喊，一方面是因爲感到解脫，另一方面也是因爲疲憊和失去皮皮的感傷。但我覺得這麼做是正確的。

然後，安妮和席拉，兩名醉心於文化的盎格魯薩克遜後裔，參觀了世界知名古堡，一座建於中世紀後期的騎士城堡。我筋疲力盡地坐在長椅上，忍不住抬起腫脹的雙腳，期待兩位「城堡女主人」盡快返回，她們偶爾會從城垛上探出頭來，朝我揮揮手。接下來，我們三人在美麗的蓬費拉達城內，來到由席拉挑選的精緻餐廳，消磨夜晚時光。

本日感悟：生命催促你做的事，就放手去做！

孩子們！千萬別讓媽咪失望

二〇〇一年七月十日，維拉法蘭卡德比耶索

我幾乎騰不出時間寫日記，比起之前，現在更要好好把握當下。這陣子以來，我與安妮、席拉形影不離，在短時間內凝聚了家人一般的感情。席拉像個母親一般關心一切，安妮和我就彷彿倔強任性的小孩，我們習慣了她無微不至的照顧，並放心地依賴她。席拉負責打理一切，諸如找餐廳、商店、風景名勝，以及事前打聽下一站的住宿狀況等事項。最近我的旅遊指南一直躺在背包內，席拉的方向感和敏銳嗅覺，讓它無用武之地。她尚不至於爲我們洗燙衣物，但如果繼續這樣下去，只是時間早晚的問題。她的背包內肯定有熨斗，因爲她的衣物總是乾淨整齊。

昨晚在廣場時，我們認識了一位比利時人艾瑞克，年紀大約四十五歲左右，留著鬍子，身材肥胖。他從比利時的根特（Gent）出發，已經走了三個月。一路上，有一輛露營車爲他開路，還有比利時廣播電臺的轉播車，每天實況報導朝聖之路與艾瑞克的經歷。瞧，眞的有人和轉播車一起朝聖呢！艾瑞克的腳走到扭曲變形，我眞不知該怎麼形容它，那雙腳比較適合一頭粉紅色的河馬。

今天我與安妮又是晏起，比席拉晚了大約四個小時，然後在蓬費拉達又逗留了兩個小

時，喝了五、六杯卡布奇諾，接近中午時分我們還沒出發。席拉應該早抵達此路段的目的地了。「媽媽」是我們的楷模，當我們仍一身孩子氣，放任自己拖拖拉拉，席拉已目標堅定地完成當日的既定行程。

安妮覺得不太舒服。昨天在廣場上享用晚餐時，她喝了太多酒。席拉、安妮都跟我一樣懂得鑑賞西班牙的佳釀，不過我抵住了誘惑，堅持只喝水，在到達聖地牙哥之前絕不飲酒。昨天一路上安妮幾乎是滴水未進，結果半夜在投宿所時，她肚子痛得蜷縮在席拉的腳邊，席拉未多指責，只是簡短評論道：「安妮，妳永遠學不會教訓！」今天中午時，被肚子痛整得很慘的安妮，自覺身體已恢復體力，可以繼續前進了。我們的目的地是維拉法蘭卡德比耶索（Villafranca del Bierzo）。

在西班牙正午的太陽下前進，不再是個難題，因爲我們已經習慣了，反正還有帽子、防曬乳液和礦泉水可以應付烈日。偶爾我也會把帽子和襯衫浸在牲畜飲水槽內，然後再套上濕答答的衣物，這種方法可以讓身體涼爽一陣子，順便也能保持衣服的清潔。

這期間，我提醒安妮要固定喝水，她聽話地照做了，因爲她也逐漸察覺，這樣身體明顯感覺好多了。這正是養成好習慣的契機！

有一大段的田間小徑，沿途風景變化豐富，而且還有遮蔭，屬於相當輕鬆的路段。途中經過許多貼心的歇腳處，我們幾乎都有停下來，善加利用一番。走了六個半小時，都不見其他朝聖客，慢慢穿越了景致浪漫的葡萄園，朝著盛產葡萄酒的維拉法蘭卡而去。

傍晚時分，我們漫步來到氣氛溫馨的小鎮卡卡貝羅斯（Cacabelos），席拉就坐在人行道上，一身沐浴後的清爽，微濕的髮絲映著夕陽餘暉，她正翹首盼望我們的到來：「我的天！你們跑到哪裡去？我還以爲你們今天不出發了呢！」

席拉覺得今天的體力提早耗盡，她不打算走到原本計畫的目的地，而是在此地的朝聖旅館過夜，她得到一間單人房，簡直可媲美汽車旅館的奢華享受！

席拉讓我們兩人躺在床上，熟練地爲我們按摩足底，全套的足底按摩喲！她還一邊說著紐西蘭高地的鬼故事，我們像孩子一樣瞪大眼睛聆聽。不過要不是我粗魯地推了安妮一下，她可能又不知不覺地墜入甜甜的夢鄉！我和安妮輪流在席拉的躺椅上休息半個小時，可惜我們不能住進這間夢想中的朝聖旅館，因爲已經客滿了，而且還不接受預約，這裡的規矩是「先來先睡」！

我和安妮只好投宿於離此地一個半小時腳程的維拉法蘭卡。此外，我們也與席拉約好明晚碰面的地點。

維拉法蘭卡德比耶索是一座浪漫小城，景色彷彿直接從德國摩澤爾河畔空運而來。當我們穿過「恩典門」來到市中心時，早已筋疲力竭。中世紀以來，虛弱或生病的朝聖者，若是無法繼續前往聖地牙哥，便可在這座有「小繁星原野」之稱的小城中，進入當地的聖雅各教堂領取「恩典證書」。頃刻之間，我們冒出放棄的念頭，乾脆直接在此領取金色證書，接下來的一星期，就可以天天泡在咖啡館，狂飲五十杯卡布其諾，大啖高熱量的餅乾，寫些亂七八糟的玩意了。但是我們的媽咪肯定不贊同這種行爲，也會失望至極。

明天起的路程是最辛苦的一段——「困難之路」（Camino duro）！有些人就在金牌即將到手時退出了比賽，顯然使徒雅各刻意要讓朝聖者在終點之前，遭逢更巨大的艱難險阻，藉此再嚴格篩選一次。

幾世紀以來，多少來自歐洲各地的基督徒爲此獻出了生命，有朝聖墓園可以爲證。

這一晚，我們下榻於市中心一家便宜又乾淨的小旅館。

本日感悟：長期以來，我只關注自己，現在輪到其他人了！

朝聖難，難於上青天

二〇〇一年七月十一日，特拉巴德洛與維加德瓦卡瑟

這條路接下來分成兩條不同的路線，一條是自然步道，路途較長，非常陡峭，還要翻山越嶺，就是「困難之路」；另一條沿著車流量大的國道六號，朝著維加德瓦卡瑟（Vega de Valcarce）的方向。根據朝聖指南的介紹，兩條路線都有些嚴峻難行。

當我們知道自己即將面臨什麼，我和安妮反而起了個大早，喝杯咖啡便上路了，憑著直覺，我們選擇要經過陡峭山隘的路線，就從教堂後方開始。依我的健行經驗來看，這條路幾乎是垂直向上延伸，走不到五分鐘，膝蓋便隱隱作痛，沒多久，整條腿劇烈疼痛，難以忍受。除了停止這折磨，別無選擇，因爲同樣陡峭的下坡路段，一定也會讓我舉旗投降。

爲了保護膝蓋，我選擇另一條替代路線。但是安妮不敢走車流量大的國道，只好繼續沿著自然步道。

這兩條路將於維加前兩公里的特拉巴德洛（Trabadelo）交會，我們暫且道別，相約到那裡再一起喝杯咖啡，正確來說是五杯！從現在起，我們將各自獨行四個小時。

抵達國道六號時，我驚訝得不得了，貫穿整座山的兩線道公路非常狹窄，沒有人行道，也沒有朝聖者專用道。朝聖者只能走在僅有一點五公尺寬的路肩上，數百輛車子、大卡

車高速迎面駛來，發出震耳欲聾的噪音，依我個人拙見，這裡應該禁止行人通行，不過步履輕盈的西班牙人顯然不這麼認爲！

我的右側緊鄰車道，左側是凹陷的護欄，而底下十五公尺深處是溪水湍急的河谷，車道的另一邊貼著石灰岩山壁，若想背對頻繁的車流向前進，更是難如上青天。

爲了閃避重型大卡車，有時候能走的路不到二十公分寬，大腿被擠向與臀部齊高的金屬護欄，驚見谷底澎湃奔流的河水，卡車司機絲毫沒注意到我，從身旁呼嘯而過。巨大的交通警告標誌只是爲了朝聖者而設，汽車駕駛肯定從折磨朝聖客中得到不少樂趣。

一路上，許多轉彎處無法看清前方的交通狀況，對朝聖者造成致命的威脅，我只能快跑通過，避免和車子相撞。但是，身上背著十公斤裝備，即使在遮蔭處仍有三十五度的高溫，想快也快不起來。而且這樣無法保護膝蓋，反而增加身體負擔。但就心理層面而言，我比較願意如此，因爲職場上也常見類似狀況，即使並非如此具體，反而容易掌控。

由於兩線車道逐漸變窄，每位卡車司機只好把路肩充當車道，並在對向車道上不停上演大膽的超車行爲。在這個恐怖路段走了兩公里後，我受夠了噪音、廢氣和生命威脅，忍不住對汽車駕駛發出怒吼。夠了！停下來！快給我滾開！

爲了爭取多一點的行走空間，我攤開雙臂，橫握一點二公尺長的朝聖枴杖，總算騰出大約兩公尺寬的空間，迫使開快車的駕駛收斂一下，稍微遠離，不要將我撞個正著。然而這樣並不會讓他們變得比較平和，或是讓我更安全。

我還是個「小一生」時，就被教導不可以到這種馬路的附近，我一向徹底遵循，爲何今天違反規定？爲了朝聖，我不該喪失理智，就算這種行爲得到允許，也是非常不明智的。因此我冒險跳到另一車道，試圖搭便車，然而這又是個不可能的任務，因爲西班牙人不會讓朝聖客搭便車！就算有人願意載我，路上也沒有可以停靠的地方。在交通狀況無法一目了然的地段貿然停車，對駕駛來說是有生命危險的輕率決定。

在急流水聲夾雜車輛呼嘯聲的干擾下，我試著用手機聯絡維拉法蘭卡的計程車呼叫中心。結果我又上了一課，當地並沒有計程車呼叫中心。我一面氣急敗壞地咒罵，一面氣喘吁吁地趕路，一心只想盡快逃離這朝聖煉獄。

在連續轉彎處，我爲求自保，橫拿著朝聖枴杖，發揮跑百米的功力，快速向前衝刺。好個英勇表現！這應該列入奧運比賽項目，因爲全身肌肉都要協調配合，肯定能吸引觀眾目光！眼看就快到與安妮約定的地點，這時跟隨艾瑞克的比利時轉播車超越了我。眞是氣人啊！他們應該可以再多載我一人的！

我全身無力、疲憊不堪、滿肚子氣，鐵定上不了頒獎臺，就這樣抵達了第一個中繼站特拉巴德洛。這地方只有一家超大型加油站，具備二十個以上的汽油泵，還有一家中等規模的木材加工廠，五部圓鋸此起彼落地同時運作著。在這座朝聖煉獄中，很合理地，嚴禁煙火！

我從卡車司機的加油天堂後方，轉入安靜的自然步道，安妮將沿此路下山，馬上可以

找到我。眼下沒有車流，沒有吵雜的喇叭，沒有湍急的溪水，這片寧靜眞是美妙啊！可憐的安妮，她還不知道，沿著公路走是無可避免的。接下來的路段，我會小心翼翼並有耐心地帶著她。

我是森林小酒館裡唯一的客人，就在室外、泥土路的岔口旁，找個位子坐下來。酒館老闆頭髮斑白，身上的針織薄外套沾滿了麥梗。他有些糊塗，我點好了餐，他跟我連續確認了三次，而我可是一次也沒改過。這個男人似乎想要遠離塵囂，方式卻很可愛，他用一大堆塑膠製的小矮人、童話人物、怪獸、俗氣的人造鹿來裝飾灰色小屋，多年來在烈日豔陽的照射下，這棟「稀世珍寶」早已褪色，每個庸俗又帶點詼諧的形象，都變成檸檬白或粉紅橘。事後回想起來，我對酒館老闆的印象也是這般色調。何

▲難道這是我的幻覺？

等荒誕不眞實的地方！

不到五分鐘，我看見安妮自不遠處朝我走來，從她用力跺著步伐的模樣可知，她正處於盛怒中。只見她重重扔下藍色布製背包，放聲大叫發洩心中怒氣。

這是「最該死」的朝聖路段，她漲紅了臉咆哮。她先是毫無預警地碰到炸山開路的工程，被嚇得魂飛魄散。之後又很不巧地從一群受到驚嚇的公牛旁經過，牠們似乎以激怒她爲樂，其中一頭公牛還橫衝直撞地追趕她，她費了九牛二虎之力才安然脫身！

聽到這裡，我忍不住笑了起來，安妮的心情也頓時好轉，發揮起搞笑的功力。「你看起來很糟！一路上如何？」她自然也想知道我的情況。聽著我的描述，她的臉色漸漸發白，一如四周的童話人物。

她的待遇也跟我一樣，儘管三番兩次地催促，咖啡仍遲遲未上桌。後來，我們卯起來猛灌咖啡，好像不用錢似的。享受咖啡之餘，我們互相安慰對方，我也苦口婆心勸告安妮，眼前還有七公里極具挑戰的省道路程，最好盡快走完。

未經漫長討論，我們便從童話森林出發，沿著兩線道的恐怖公路，朝著維加的方向挺進。

這條路眞是教人驚駭連連，路面愈來愈窄，卡車行駛的速度也愈來愈快，至少我們的感覺是這樣。我像歇斯底里的自殺小隊般不停吼叫，並揮舞著手中的枴杖，讓卡車司機盡可能與我們保持距離，而安妮就走在我後面，她開始發火，不停咒罵，然後是絕望地大哭大叫。

突然，我的眼角餘光瞥見一個身影，安妮竟然跑到公路中央，發出泰山般的怒吼，試著要阻擋對她猛閃燈、猛按喇叭的卡車，成串的淚珠也自她的臉龐簌簌落下。這簡直就是不要命了！我立刻伸出手臂鉤住她的脖子，將她拉回路肩，直到護欄前才猛然煞車。我差點要甩出一巴掌，好讓她立刻鎮靜下來。莽撞行事，在這裡是要付出生命代價的。我拔高嗓門——我還不曉得自己有此本事——喝斥她，她也嚇了一跳，終於靜下來，並在後面一路啜泣。

我走在她前面，維持二十公尺的安全距離，溪水仍發出湍急的聲響，我試著在看不清楚路況的地方，目測不斷駛來的車輛距離我們有多遠。

每隔五百公尺遇到環形彎路的地方，我便發出一聲指令：「Now! 就是現在！」然後與安妮一起奮力向前衝，口中還聲嘶力竭地吶喊，因爲我們沒有喇叭可按。

在某個轉彎處，一輛卡車差點就撂倒我們，從我身旁擦身駛過。卡車司機完全沒注意到我們，直到最後一刻才及時反應。或許他和安妮一樣，都不是巴塞隆納足球隊的球迷吧！誰知道有些駕駛是否眞的清醒，一天下肚的黃湯又有幾杯？

當岩壁上出現路牌，標示左邊有條小徑通往維加時，我們終於撥雲見日了，心中的恐懼散盡。天啊，這樣在公路上狂奔是很可怕的經驗，但那一刻我們完全活在當下，腦袋只有一個念頭：「就是現在！」

我們決定要向西班牙國王提出抗議：朝聖者在此未獲得應有的尊重。日後若有機會再來朝聖，絕對要租車通過這段路。即便如此，仍難保沒有風險。

來到維加的朝聖旅館時，我們幾乎要癱了。幸運的是，除了我們之外，只有四名朝聖者，因為維加並不是過夜的好地方。然而頗讓人意外的是，這座村莊宛如世外桃源。

這間朝聖旅館是由兩棟房子改建而成，位於加利西亞山腳下的小溪畔，四周一片田園風光。女主人將私人住所重新裝潢，在客廳擺上二十張帳篷式的上下舖，而她自己則住在廚房。每位朝聖者可以鑽進自己舒適的帳篷床位，但是不保證不受到同房其他二十個人的干擾。今晚只有六個房客，露臺旁邊就是水質清澈的小溪，還可以在裡面游泳。

安妮和我立刻換上泳裝，跳入溪中戲水，然後在岸邊的草地上打盹。

明天我們將進入加利西亞省，朝聖之路上的最後一個省分。據說，「困難之路」難於上青天，果真是路如其名。往後，應該不會有比今天更糟的情況了吧！

本日感悟：恐怖公路也是可以朝聖通過的。

眞相大白的時刻

二〇〇一年七月十二日，拉費巴與歐瑟布雷若

今天我們很早就動身，因爲朝聖者必須在八點前離開朝聖旅館，加上路況不好，我們想要盡快走完。席拉肯定會爲我們感到驕傲。她昨天沒有出現在事先約好的地點，她也沒有攜帶手機，因此暫時聯絡不上人。不過，我們一定會再遇到她的！

一路向上爬，朝著位於加利西亞省、海拔將近一千三百公尺的歐瑟布雷若（O Cebreiro）前進，這段最陡峭又最長的上坡路足足有十一公里長。通常會建議朝聖客，讓計程車把背包載上山。昨天我們在維加找不到這類服務，女房東也無計可施，儘管今早在農莊四處探問，仍無法找到計程車可以搭載我們二十公斤重的裝備。所以結論就是，我們必須頂著陰涼處仍有四十度的高溫，背著背包走十一公里的陡峭上坡路！沒有其他解決之道，我們索性將步調放慢，放得非……非常慢。

一直到了十點，我和安妮才在村內一家酒館外享用豐盛的早餐，除了我們之外，還有一名神情慌張、骨瘦如柴的西班牙女子，她一拐一拐地從吧檯端了一杯又一杯的咖啡，然後緊張地向我們攀談。她告訴我們，她正在等計程車來把她的背包載到山上，由於她已經先付錢了，對於可否信任計程車有點遲疑，她也想知道我們的看法，計程車司機是否眞的會來呢？

安妮和我聚精會神地聆聽她說話。

她前一晚付清車費，今早六點要把背包放入酒館內，但她睡過頭了。計程車司機為她破例，只把她的背包載上山。實際上，跑單程對他來說並不划算，但由於這位女士已付了車費，所以也只能這麼做。不過因為她的腳現在有些狀況，無法走路，她決定也要搭計程車上山。「你們知道的，這個膝蓋都是因為下坡路的關係！」

幾分鐘後，司機果真開著吉普車出現了，他當然很樂意向我們酌收幾馬克，順道把我們的背包送到山頂。趁此機會我向他打聽山上住宿的情況。

「喔，天啊！喔，天啊！你必須事先預約，今天有數百個朝聖者上山，但總共只有兩間小型的旅館，大部分的朝聖者得再走十五公里，到阿托多波伊歐（Alto do Poio），而那裡的海拔比歐瑟布雷若還要高。」於是，我們拜託他馬上幫我們打電話到旅館預約雙人房，如果可能的話，再多加一張床。他好心地打電話聯繫，剛好其中一家友善的朝聖旅館還有一間空房。運氣真好！隨後司機便將我們的背包運上山。

沒有任何負擔，我們沿著土質鬆軟、且留下不少深刻足印的山路前進。其實，以「非常、非常困難」的字眼，還不足以形容這陡峭上坡路的難度。在酷熱和空氣愈來愈稀薄的情況下，舉步維艱，即使擺脫了背包的重量，看似一身輕，仍然要不停地調整步伐。

山路泥濘不堪，幾乎無法站穩立足。倘若肩頭還有背包，我根本無法想像，而朝聖柺杖遇上爛泥巴，恐怕也是英雄無用武之地。我的鞋子沾滿了泥巴，走了一刻鐘後，重量立刻加倍。一路上，每個岔路口都會遇到筋疲力竭的朝聖者，他們全身無力，就癱在灌木叢下的潮濕土地上，等待體力的恢復。走了五公里的「困難之路」，兩名有點年紀的丹麥女士，滿臉通紅，蹲坐在路旁的溝渠裡，大聲呻吟，她們決定放棄，不再前進了。兩人連站起來的力氣都沒有，根本也不想站起身。這條上坡路有如殺戮戰場。

安妮居然挺身而出，自願爲其中年紀較大的女士背背包。乍聽此言，我張大眼瞪著她，驚訝得說不出話來，因爲就算我想幫忙，也無能爲力，如此捨己爲人我還眞做不到。背著丹麥女士滿滿的行囊，我肯定走不到五百公尺，現在即使沒有行李的負擔，我也快要虛脫了，我大口喘氣的聲音從遠處就能聽得到。

而這位來自丹麥阿爾堡（Aalborg）的女士也很有骨氣，她舉起沾滿泥巴的手拭去臉上的淚水和汗水，婉拒了我這位豪氣干雲朋友的出手相助。她想靠自己的力量，不管最後是否能達成目標。

我們繼續雙腿發軟、全身無力地向上爬，在海拔九百二十公尺高的迷你村落拉費巴（La Faba）稍作休息。沒想到「困難之路」的難度竟是如此富戲劇性！就在唯一一間磁磚砌成的小酒館內，我們幾乎把冰箱搜括一空，並灌下所有含過多糖分的軟性飲料。沒多久，突然有八名來自蒂羅爾的年輕男女，就在身體的循環功能衰竭前，湧入這間白得發亮的小店，並衝向冰箱將剩餘的飲料一掃而光。狂飲中，有一人認出了我，立刻向他的夥伴大肆宣傳。轉眼間，這群汗流浹背的蒂羅爾人已一擁而上，興奮地擁抱我。眞是荒謬的片刻！但是我還不想被認出來啊！

這群茵斯布魯克人（Innsbrucker）非常友善、沒有心機、詼諧風趣，整個團體情緒高昂，我跟他們一起合照，並在大家的背包上簽名。我不能繼續在安妮面前演戲了，因爲這群人用流利的英語向她解釋了我的職業。

這之間，安妮一直冷冷地瞅著我。

之後我們再次上路，山路愈來愈陡，安妮走在我前面，儘管想責備我，卻完全不吭一聲。大概是爲了節省力氣，或是要調息呼吸。我不覺得自己罪孽深重，畢竟我沒有對她說謊，只是未透露一項並非不重要的訊息。不知何時，在毫無徵兆的情況下，她驀地在我面前停下腳步，雙手插腰，轉身面對我，表情有點扭曲，開口只能說道：「漢斯！你在德國多有名？」

我快喘不過氣，也沒興趣解釋，只有結巴地說：「安妮！別這樣，我眞的不知道！」

「他們對你的態度，好像你是洛塔．馬圖斯（Lothar Matthäus，前任德國國家足球隊隊長），你跟他一樣有名？」我不曉得該說什麼，只是覺得很熱，而且我們已經來到加利西亞的森林，這個話題並不合適，於是我仿效安妮平日的作爲，板著臉不說話，但這位訓練有素的科學研究者沒有鬆懈，繼續追問：「另一個問題！你認識馬圖斯嗎？」我老老實實地回答：「認識！儘管不是很熟，但……認識！這個答案對妳來說應該夠了吧！」

安妮看著我，露出勝利的表情，說道：「那麼你一定很有名！」

她隨即轉身，不發一語地向前走，好像什麼事情都不曾發生過。隨著我們踏出的每一步，我對安妮的信任就增加一分。她不期待我的回應，因爲這位聰慧的博士已經找到答案。

走在通往歐瑟布雷若的路上，就快到山頂之前，加利西亞山區的壯麗景色在眼前展開，一覽無遺。我卻有一種感覺，不是走了十二公里，而是幾千公里，雙腳非常疼痛，這也讓周遭的美景爲之減色。

放眼望去盡是北歐飽滿的綠色，連天氣也明顯轉爲大西洋的典型。加利西亞省截然不同於卡斯提爾省，較爲涼爽的氣候讓「困難之路」堪可忍受。

歐瑟布雷若的景色眞是壯麗，儘管這裡屬於克爾特文化的發源地，仍讓我想到漫畫中羅馬人阿斯特利斯（Asterix）與歐貝理斯（Obelix）所住的村莊。四周一望無際的綠，美得令人屏氣凝神。

我們的小房間位於所謂的「帕優薩」（palloza）內，那是圓形的茅草屋，美得教人一眼就愛上它。我和安妮忍不住扼腕嘆息，我們不是攜手前來度蜜月的新婚夫妻，而是爲了某項任務經過此地的朝聖客。

我們在村子裡四處晃蕩，尋找漫畫中的吟唱詩人，結果幸運地找到席拉，她又在尋覓過夜之處，一臉希望渺茫的模樣。昨天，她沒走多少路，因爲實在是走不動，所以才沒有趕到

▲歐瑟布雷若低矮厚實的橢圓形石屋。在這古老原始的村落中，人們期待看到漫畫中的羅馬人物，而不是朝聖客。

碰面的地點。今天她發揮了超人的潛力，才終於趕上我們。席拉與愛發脾氣的英國伙伴，還有愛發牢騷的敝人在下我，簡直有著天淵之別，她一口氣走過了國道六號，然後還背著背包，爬上陡峭的山坡路，越過山嶺，這顯然耗去她所有的精力，讓她快虛脫了。所以我們不問她：「寶寶如何？」而是直接帶她到我們三人的「蜜月套房」。這位紐西蘭女子得救了，感動得淚水幾乎潰堤而出。今天，她首次失去戰鬥力，暫且無須上戰場了。

安妮和席拉認為加利西亞很像英國威爾斯，我倒是覺得比較像愛爾蘭。等一下，我還沒去過那裡，卻這麼想像，我不就是「尖鳥嘴」的翻版嗎！

這裡的人說加利西亞方言，有時聽起來頗像葡萄牙語，也有些接近義大利語。若以西班牙語與當地年紀大的居民交談，往往無法溝通。

此地羅曼式的教堂內珍藏著加利西亞的國家級寶物——歐瑟布雷若聖杯。根據傳說，十四世紀時，在這座教堂內，發生了以下的故事：

某個颳著暴風雪的聖誕夜裡，神父正在準備聖誕彌撒，當他要開始了，卻發現附近居民都沒有人來，於是打算關上教堂的大門。這時教堂門前出現一個農夫，家住在山谷中，他冒著嚴寒與風雪，沿著「困難之路」辛苦上山，爲了到教堂來接受聖餐。然而神父不想爲一個愚蠢的農夫做彌撒，於是試著請他回去，農夫卻堅持他應有的權利，執意坐在教堂的長椅上。神父無可奈何，只好爲他一人做彌撒，然後將聖餐遞給農夫。就在此時，紅酒變成血，聖餐變成肉。當時的聖餐杯與聖餐盤，至今仍保藏在教堂內，供人參觀。

安妮和我帶著批判的眼光，仔細審視兩樣備受崇敬的寶物。這位凡事必先懷疑的研究者，企圖偵查放在防彈玻璃後面的聖餐杯中，是否有殘餘的血跡，不過沒什麼斬獲。這間教堂眞是座寶庫，一旦踏入，就不忍離去。

安妮穿越教堂大廳，在一座聖母與聖子的木雕前駐足良久，雙腳彷彿生根似地動也不動，接著突然放聲大喊：「漢斯，快過來！」

聽到她的叫喚，我立刻越過木椅奔向她，一路發出砰砰聲，擔心她重演恐怖公路上的精神虛脫狀況，卻見她對我露齒而笑，指著雙手合十祈禱的聖子，說道：「你看到沒有？聖子耶穌跟我揮手打招呼！」

之後，教堂舉行了一場國際性的朝聖彌撒，非常不天主教，極爲輕鬆活潑，簡直就像爲安妮這類充滿疑惑的朝聖客所量身打造。年輕的神父很樂意與人交談，並詢問大家是從哪裡來的，然後客氣地建議我們，以母語唸一段禱文。沒有人敢領頌經文，許多人困窘地盯著腳上沾滿泥巴的鞋子。這時，安妮又打起瞌睡來了，神父指著她，問她是否願意唸一段禱文。我推了她一下，她像火箭般咻一下跳了起來，一臉驚愕的表情，並用西班牙語說：「怎麼了？我是英國人！」

神父很高興終於找到自願領頌經文的人，要求安妮用英語祈禱，安妮的臉立刻扭曲得像個發皺的枕頭，同時也開始轉紅。她又坐回長椅上，完全無法理解怎麼回事。她困惑不已，要求我解釋一下，很可惜的是，我也幫不上忙，因爲我憋笑憋到快要爆炸了。朝聖之路上，我經常在教堂裡笑出聲來，看來宗教制度並無法讓我改掉這習慣，也好！

彌撒快結束時，兩位累垮了的丹麥女士背著耀眼的背包，出現在教堂的大門口。太好了！她們也辦到了！

晚餐時，應席拉再次要求，我欣然敘述我的工作內容，這又是個愉快的夜晚。此外，安妮也飲酒適量。

本日感悟：知道自己是誰，是一件値得高興的事！

馬、騎士與跑道的人生

二〇〇一年七月十三日，特利阿卡斯特拉

有一點可以確定，若不是在萊昂及時遇到兩位好心的紅髮「仙女」，我早打包返家了。在萊昂時，我的情緒陷入低潮，無法忍受沒人交談，如今，安妮和我相處的模式已有如老夫老妻。「你把房間鑰匙放進口袋了嗎？襪子還掛在浴室，不要又忘了！維他命吃了沒？」

但這都沒有壓力，一切自然而然，沒有人會要求或催促對方去做什麼。每個人仍是他自己，不需要改變。誰心血來潮想單獨走，也不會上演吃醋的戲碼。到了晚上，最遲晚餐時間，我們又會相聚在一起。今天是典型加利西亞的天氣：濛濛細雨，微涼，濃霧。終於，擺脫了酷熱的煎熬。席拉清晨就出發了，她會設法在下一站爲我們張羅到一間三人房。

到達特利阿卡斯特拉（Triacastela）之前，還有二十一公里的山路。今天安妮的心情不佳，出於某些個人因素她不想說話，只是悶悶不樂地急行軍，而我卻沒有察覺，反而一直向她問個不停。畢竟她曾在佛教寺院待過八個月，肯定有許多有趣的經歷可談。

反覆問了幾回之後，原本無意談話的她，終於被我纏到態度軟化，開了金口。然後安妮爲我上了五小時的佛學課程，棒透了！我們熱烈討論，我的愚蠢問題也不再令她厭煩。雖然我閱讀了不少關於佛教的書籍，而安妮曾在仁波切身邊學習過，與她切磋琢磨，自然是完全

不同的經驗。佛學很吸引我，它鼓勵人們提出批評，質疑其內容，以便分析檢驗。

然而，佛教似乎也不能回答那個關鍵問題，爲什麼會發生這一切？爲什麼？

爲了簡便起見，佛教徒不提這種問題。或許這是典型德國人的思維：想要探究一切，不隨便接受事物一如其目前所是的狀況。

而且一定要有答案！大體上，就內容而言，我的某些想法與藏傳佛教不謀而合，這個嚴密的知識體系，能夠很務實地解釋一些事物，而且對我來說，那些事物都是千眞萬確的。

例如，人們應該認眞思索輪迴轉世的理論。人有可能轉世輪迴幾千次，不復記憶，這是可以想像的。我自己就對一九七八年的聖誕夜、十三歲時的生日，甚至於我出生那一刻，沒有絲毫印象。也許，在保留內在核心的情況下，每一世我們都可以擁有不同的生命。

就像在學校時，我雖然是同一個我，但在每一科的課堂上，表現完全不同。英語課時，我是優秀的學生，充滿自信，而且很快樂，學習起來易如反掌；數學課時，我就變成一竅不通的「對數」蠢蛋，曾因絕望而將朋友們的電話號碼密密麻麻地寫在黑板上；但是上幾何時，情況又大不相同，對我來說幾何突然變得很簡單，連數學老師都對我刮目相看；有十三年之久，上體育課時，我是全班的笑柄！生物課時，我被老師折磨了兩年以上；上宗教和心理學課時，我又搖身一變，成了能言善道的好學生。我們就經常在同一個人生中變成另一個人似的，這種情況爲什麼不可能持續好幾世呢？

人生就像崎嶇不平的跑道。騎士是人的精神，馬象徵人的軀體，跑道則代表了人生。

每個人必須克服預先設定的十道障礙，更正確來說，就是十種考驗。這都是無法改變的，但我們可以自行決定接受考驗的順序和時間，雖然能夠自由選擇，但考驗是命中注定的。

天上的陪審團，會對我們處理十道障礙的方式進行評價。在通過關鍵障礙的前後所爲，並不會列入評判，那就像是假期，放假是爲了做好準備，以面對重要的生命任務。

幾乎每個人生的重要考驗就只有十來個，否則追悼詞會變得又臭又長。人生中眞正重要的事情不多，如果我們深入探索自己，可以確定內心眞正的渴望也很少。

沿著小徑，我們來到聖洛格（San Roque）隘口，山頂矗立了一座三公尺高的朝聖者銅像，描繪一名男子正在對抗暴風雨，安妮和我拍了不少照片。也許天氣好的時候，紀念像看起來會有點愚蠢，但是今天的風和雨剛好從正確的方向拍打在這個可憐傢伙的身上。

在一座避難小屋中，有個「大驚喜」正等著安妮，是她的「coffee or tea」先生，法國人雷內和賈克。他們用嫉妒的眼神，把我從頭到腳打量一遍，並輕撫嬌小英國女子的短髮，我立刻上前推開雷內的手。當有人這樣對待安妮時，她竟然呆若木雞，不知如何是好。法國人認眞問我們是否在一起，我毫不猶豫地承認了，並且大方公布，我們在歐瑟布雷若時已互定終生。兩人覺得很受傷，因爲這個女人寧可出賣朝聖的夢想，投入高大德國男子的懷抱，也不願與擅長談情說愛的法國人交往。他們很快離開，應該不會再來騷擾安妮了。

這段期間，朝聖客人數大增，在來到加利西亞邊界之前，一天平均大概只會碰上八名朝聖者，有時十個，如今大概可以遇到百人之多，因此包括旅館在內的住宿點全都一床難求。

我們在陰雨綿綿中抵達了特利阿卡斯特拉，並親眼目睹了驚人的景象。有一棟看來灰濛濛且亟待修緝的學校體育館，外頭大排長龍，都是全身濕答答的朝聖者，人人渴望進入體育館。從破裂的玻璃窗往內看，冰冷的體育館內，數百名朝聖者在被泥巴鞋子弄髒的地板上，正準備打地鋪，顯然已沒有多餘的空間可再容納外面等待的人潮。此情此景，讓我和安妮覺得自己就像尋求庇護的難民，於是毫不猶豫地繼續前進。

我突然想起，特利阿卡斯特拉是朝聖之路上唯一有這種「朝聖監獄」的地方：見到此景，有一些朝聖者轉身離開，不在此過夜，也有一些輕率行事，屈服於現況，難道只因爲他們連最困難的路段都已克服，所以無所謂了？誰知道呢！特利阿卡斯特拉的市中心不大，建築外觀也大多呈現灰濛濛的色調，席拉正端坐在當地唯一一家咖啡館內喝茶，那裡的氣氛不佳，沒有什麼特色。她四處張望尋人，當然不會錯過我們，於是高興地奔到街上來。

正當數百人感到挫敗，必須朝下一站前進時，席拉已在城邊一家品質不錯的旅社訂了一間三人房。「晨間朝聖者」席拉簡直是上天送給我們的禮物，要是沒有她，我們眞不知該怎麼辦，既走不到下一站，又不願在破舊的體育館內過夜，我們始終缺乏朝聖者的堅忍性格。席拉依然一派輕鬆，她簡直就有超能力，嗅得出何處有空房！

本日感悟：人的一生取決於障礙跑道上的重大考驗。

三個臭皮匠，勝過一個諸葛亮

二〇〇一年七月十四日，特利阿卡斯特拉

到目前爲止，我們三人眞的非常幸運，總是能找到三人房，一來大概很少有人像我們一樣三人同行；二來也非如此不可，因爲我已經對席拉的睡前鬼故事上癮了，非聽不可。我們的「奇異果媽媽」眞是有一套！她的嗓音有如絲絨一般柔和，帶著紐西蘭腔的英文，聽在我這個德國耳朵裡清晰易懂。當她說故事時，即始有聽不懂的詞彙，也不敢貿然打斷，無論她開口說什麼，聽起來就是有模有樣，而且意味深長。

席拉向我們透露，她希望能在紐西蘭的政治中追求更高的目標！她是民族運動的成員，而該運動在政黨的光譜上相當於德國的綠黨。我深信紐西蘭人會仔細聆聽她說話的！

我們是可笑的「三巨頭」：嬌小、結實、誠懇可靠的安妮博士，有著一頭紅色短髮和大膽調皮的幽默感；席拉像仙女般，是位聰慧、高貴的女士，她的紅髮鮮豔如火；而我這個胖子肯定比她們兩人高出半公尺。

今天清晨，煙雨霏霏，濃霧瀰漫，猶如英國的天氣，儘管如此，快快不樂的安妮和疲憊不堪的席拉仍動身出發，朝著薩摩斯（Samos）修道院前進。薩摩斯修道院建於西元五世紀，是西方世界最古老的修道院之一，也是朝聖者必參觀瞻仰的景點。由於它不在官方的朝

聖之路上，所以必須繞道而行，才能到達。儘管內行人強力推薦，我仍不為所動，而打算休息一回合，今天將是個洗衣、睡覺、閱讀與放鬆的日子。席拉臨走前留給我一本書，關於紐西蘭開墾的故事，精采絕倫，我則把新的備用雨衣交給她。

我完全不曉得到時候該如何跟她們道別，我們三人開始非常依賴彼此，並且能夠無條件地相互信任。

明天我有二十一公里的路要走，晚上將在過了莎里阿（Sarria）的倫特（Rente）小鎮與她們碰頭。

本日感悟：不需要每次都繞道而行。

快樂有什麼道理？

二〇〇一年七月十五日，莎里阿與倫特

從特利阿卡斯特拉前往倫特，一路上的景色非常浪漫，走在幾乎沒有車輛行駛的公路上，翻過種滿橡樹林的山丘，風笛的樂聲與眼前的景致眞是絕配。事實上，風笛正是加利西亞地區的民族樂器，這個多管吹奏樂器的聲調尖銳激昂，是羊乳房做成的呢！

空氣中瀰漫著牛糞的刺鼻氣味，腐臭卻甜膩，有時一陣濃味撲來，令我頻頻作嘔，卻又吐不出來。出乎意料，今天太陽露了臉，棕綠色的牛糞似乎被曬得閃閃發光。我竟然又迷路了，只好多走一點冤枉路。當時心不在焉，沒有注意路線，等到我察覺走錯了，並打算回頭時，已經太晚了。於是，比預計的路程又多走了幾公里，雖然偏離了朝聖之路，我卻因此見識到薩摩斯修道院這項珍寶。眞的很美，但也眞的很費力！儘管氣候適合健行，但是走在柏油路上是相當耗費體力的活。靠著雙腿旅行了這麼多天，走路對我來說已無樂趣可言，每一天都必須重新戰勝自己，並花一個小時調整步伐。

如果不再思索徒步這件事，就無法眞正享受它，但是對我而言這已無所謂，至少不會覺得那麼費力。每次卸下背包休息，都能感到一種純然的舒適。若想被認證爲眞正的朝聖者，就必須從莎里阿走到聖地牙哥，不能中斷或偶爾暫停，幸好沒有規定何時要走完，但是也必

須日起有功，循序漸進地完成幾里路。我欣然接受最後的挑戰，一邊走一邊捫心自問，到底是什麼讓我如此快樂？

沒有什麼讓我快樂！因爲我什麼也不想，什麼也不缺，沒有刻意要追求什麼。

下午，我終於來到倫特這個空氣中有股異味、卻又十分浪漫的小村莊。在一座整修得很溫馨可愛的農莊前，安妮和席拉就坐在粗石牆上，悠哉地晃著腳。她們已在那裡訂了一間不錯的三人房。

在樸實無華的廚房中，胖胖的農莊女主人爲我們和她的老牧羊犬準備了美味的晚餐。就在享用餐點之際，我們三人決定每天要說一小時的德語。其實，席拉和安妮都有一些德語的基礎，從明天開始，我要讓她們的德語突飛猛進。

本日感悟：「空」使人感到全然的快樂。

巫婆之谷的靈異故事

二〇〇一年七月十六日，波多馬印

在農舍廚房吃早餐時，我們開始了第一堂德語課。連農莊女主人也很快就學會了蛋、麵包、牛奶和火腿等關鍵詞彙，但老德國牧羊犬顯然無法忍受德語。因爲當我應女主人的要求，教牠幾個血統發源地的命令時，牠開始狂吠，拒絕服從。安妮在一旁語帶諷刺地表示我說話的語氣太嚴厲了，她跟老牧羊犬一樣不太確定，自己是否眞心喜歡這個語言。

對於第一堂德語課的學習成果，我的結論是：從學生到狗都很有天分，除了農莊女主人外，大家還可以再努力一點。

上完課後，席拉立即動身出發，她說要先趕到波多馬印（Portomarin）訂一間「乾淨、有衛浴設備的三人房」。對我和安妮來說，這是個好理由，而且從現在起又沒人管我們了，可以好整以暇地暢飲無數杯拿鐵咖啡，開始快樂的一天。農莊女主人一面乒乓作響地洗著碗盤，一面以加利西亞語讓我們明白，別夢想她會煮一頓熱騰騰的午餐。

當我們動身出發時，彷彿出現了奇蹟，原本足踝受傷的安妮，直到前天仍不良於行，現在竟然復原了，讓安妮高興得跳腳。上路後，我幾乎跟不上她的速度，路面雖然平坦，卻是坑坑洞洞，我也不想扭傷腳，所以在走了幾公里之後，便告訴有如「超音速火箭」的安妮，她可以先走，我之後再趕上她。每段路程到了最後階段，安妮往往會慢下來，這時我就可以迎頭趕上。今天她恢復原本輕快敏捷的步調前進，以保持體力應付目前的路段，而我卻很有漫遊的心情，每個人都不需要去將就他人。

於是，安妮奮力向前衝刺，之前她爲了我還有所保留，現在終於可以無所顧忌地加快速度，我則以緩慢的華爾滋節拍在後面滑行。

行經空氣中有臭水溝味的平坦原野，並走過草地和小橡樹林。由於太晚出發，我幾乎是孤單一人，至少我是這麼以爲。當我小心翼翼地穿越不好走的乾涸河床時，身後突然有一名年約四十的女子跟我說話，而且快步趕了上來。

這名面容姣好、深髮色的朝聖客，頭上繫著西部風格的蠟染頭巾，身穿一條五分長的皮褲，她昨天才開始徒步朝聖，所以熱中於與人打交道。當我確定她不是巴西人之後，放心不少。莉塔來自荷蘭，根據我至今的經驗判斷，她想要蒐集一些朝聖經驗，因此她刻意放慢速度，希望能與我同行幾公里。我很樂意提供這位看似理智的女子一些個人經驗，甚至有意把她介紹給我要好的朝聖夥伴們。

突然間，她停下腳步，站著一動也不動，臉色發白。「你有聽到什麼聲音嗎？」她一臉驚恐地問我。

我拉長了耳朵仔細聆聽，除了啾啾鳥鳴並沒有聽到任何聲音。不過，倒是嗅到來自草地上水窪的臭味，那股氣味之重，可以算是一種「空氣污染」了吧！

「我應該聽到什麼嗎？」我一臉迷惘地問莉塔，她依然神情緊張，瞪大雙眼，耳聽八方。她的回答令我瞠目結舌：「幽靈啊！你難道沒有聽見？」

爲什麼我老是遇到「狂人」？爲什麼他們認爲我很友善，可以像刺刺的「鬼針草」般黏著我不放？我立刻決定，要盡可能表現出冷漠無情的態度。

我身處荒郊野外，該如何擺脫這個瘋子？在我面前她還一副自在的模樣，該不會一直纏著人吧！我立刻對她說：「沒錯，我聽到幽靈的聲音，它們說，妳應該盡快消失！」

莉塔不能忍受我竟如此回答她，也不管我是否想聽，立刻向我招認壞心的幽靈對她說的一切。與她相較，席拉的鬼故事適合四歲左右的幼童，而且還是老少咸宜。莉塔開始胡說八道，有什麼不安的幽靈和中了魔法的鬼魂，要折磨路上的朝聖者，尤其像我這樣即將抵達終點的人，千萬要小心，因爲我們特別純淨，對於飢渴的惡魔來說秀色可餐！

太可笑了！蠢蛋！我眞是蠢蛋！我的直覺應該要警告我才對，別讓這瘋女人在此對我傾倒垃圾。可是我又該從何察覺呢？當時，她在我背後友善地跟我攀談。

順帶一提，八歲時祖母就教過我：「從背後跟人攀談或不露出臉的人，肯定滿肚子詭計！」是的，祖母的話完全正確！

莉塔鬼話連篇，還大言不慚地宣稱，我去世的祖母請她問候我，並且要對我說，她以我爲榮！倘若祖母想與我溝通，她絕對不會選擇透過莉塔這種奇怪的管道，因爲她知道我會先被嚇死；再說，她生前時，就非常不喜歡莉塔這類妖言惑眾的人。

莉塔的行爲並未惹惱我，因爲這實在太蠢了，但我感到十分厭惡，便以荷蘭語對她說：「妳這個滿口胡言的傢伙！聽著，妳可以把垃圾倒往別地方，請不要倒給我！再見！」

她似乎沒料到我會如此冷酷，反應也跟我的前任情人巴西女子克勞蒂亞如出一轍，感覺受到侮辱，於是摸摸鼻子離開了。

天啊！眞希望能立刻趕上安妮！今天碰上的朝聖客可眞奇特，之後的際遇更證實了這個印象。其中有位來自馬德里、身材瘦弱、上了年紀的女士，她以尖叫似的嗓音試著與我交談，不過我與陌生人交流的渴望暫時止息了，因此她也無端遭受我的冷漠對待。

一個小時之後，發生了一件怪事，席拉竟然出現在一片奇形怪狀的松樹林中！這番情景讓我大爲不解，謹守紀律的席拉早一步出發，此刻怎麼會不知所措地站在岔路口。

「喔！漢斯，我迷路了！」她高舉雙手，一臉無助地對我說。她完全迷失了方向，正心慌意亂地尋找路標，企圖穿越詭譎的樹林。事實上，走在這座迷宮似的森林裡，必須更加留意樹上已褪色的黃色箭頭。不過像席拉這樣徹底迷失方向，著實令人費解。

席拉很高興看到我，立刻激動地上前擁抱，淚水差點奪眶而出。她有點六神無主，無法解釋爲何會迷路。這片茂密的森林並不吸引人，甚至有點陰森森。我問她是否看見安妮，她表示沒有。席拉今天不想再踽踽獨行了，她緊緊挽著我的手臂，我們一起走了一段路。

至於與怪怪荷蘭女的奇遇，我寧可等到晚餐時再告訴她，此刻在有如童話故事「糖果屋」的場景裡，我並不想提那件事。我的女性友人漸漸恢復原狀，她不再挽著我的手，一馬當先走在前面，與我有幾步之遙，可見這位紐西蘭女子相當熱愛獨立。當我們這樣前進時，我聽到森林深處傳來警笛聲，於是對席拉說：「妳聽！那裡有救護車。」

席拉立刻停下腳步側耳傾聽，可是什麼也沒聽見，難道我開始像莉塔一樣精神錯亂！我非常肯定自己有聽到警笛聲。我們又默默無語地向前行，穿過更陰森的地區，原本晴朗的天空突然烏雲密布，接著要橫越滿是石頭且仍濕潤的河床。

一個突如其來的意外，讓我措手不及，甚至沒看清楚事情發生的經過。席拉驀地在泥濘的河床上踉蹌倒地，敲出一記悶響，噢！天啊，但願她沒有跌傷！她的頭先是猛烈撞上一大塊漂礫，然後整張臉埋在泥濘中，全身上下都是泥巴，一時間我有如木雕泥塑般呆立著，但隨即彎下腰，小心翼翼地問：「席拉，怎樣？有沒有受傷？」她仍處於驚嚇狀態，我著急地等待幾秒後，她才緩緩地搖頭表示無大礙。怎麼偏偏是向來照顧人的席拉發生意外呢！她有如被人遙控似地試著站起來，以手勢婉拒我的扶持，但沉重的背包讓她無法順利爬起，於是我飛快地拉了她一把。

這時，我才看清楚她受傷的情況，髮際線以下的額頭整個瘀青，並且腫了起來，鼻梁也一樣，受傷的地方滲出血水；此外，膝蓋和手臂同樣傷得不輕，傷口流了不少鮮血。席拉的臉色突然發白，似乎又要跌倒，我趕緊讓她坐在一塊石頭上，然後撐扶著她。

突然間，彷彿是憑空而降，眼前冒出一輛吉普車，對著我們猛按喇叭，就像在恐怖的國道六號上一樣。車上男子無法從我們身旁駛過，因而失去耐性，死命按喇叭，他希望席拉立刻站到旁邊去，好讓他穿過泥濘駛向對岸。

他怎麼能夠這樣！我大聲斥責這個鐵石心腸的傢伙，從席拉的傷勢應該可以看出這位女士重重摔了一跤，但是他漠不關心。衝突中，我壓根沒想到請求他幫忙，他顯然急著前往某個地方。簡直是見死不救！他不為所動，只是拚命按喇叭。最後我將席拉攙扶起來，讓這個討人厭的傢伙通過，他立刻猛踩油門，輪胎快速轉動，還濺起一堆泥巴，噴得我們灰頭土臉。我們移往樹下的灌木叢，我迅速為席拉處理傷口，小心翼翼地先在傷口上噴上消毒劑，然後貼好紗布。她的膝蓋傷得比較嚴重，應她的要求，我徹底清潔傷口，想必非常痛。驕傲的席拉並未痛呼出聲，只是死命抓著我的手臂。

我拿出救護包內的ＯＫ繃為她止血。傷口包紮好後，席拉自己站了起來，在我的攙扶下，一拐一拐地向前走。一反常理，她突然開始笑個不停，這眞是個諸事不順的一天。她完全不能理解怎麼會發生這種事。

接下來的幾公里，對席拉來說似乎是漫無止盡，我們終於抵達森林盡頭的空地，那裡有一間歪斜的小酒館。房子前的露臺上，一個騎著掃帚的巫婆娃娃隨風搖曳。進了室內，我將席拉的腳墊高，並向年輕女侍點了兩杯拿鐵咖啡和熱食，還給席拉來杯雙份白蘭地。

女侍者慌慌張張地跑進廚房，沒多久就看到年長的阿根廷女老闆，雙手高舉過頭衝向席拉，嚷嚷道：「噢！老天爺！又發生事情了？今天是怎麼回事？」

我跟她解釋：「我的朋友跌倒了，沒有很嚴重，她已經好多了。」

阿根廷女士非常激動地說：「連續有不少人跌倒了。你知道嗎？你們剛經過的是『巫婆之谷』，這裡老發生狀況，走在森林中，經常有人跌倒、恐慌發作或是迷路幾個小時。」

這會席拉又像個老人似的，一面啜飲白蘭地，一面露出滿足的笑容。

就在距離波多馬印不到幾公里的地方，我與安妮會合了，她正在一棵樹下打盹。當她得知席拉受傷後，嚇得臉色慘白，問說：「不會吧，席拉！是誰把妳打成這樣的？」席拉看起來也真的很像在港口酒吧被人痛毆過，她戴的大墨鏡並沒有發揮什麼遮掩的效果。

在橡樹下休息片刻後，我告訴安妮關於巫婆谷的事。她略顯遲疑，然後向我們坦白了她的遭遇。安妮表示，她在穿越那片醜陋的森林時，一直很焦慮不安，情緒也非常亢奮，她很高興終於走出那片林子。天就快要黑了，我們來到位於水壩旁有如童話般的城市波多馬印。五十年前，這座城市和晚期羅曼式大教堂都從如今被水淹沒的山谷中，遷移至山上重建。

在這座多風的城市，全民健行的風氣十分盛行，到處可見風塵僕僕的朝聖者。我們在尋尋覓覓了兩個小時之後，終於找到一間「乾淨、有衛浴設備的三人房」，甚至還有面湖的陽臺。由於這是四星級的旅館，住宿費超出我們的預算，但是想到我們三人又能平安的歡聚一堂，花點錢也是值得的。

晚餐時，我們撙節開銷，點了經濟實惠的朝聖餐點，也是有肉、炸薯條與甜點。用餐時，我在腦海中回顧一天的經過，已無興致去提起荷蘭女子的靈異故事，但不知何時莉塔本人竟然出現在小廣場上，栩栩如生地站在我們面前。

「喏，現在幽靈在做什麼啊？」我以輕鬆的口吻跟她打招呼。她似乎沒有別的事好做，便又針對白天的插曲，向安妮和席拉做了一場目擊報導。安妮面容扭曲有如發皺的錦緞枕頭，而席拉則是吃驚地盯著荷蘭女子醜陋的蠟染頭巾。

莉塔一古腦發洩完後，便轉身離去了，對於受傷的席拉沒有任何關懷慰問之語。安妮認為以後不能再讓我落單，否則我又會招引來一些怪胎。

後來有個名叫戴夫的愛爾蘭人前來攀談，他使出渾身解數向負傷的席拉大獻殷勤。見狀，我和安妮便識相地告退了，因為席拉似乎也沒有要拒絕愛爾蘭人的意思。或許，這個酒量不小的愛爾蘭人認為席拉是位女強人，遇到鬥毆也絕不閃躲。

晚間，席拉回到旅館之後，我們央求她說個睡前的鬼故事，她卻情緒崩潰，嚎啕大哭了起來。與愛爾蘭人共度的時刻雖然很美妙，但這天跌倒的驚嚇仍令她餘悸猶存，她覺得很委屈，開始對朝聖之旅產生懷疑，這一切是否值得？頓時，我們談論的話題變得既嚴肅又感性，每個人都真誠地坦露自我，我們三人躺在床上討論，然後又轉移陣地到陽臺，一直聊到天色濛濛亮起，仍是意猶未盡，最後因疲憊不堪而開始打盹。看到一向堅強的席拉變得徬徨無助，真教人憂心忡忡。之前，她一直是我們的支柱，現在該換我和安妮接手了。

本日感悟：我為人人，人人為我！

終點前的衝刺

二〇〇一年七月十七日，帕拉斯德雷

到聖地牙哥還有四天的路程。我們決定最後幾天要攜手同行，互相照顧，一起體驗走入神殿的感受。我們的情緒變得高亢，行爲卻顯得笨拙。整條朝聖之路都擠滿了朝聖者，數以百計的朝聖者正往相同的目標聖地牙哥前進。

倘若有人來攀談，我便假裝自己是阿爾巴尼亞的難民，不小心混入了朝聖隊伍中。對大部分的人來說，席拉那張被打腫了的臉，讓這個藉口聽起來極具說服力。如果我主動跟陌生人交談，便打著波蘭電視臺採訪記者的幌子，招搖撞騙。我們三人簡直瘋了，而且非常樂在其中。大老遠就能聽到我們在尤加利樹林中的狂笑聲，其他朝聖者受不了，紛紛投來異樣的眼光。我們一靠近，他們就避之唯恐不及地躲開；倘若有人靠近我們，我們也是如此反應。

尋找空床位變成純粹的運氣問題，現在眞的是一床難求，連夜間朝聖者也未必找得到。其間，我們走進一座森林，那裡的蕨類有人一般高，席拉立刻興奮地大喊：「漢斯，你看！這裡就像紐西蘭！」她覺得自己宛若置身於紐西蘭。看來，紐西蘭的風景眞的很美。

今天當然也要努力學習德語。當我用德語與席拉和安妮交談時，她們始終認爲需要點時間適應，所以我讓她們學了不少關於時間與方位的詞彙。我們整天聊個不停，十分珍惜所剩不多的時間，也許今生今世我們再也沒有機會，可以這樣朝夕相處了。

今天我們全力前進，時間也倏忽而逝。在天色轉黑之際，我們順利抵達了帕拉斯德雷（Palas de Rei），而且一下子就找到房間，還請了一位女按摩師幫我們消除疲勞，好能夠順利走完最後幾天的旅程。

我的腳始終沒有起水泡！

本日感悟：多說話也有可能是「金」！

Oh! Happy ending

二〇〇一年七月十八日，卡斯塔聶達

先前的興奮之情絲毫不減，今天我們繼續努力向前走。前往聖地牙哥的路愈來愈順暢，蜂擁而至的朝聖者迫使我們脫離先前的靜謐和孤獨，再度回到世俗凡塵中。此外，一路上也經過一些更小的村莊，總是飄著混合了污水和牛糞的氣味，讓人必須暫時停止呼吸。我只好把脖子上的毛巾打濕，摀住口鼻，抑制陣陣反胃欲嘔的感受。上德語課時，勇敢的安妮與席拉也學會了污水、牛糞、有機農業等詞彙，很符合今天的情境與主題。

爲了轉移我們對惡臭的注意力，心情大好的席拉也離題，說起自己多年來與一位男同事之間柏拉圖式的愛情故事。他們很了解彼此，但男同事一直沒有向她告白，儘管兩人也經常一起共度假日時光。對此席拉有些迷惑，希望我們能給她一些建議，她該採取什麼樣的態度才好。聽至此，安妮的臉又皺成一團，我只好先開口，小心翼翼地向席拉解釋，從她的描述來看，那位朋友應該是「同性戀」，她是否問過他這點？席拉錯愕地看著我：「你眞的這麼認爲？」爲了證實我的看法，安妮也開口建議席拉跟他開誠布公，說個明白。「對我來說，顯而易見，他是個同性戀，只想交交朋友。」我下了結論。

之後，安妮突然說她要買房子，我和席拉都嚇了一大跳。

我們來到一處類似英國農村的小地方，路過一間荒廢、待售的小農舍，價格換算過後，大約只有兩萬馬克。安妮對這搖搖欲墜的小屋十分著迷，決定要出手買下它，於是我們穿梭於小鎮的每個角落，希望找到屋主。對這件事，安妮是認眞的，雖然我們勸她打消這個奇怪的念頭，她卻不爲所動。她不想朝聖了，打算搬到這裡來，開間民宿，然後永遠待下來。

「安妮，妳並不是想買房子，妳只是不想抵達聖地牙哥而已！妳害怕這一點！」我向她挑釁。安妮頓時沉默下來，席拉尖著嗓子說：「我也是。」

當然，我們三人都對抵達終點感到畏懼，因爲我們已徹頭徹尾變成了朝聖者，可以永無止盡地走下去。然而，只要我們一抵達終點，這一切都將消失，因爲朝聖者的本質就是朝聖之路。

這位來自英國北方的房地產投資者，突然又對購屋置產興趣缺缺了，「我們走去聖地牙哥吧！」安妮催促著我們。沒有人敢大聲承認，有一條緊密的紐帶環繞著我們，剪斷它將是很痛苦的。在聖地牙哥說再見，絕對不是一件容易的事。我們三人有種即將面臨死亡的感覺，尤其在經過了無數蒼蠅包圍的肥料堆之後，已開始發出腐爛分解的味道。

太陽下山之前，我們才到達如夢似幻的卡斯塔聶達（Castañeda），並開始尋找落腳之處，果然如預期般地難尋，大大小小的旅館全客滿了！我們找到電話亭，試圖從電話簿中搜尋附早餐的民宿，然後看到一個「魔法字眼」——米莉雅之家！席拉和安妮指派我打電話過去，我很樂意聽命吩咐。但是電話那端聲音粗啞的女士說著加利西亞語，幾句話之後，我就沒轍了。雖然我數次請求她，慢慢地以西班牙語與我溝通，她卻始終如連珠炮般說了一籮筐。我唯一聽懂的是她有房間要出租，但這點我早在打電話之前就知道了，那也是我打電話的原因。實在沒辦法，我把安妮拉進電話亭，話筒塞到她手上，說：「我一個字也沒聽懂！換妳吧！」安妮不情願地接手電話協商，沒多久，經驗老道的危機處理專家光榮地踏出電話亭，訂到房間了！只可惜，安妮沒聽懂最重要的訊息，應該怎麼去到那裡，於是我們就在這地區迷路了一個小時。

當我們終於在山坡上找到一間美輪美奐的鄉村別墅時，一位身材豐腴、穿著小了好幾號花洋裝的女主人，頂著一頭剛燙好的鬈髮，從大門走了出來。在加利西亞似乎只跟男人談生意，她劈頭就用艱澀的方言對我說話，只把安妮當成翻譯人員。至於我打算與哪一位女士步入結婚禮堂，房東太太似乎有義務急於知道，由於安妮面容扭曲地看著我，我只好指著被痛毆的席拉。女主人似乎很滿意這個答案，她可能以爲我理所當然是負責發號施令的決策者。

她以極低廉的價格把這棟私人別墅的一間房租給我們，至少就我的理解是如此。她隨即帶領我們參觀房子，爲我們進行詳細的導覽，並一一介紹兩層樓中每間重新整修過的房間，裡面都有色彩明亮的古典鄉村家具。

整棟房子看起來就像美國連續劇的背景，光可照人的木頭地板上鋪著價值不菲的彩色地毯，插滿新鮮花卉的大型花瓶，讓這幅富麗景象更添完美，在寬敞、豪華的廚房內，主人正向女士們解說各項廚具和爐子的功能。

參觀完畢，我們與她談妥價格，讓人訝異不已的是，她竟把屋子的鑰匙交給我們，然後揮揮手道別，旋即步出大門。直到此刻，我們才恍然大悟，原來她不是以極便宜的價格租給我們一間房，而是整棟屋子！真是太酷了！每個人不僅有自己的專屬臥室，另外還有兩間大浴室和三間廁所。

席拉在沐浴後開始烤蛋糕、泡熱可可。當時在廚房中，女主人可不是隨便敷衍一通，她認真且詳細地說明了所有器具的位置。我想我可以在這裡待上好幾個月，這真是個好地方，也是我們三人一直夢想擁有的房子！我們立刻又非常投入「家居生活」，享受這溫馨的氣氛。

從臥室的窗戶可以眺望加利西亞的高山。

我們不想離開這裡，一切就像老掉牙的美國肥皂劇，最後一定有完美的結局。「Oh! Happy ending」就是最佳標題。

我們喝著熱可可，品嚐蛋糕，玩桌上遊戲，然後聊天、聊天、聊天，直到更深夜靜，月落星沉。

本日感悟：世界上無處不是天堂！

開始發酵的離愁

二〇〇一年七月十九日，魯阿

倒數第二天！

現在幾乎沒有時間寫日記，好好把握在一起的分分秒秒，比較重要。

今早離開了別墅，大家都依依不捨，因爲我們在這裡度過最快樂的時光！大夥相處了一整夜，春宵一刻值千金啊！與離開那棟別墅的心情相比，有些住了好多年的公寓，我反而能夠輕鬆地揮一揮衣袖。

別墅女主人一大清早就準時出現，並向我們道了聲珍重再見。

沿著朝聖之路前進，我們一路上很安靜，互相拍了不少照片，似乎深恐自己一轉眼就忘了對方，空氣中瀰漫一股淡淡的離別愁緒，我們只能以在聖地牙哥多待上幾天的想法，彼此安慰一番。

在抵達終點的前一日，我們磨磨蹭蹭，隨性而行，就連一向目標堅定的席拉，也被某種愜意所軟化。

今天席拉和安妮如願以償，學到德語的家用電器名稱。

向晚時分，我們抵達魯阿（Rúa），在一座美麗的農莊落腳。那裡有一間小餐廳，我們坐在一個荷蘭家庭的旁邊，這一家五口以騎腳踏車的方式朝聖。享用晚餐時，我以英語喃喃自語地說：「我真是搞不懂，雖然已經走了將近六百公里，我還是不喜歡走路。我覺得朝聖之路很精采，更高興認識大家，但是走路這檔事實在是樂少苦多，並讓我的腳痛個不停！」

荷蘭家庭覺得我說的話很滑稽，開心地笑了出來，荷蘭爸爸故作鎮定地說：「什麼？你走了快六百公里的路，還是覺得走路不好玩？」我回答：「是啊！我沒有騙你！現在我只想快點到達聖地牙哥，畢竟那是我的目的地。」荷蘭人狐疑地看著我，又說：「我很想看到，當你抵達聖地牙哥時，會受到什麼樣的招待。這條路我已經走過兩遍了，我敢肯定地說：在聖地牙哥，每位朝聖者都會得到他應有的對待。我希望，在那裡你會

▲終點目標已可以預見。

受到很好的款待！」

荷蘭爸爸語畢，我們三人面面相覷，在聖地牙哥將有怎樣的招待會迎接我們呢？不會有人要射殺我們吧！那場面我已經歷過一次，萬萬不想有第二次了！

本日感悟：有沒有家的感覺，絕對不是時間長短的問題。

一切其來有自

二〇〇一年七月二十日，聖地牙哥德孔波斯特拉

最後一日！

離開魯阿時，我用拋棄型相機照了張美麗的照片。這張鏡頭下「黃昏時的朝聖之路」，必能獲選爲小報的年度最佳朝聖照片。這是我的心靈之照，反映出內心的想法。只希望這臺廉價的相機能夠將途中的氣氛據實呈現。到目前爲止，幾乎每三張照片就有一張因爲曝光不足，或者根本沒有閃光而失敗，再不然就是胖胖的大拇指遮住了鏡頭。

我們情緒高亢。但願能將這二十五公里的路程無限延長！這段旅途幾近尾聲，今天就是最後一日，我們三人終於辦到了！嗯，好啦，如果不把我一開始走這條路時，作弊的里數算在內的話。

今天每朝聖一公里就用一顆石頭做記錄。朝聖客如潮水般湧向聖地牙哥，許多人跟我們一樣唱著最有名法文版的朝聖者之歌。席拉在小學時就會唱這首歌了：

我們每天都行走，
每天不停地走、走、走，

這條路日復一日地呼喚我們，

那是孔波斯特拉的聲音。

森林裡是如此靜謐，我們甚至還能與前後距離很遠的朝聖者輪番唱和這首歌曲。與根本沒有看到的人或者不認識的人一起唱歌，有種很奇特的感受。我們與不在場的人神祕地大合唱！

沿著通往國際機場的道路，大家仍一路引吭高歌，爬上最後一座陡峭的哥佐山（Monte do Gozo），從山頂可遠眺聖地牙哥大教堂，教堂在陽光下閃閃發光，非常壯觀。我們的目標既活潑又莊嚴、既黑暗又光明，似乎將不尋常的對立調和在一起。

一整天走路下來，安妮累癱了，便在小雜貨店買了罐啤酒。在進入小教堂時，啤酒仍不離手，而我也有股衝動想在教堂裡點根菸。我們怎麼墮落了起來，簡直是道德蕩然無存了嘛！

當我們從東邊接近目的地時，我突然想起了在魯阿碰到的荷蘭人所說的話：「在聖地牙哥，每位朝聖者都會得到他應有的對待。」

在進入老城區前，一位年輕女子跟我打招呼，刺眼的陽光讓我一時看不清她的相貌，直到我站在她面前，才知原來是豔光四射的加拿大女子拉蘿。她昨天就到了，今天驕傲地穿著一襲新洋裝，她雀躍地上前擁抱我，我們約好隔日在大教堂前的廣場碰面，一個至今我還沒見過的地方。

拉蘿以極誇張的手勢指向我們的目標。「在路的盡頭，你們就能見到通往廣場的入口。」我們三人踩著堅定踏實的腳步，奔向通往大教堂廣場的大門，接下來就要面對我們的「朝聖者之死」了。

穿過隧道般陰暗的朝聖大門，來到沐浴在陽光下的大教堂廣場。一旦踏上歐布拉多伊羅廣場（Plaza de Obradoiro），我們就不再是朝聖者了，這趟旅程正式宣告結束，與此同時，全新的旅程也即將展開！那是我們前所未知的，究竟是什麼呢？想必是通往朝聖者的天堂吧！

到處洋溢著節慶的氣氛，一大群人正等候我們的到來，廣場被封鎖了起來，周圍站滿士兵，加利西亞省、西班牙和歐盟的旗幟在旗桿上飄揚，廣場變成一片旗海，而廣場上最頂級的國營飯店前，已鋪好一條長長的紅地毯。警察的摩托車隊正護送一輛黑頭車來到旅館門口，突然響起西班牙國歌，西班牙首相阿斯納爾（Aznar）從轎車中走出來，與眾人揮手致意，然後踏上紅地毯，步入旅館。每個人都得到他應有的接待。

嗯，但是幾乎不太可能遇到比這更好的了！

這場遊行雖然不是針對我們，但讓人與有榮焉，十分欣喜。過了幾週寧靜的日子，冷不防地捲入盛大慶典，令人印象深刻，也有點受寵若驚，不知如何是好。

▲終點站！

現在我們想擁有完成朝聖之旅的證據，也就是朝聖證書！趕緊來到位於教堂旁的朝聖辦公室。

有數百人也想擁有朝聖證書。在貼著木質護牆板的大廳中，我們加入排在古董櫃臺前的長龍中，彷彿置身於文藝復興時期的郵務站。

安妮排在我前面，輪到她時，櫃臺的先生嚴肅地問：「您有在某個地方搭乘巴士嗎？或是沒有徒步，而是搭便車？」安妮據實以告，一一否認。這裡所進行的一切，彷彿是最後審判的袖珍版。年輕男子嚴格審查她的朝聖護照，而她遞上所有必要的戳印，男子請安妮在拉丁文證書上塡妥日期和姓名，然後愼重地將羊皮卷證書遞給她。

如果我被問到同樣的問題，該如何回答？我要據實說出搭乘巴士和火車的時間與地點，我還曾經搭過便車呢！

輪到我了。一位頭髮往後梳的年輕女子，仔細核對朝聖護照上最後一百五十公里的戳印，沒有提出任何問題，面帶微笑地把朝聖證書遞給我，證書上的最後一段是：

「漢斯．彼得．科可林稟持虔誠之心，前來朝拜本聖所，特頒發此證書，並蓋上本聖所的戳印，以資證明。此朝聖證書，主曆二〇〇一年七月二十日。」

鐘聲突然響徹雲霄，我們急忙地從朝聖辦公室奔向教堂參加彌撒，在教堂的入口處，每個人親吻聖雅各石像的腳，石像的腳數百年來被無以數計的人親吻過，因此小了一號。我洗澡後也要依樣畫葫蘆，親吻我的腳，它是如此聽話又勇敢地走了漫漫長路！

CAPITULUM hujus Almae Apostolicae et Metropolitanae Ecclesiae Compostellanae sigilli Altaris Beati Jacobi Apostoli custos, ut omnibus Fidelibus et Peregrinis ex toto terrarum Orbe, devotionis affectu vel voti causa, ad limina Apostoli Nostri Hispaniarum Patroni ac Tutelaris **SANCTI JACOBI** *convenientibus, authenticas visitationis litteras expediat, omnibus et singulis praesentes inspecturis, notum facit:* Dnum Joannem Petrum Kerkeling *hoc sacratissimum Templum pietatis causa devote visitasse. In quorum fidem praesentes litteras, sigillo ejusdem Sanctae Ecclesiae munitas, ei confero.*

Datum Compostellae die 20 *mensis* Julii *anno Dni* 2001

SIGILLUM CAPITULI BEATI JACOBI COMPOSTELLAE

Secretarius Capitularis

▲我的朝聖證書，走完朝聖之路的證明。

大教堂被擠得水泄不通，彌撒已經開始了。繫在長繩上的巨大香爐，配合扣人心弦的管風琴樂音，從天花板晃過整個教堂大廳，煙霧繚繞下感官變得模糊不清。

在這場精采的彌撒中，有一位修女祝福著百位剛抵達的朝聖者：「……讓我們歡迎來自紐西蘭威靈頓、英國利物浦和德國杜塞爾多夫的朝聖者，他們三人一路從法國聖祥庇德波特徒步前來，今天結束了朝聖之旅！」

我們覺得似乎往生到達了彼岸，還出席了自己的告別式。

我們站在那裡，背著沉甸甸的背包，雙頰通紅，儘管筋疲力竭，但內心雀躍不已。儀式之後，我們當然沒有忘記擁抱聖雅各之墓上的金色雕像。

我們在最頂級飯店前的廣場上，也就阿斯納爾下榻的飯店前，開了瓶香檳慶祝，並慰勞自己，沒有比這更教人快樂的了！席拉為我和安妮準備了意外的驚喜，她突然從背包掏出天使牌，將三張牌放在白色餐桌巾上，說道：「特地為今天保留的！一張給安妮，一張給漢斯，還有一張是給我的，因為我不知道你們喜歡什麼。那麼，現在各自抽一張牌吧！」

安妮先抽牌，她抽出一張，看牌，展露笑容，接著默默地將她的禮物放進褲子口袋裡。席拉抽到一張「平衡」，看來她是眞的找到了！我拿起剩下的一張牌，是「喜悅」！果然是一條充滿喜悅的朝聖之路。

一切其來有自。

安妮和席拉很想吃炸薯條，我趁機消失一會，在廣場旁的巷弄中，一間東西堆得滿坑滿谷的禮品店內，尋找送給她們兩人的禮物。找到之後，我請售貨小姐用包裝紙把三樣小小的銀色紀念品包好。

我再度回到廣場上，坐在桌旁，把小禮物遞給她們，自己保留了第三個：「現在，讓我們一起打開禮物吧！」

她們好奇地拆開，是銀色的小鈴鐺，把手是聖雅各的小雕像，使徒雅各全身朝聖者的裝扮，枴杖、扇貝和寬邊軟呢帽，樣樣不缺。席拉和安妮深受感動，我補充說：「每次只要我們讓鈴鐺發出聲響，其他人一定能感受到，我們會想起彼此，在想像中，我們又再次上路了。」

我們立刻測試這個小道具，讓它發出清脆悅耳的鈴聲，在露天咖啡店餘音繚繞，不絕於耳。

其實，對每個朝聖者來說，抵達聖地牙哥似乎抵達了天堂之門。朝聖者在旅途的終點，都抵達同一個美麗的地方，但每人得到的接待並不相同，也許那是因爲心情上的差別？

在冬天，尤其是暴風雪中，抵著冷冽刺骨的寒風，來到空蕩蕩的廣場上，可能恍如置身於地獄一般。若遇上起霧的雨天，華麗的紅色大教堂肯定看起來像恐怖古堡。

儘管如此，它還是同一個地方。

我的朝聖之路彷彿我的人生寫照，一路上很費力。剛開始朝聖就像小時候的我，很難找到自己的步調，直到路走了一半之後，才得到正面經驗，也曾犯錯、迷路，甚至亂了腳步，但從後半段路起，我快樂地朝著目標前進，覺得朝聖之路似乎能夠讓我一窺未來。平靜可能才是我眞正要追求的目標！

每個徒步的日子就像整個朝聖之旅的結構一樣，其細節反映出整體，也就是所謂「一本散爲萬殊，萬殊仍歸一本」。

上午時，我還無法加快腳程；到了中午，逐漸找到自己的步調；傍晚時，雖然疲憊，卻能踩著輕鬆又堅定的步伐，朝著目標邁進，之後又會獲得力量。

遺憾的是，在幾乎去心靈化的西方社會中，缺少符合時代精神的成年禮，它對每個生命來說十分重要。朝聖古道便提供這樣一個幾乎被遺忘的自我挑戰機會。人人都在尋求支柱，而它就在「釋放」之中。

這是一趟艱苦而美好的旅程，它是挑戰也是邀約，讓人耗盡一切，虛脫一空，然後重建自我。它取走你全部的精神氣力，再以三倍的力量奉還給你。你一定要親自走一趟，否則它不會輕易透露這祕密。

我首先惦記著不能走這條路的人，並保證：這條路只是無限機會中的一種，朝聖古道不僅是一條路而已，而是很多條路，但它對每個人只提出一個問題：

「你是誰？」

一直到晚上，我們三人待在人潮洶湧的廣場上慶祝，享受自己的「葬禮後餐會」。當這天快結束時，安妮突然變得有些傷感，於是我問她：「怎麼樣？對妳來說，這條路有何意義？現在妳相信了嗎？」

安妮想了片刻，笑著承認：「對我來說，朝聖之路只有一個意義：我跟你和席拉結爲好友。你們成爲我的朋友，我是這麼認爲的，而這趟朝聖之旅非常值得。」

午夜時，煙火揭開了聖雅各之週的慶典活動。在七月二十五日，也就是加利西亞的民族節慶日，慶典將到達高潮，這天是聖雅各之日！在聖地牙哥的短短五天，我們參與了多采多姿的慶典活動，聽音樂會、跳舞，瘋狂地慶祝。我爲我勞苦功高的登山鞋拍完照之後，便把它拋棄了。

穿上新鞋不到兩個小時，我的腳後跟就起了水泡。

在登上回程的飛機之前，我的水泡專用ＯＫ繃還是派上了用場。

七月二十五日是我們道別的日子。席拉一如往常在拂曉時刻出發，趕搭飛往馬德里的班機。我們什麼也沒說出口，只是緊緊地互相擁抱在一起。

下午時，安妮開著租來的西班牙喜悅汽車，將我載到不到六十公里外的維哥。坐在車內時，我們覺得相當陌生又不自然，顯然還需要幾天的時間重新適應科技化的生活。我們在一家酒館犒賞自己五杯拿鐵咖啡之後，才終於互道珍重，沒有太戲劇化。當安妮大聲按著喇叭開車離去後，孤獨落寞之感向我襲來，即使走在朝聖之路上，在最疲憊的時候，也都不曾有過這種感受。

在維哥市中心，我背著背包，手執朝聖枴杖，走在街上，一路前往火車站。我迫切想再走上幾公里。這裡離朝聖之路相當遠，顯然路人認為我這身朝聖路上司空見慣的裝扮，充滿著異國風情，每個人都一臉詫異地看著我。

不久後，我坐上開往葡萄牙波多（Porto）的火車，隔天從那裡搭機飛回家。在火車上，我又試著整理自己對上帝的看法，並且盡可能化為簡短的文字。

上帝是為了解放「眾人」而永遠敞開自己的「那一個個體」。

我認為，神性的反面則是上一句話倒過來說：「眾人」讓「那一個個體」承擔過重的負荷，同時也傷害了自己。

造物者將我們拋向空中，最後又以令人訝異的方式再度接住我們，就像父母和小孩子鬧著玩一樣。而祂所要傳達的訊息是：要信任把你丟向空中的人，因為他愛你，也是會接住你的人。

我不斷在腦海中回顧這一切，一路上上帝接連數次把我拋向空中，然後又接住了我。

我每天都遇見上帝。

後記

朝聖鈴鐺端放在家中書桌上，已經一年多了。有一天，我參加電視的脫口秀節目，述說自己的朝聖之旅，當時身上帶著我的朝聖鈴鐺。節目主持人央求我搖一下，這是朝聖之旅結束後我首次搖起鈴鐺。

應主持人的要求，我搖了一下鈴鐺，同時也一如先前承諾的，在心中默想席拉和安妮。節目播出後，我聽取語音信箱時，耳邊突然響起鈴鐺的叮噹聲，接著就聽到席拉的聲音：「我聽到了鈴聲叮噹響！」

席拉的女兒菲比來歐洲旅遊時，到了漢堡這一站，與一個德國人墜入了愛河，於是就留了下來。兩人一起看電視時，菲比認出母親的小鈴鐺，她的德國男友把我的故事翻譯給她聽，之後她立刻打電話給遠在紐西蘭的母親，兩分鐘後席拉就在我的語音信箱中留了言。

而下一通留言竟是安妮的鈴鐺聲。「我也聽到了鈴聲叮噹響！聖子耶穌正對你揮手呢！」原來是席拉又立刻打電話到英國，把安妮從睡夢中挖起來。我眞想親眼看到安妮拿起聽筒時，臉上揪成一團的表情！

國家圖書館出版品預行編目資料

我出去一下——哈沛・科可林（Hape Kerkeling）著；
張維娟譯. -- 初版. -- 臺北市：
商周出版：家庭傳媒城邦分公司發行, 2008. 04
面：　公分.
ISBN 978-986-6662-38-6（平裝）
875.6　　97004349

我出去一下

作　　者／哈沛・科可林（Hape Kerkeling）
譯　　者／張維娟
副總編輯／楊如玉
責任編輯／程鳳儀
發 行 人／何飛鵬
法律顧問／台英國際商務法律事務所　羅明通律師
出 版 者／商周出版
城邦文化事業股份有限公司
台北市104民生東路二段141號9樓
電話：(02) 25007008　傳眞：(02)25007759
E-mail：bwp.service@cite.com.tw
發　　行／英屬蓋曼群島商家庭傳媒股份有限公司城邦分公司
台北市中山區104民生東路二段141號2樓
書虫客服服務專線：02-25007718・02-25007719
24小時傳眞服務：02-25001990・02-25001991
服務時間：週一至週五09:30-12:00・13:30-17:00
郵撥帳號：19863813　戶名：書虫股份有限公司
讀者服務信箱E-mail：service@readingclub.com.tw
歡迎光臨城邦讀書花園　網址：www.cite.com.tw
香港發行所／城邦（香港）出版集團有限公司
香港灣仔軒尼詩道235號3樓　E-mail：hkcite@biznetvigator.com
電話：(852) 25086231　傳眞：(852) 25789337
馬新發行所／城邦(馬新)出版集團 Cite (M) Sdn、Bhd. (458372 U)
11,Jalan 30D/146, Desa Tasik,Sungai Besi,
57000 Kuala Lumpur, Malaysia
電話：(603) 90563833　傳眞：(603) 90562833
封面設計／王志弘
電腦排版／冠玫電腦排版股份有限公司
印　　刷／韋懋印刷事業有限公司
總 經 銷／農學社
電話：(02)29178022　傳眞：(02)29156275

■2008年04月29日初版　　printed in Taiwan
定價320元

城邦讀書花園 www.cite.com.tw
書店網址：www.cite.com.tw

© 2006 by Piper Verlag GmbH, München
Complex Chinese Language edition © 2008 by Business Weekly Publications, A division of Cité Publishing Ltd.
Published through arrangement with jia-xi books co., Ltd.
All Rights Reserved

著作權所有，翻印必究 ISBN 978-986-6662-38-6

廣　告　回　函
北區郵政管理登記證
北臺字第000791號
郵資已付，免貼郵票

104台北市民生東路二段141號2樓

英屬蓋曼群島商家庭傳媒股份有限公司城邦分公司　收

※商周出版抽獎活動專屬抽獎回函卡

▼

請沿虛線對摺，謝謝！

書號：BK5042　書名：我出去一下

請於此處用膠水黏貼

讀者回函卡

謝謝您購買《我出去一下》！於2008年6月30日前填妥此回函卡寄回即可參加抽獎。得獎名單將於2008年7月10日公佈於城邦讀書花園網站（www.cite.com.tw），並以電子郵件專函通知領獎事宜。

姓名：＿＿＿＿＿＿＿＿＿＿＿＿＿＿＿＿＿＿＿＿

性別：□男　□女　　生日：西元＿＿＿＿＿年＿＿＿＿＿月＿＿＿＿＿日

地址：＿＿＿＿＿＿＿＿＿＿＿＿＿＿＿＿＿＿＿＿

聯絡電話：＿＿＿＿＿＿＿＿＿＿　傳真：＿＿＿＿＿＿＿＿＿＿

E-mail：＿＿＿＿＿＿＿＿＿＿＿＿＿＿＿＿＿＿＿＿

學歷：□小學　□國中　□高中　□大專　□研究所以上

職業：□學生　□軍公教　□服務　□金融　□製造　□資訊

□傳播　□自由業　□農漁牧　□家管　□退休　□其他

您從何種方式得知本書消息？

□書店　□網路　□報紙　□雜誌　□廣播

□電視　□親友推薦　□其他＿＿＿＿＿＿＿＿＿＿

您通常以何種方式購書？

□書店　□網路　□傳真訂購　□郵局劃撥　□其他＿＿＿＿＿＿＿＿

您喜歡閱讀哪些類別的書籍？

□財經商業　□自然科學　□歷史　□法律　□文學　□休閒旅遊

□小說　□人物傳記　□生活、勵志　□其他＿＿＿＿＿＿＿＿

對我們的建議：

＿＿＿＿＿＿＿＿＿＿＿＿＿＿＿＿＿＿＿＿＿＿＿＿

＿＿＿＿＿＿＿＿＿＿＿＿＿＿＿＿＿＿＿＿＿＿＿＿

＿＿＿＿＿＿＿＿＿＿＿＿＿＿＿＿＿＿＿＿＿＿＿＿

＿＿＿＿＿＿＿＿＿＿＿＿＿＿＿＿＿＿＿＿＿＿＿＿

請於此處用膠水黏貼

Bordeaux
法國
比斯開彎
Saint-Jean-Pied-de-Port
Calzadilla de la Cueza
Frómista
Hontanas
Burgos
Tosantos
Castildelgado
Nájera
Logroño
Pamplona
Zubiri
Roncesvalles
Castrojeriz
Tardajos
Villafranca
Belorado
Santo Domingo de la Calzada
Navarrete
Viana
Zaragoza
西班牙
Madrid

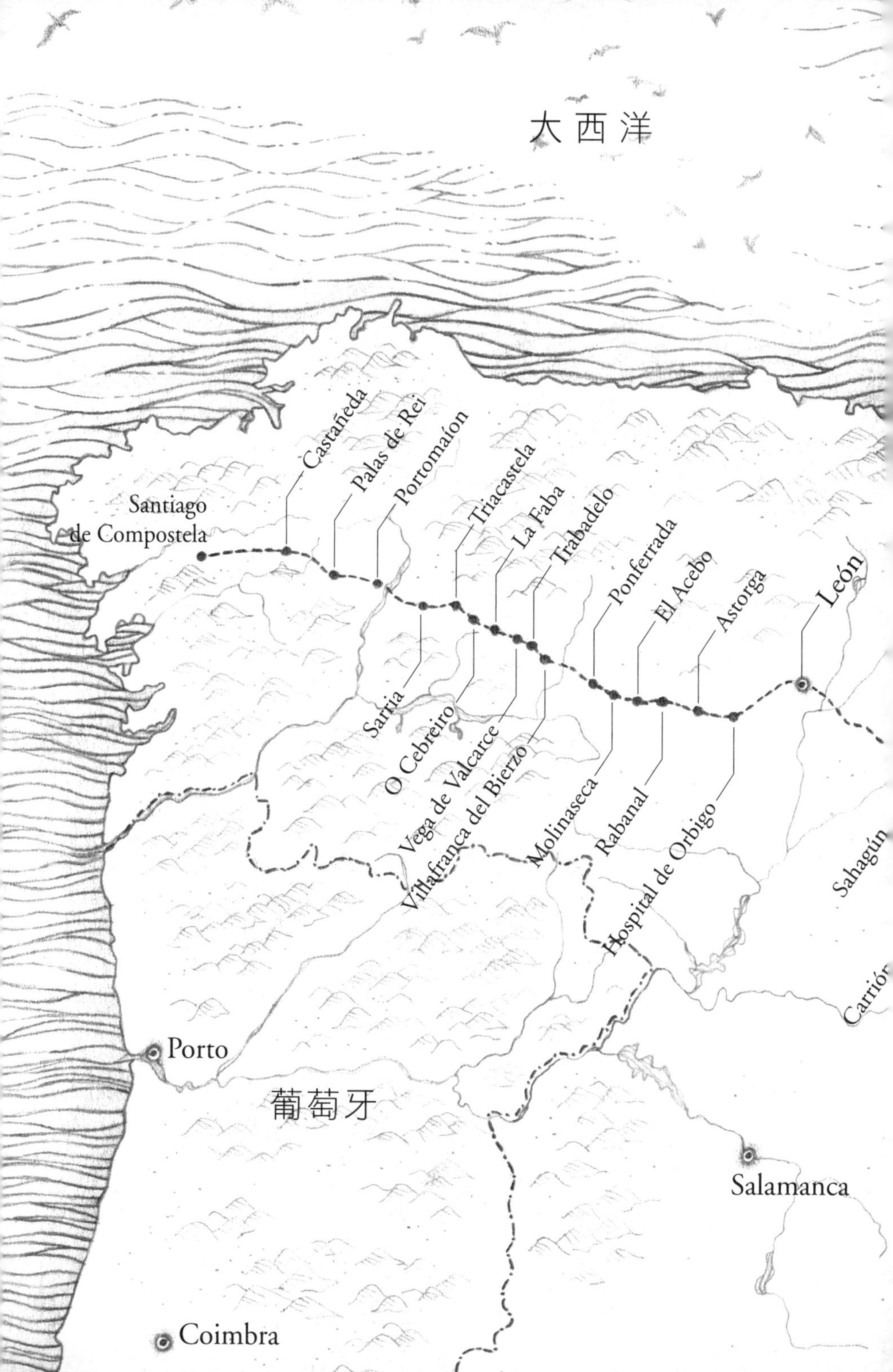
大西洋
Castañeda
Palas de Rei
Portomaíon
Triacastela
La Faba
Trabadelo
Ponferrada
El Acebo
Astorga
León
Santiago
de Compostela
Sarria
O Cebreiro
Vega de Valcarce
Villafranca del Bierzo
Molinaseca
Rabanal
Hospital de Orbigo
Sahagún
Carrión
Porto
葡萄牙
Salamanca
Coimbra